U0068006

# 當代俄羅斯女作家作品初探

劉心華 著

天空數位圖書出版

# 目錄

# 序言

在傳統封建思想與宗教信仰的籠罩下，俄羅斯社會與國家素來瀰漫著「厭女情結」的集體意識；這種情境就連一直倡導女性解放政策的專制蘇聯都無法完成性別的真正解放。那麼，在這種牢不可破的性別意識下，俄羅斯的女性作家又是如何透過她們的筆下風雲，以文學的足跡逐步推進女性的解放呢？本書將選擇七位俄羅斯經典女性作家的作品，透過研讀、分析和歸納整理其相關作品，進一步探索她們從思維、行為到社會體制的解放足跡。

不管是唯心論或者唯物論，從人的出發點來看，「思維決定行為」應該是普遍可以接受的事實現象；而行為互動的網絡進一步就建構了體制，這就是當代社會學所倡議的「建構主義」。透過了體制的運作，社會的價值體系及行為規範於焉形成，人同時也在體制中活動，以確認其價值觀、社會身份和文化身份，進而回頭再強化體制，規範人的行為。

這樣的社會化過程也造就了體制運行和社會價值體系的「慣性」，慣性具有承受衝擊的能量，當然也就具有抗拒改變的力量，固定化社會的集體行為，因而也對社會產生維穩的作用，在穩定與衝擊的過程中也衍生了人類歷史的種種事件。關於這個演化過程，

3

歷史哲學家余英時就在《歷史與思想》一書中做了詳細的論述。於是，在慣性的規制下，價值觀的改變和體制的變革可能要比原始價值觀或初始體制的建構更為困難。由此可知，人類傳統社會的性別意識歷經幾千年，包括男人和女人對性別的認知，它可以說是根深蒂固的。因而，性別解放過程的艱辛也就可以想像了。

在人類的社會發展史上，男女性別的個人認知和社會身份的型塑就是明顯的例子。傳統以來，人類對性別的自然意識、價值認知和社會的角色認定，一直都抱持著「男尊女卑」的概念和思維，不僅占支配地位的男性如此，連處於劣勢地位的女性也抱持著同樣的思維；一直到今天，世界上還有很高比例的人口，如印度和伊斯蘭國家的人，還堅守著這樣的社會意識和性別身份的定位。

如果根據社會學的「建構主義」，社會意識是個人行為的社會網絡，那麼，社會新意識的重建或回歸原始的自我意識，就需要每個人的思維和認知，從改變、互動到新網絡的建構。也因為如此，女性平權的爭取顯然需要經歷一系列奮鬥的過程：從思維變革的女性主義啟蒙，經歷實際行動的女權運動，到社會體制的確立與法律的保障。然而，在舊體制的慣性規制下，女性主義很難「直白」的倡議，往往都以隱諱的方式傳輸理念，一般都是以文學作為思想革命的起點，尤其在俄羅斯封建的社會心理和東正教信仰的影響下，這個過程更為艱辛；這也就是本書選擇當代俄羅

斯女作家們在追尋女性自我的奮鬥足跡作為研究的主要動機。

　　1968 年美國心理分析學家羅伯・斯托勒（Robert Stoller，1925－1991）在《生理性別與社會性別》（*Sex And Gender*，1968）一書中，從生理（sex）及社會（gender）兩個層面來探討人類的性別意涵。斯托勒認為這兩個層面的性別意涵是兩個不同的概念，並各有其獨立的內容。後來，在 1972 年，性學家馬尼（John Money）和艾哈德（Anke Ehrhardt）又對此論點做了進一步的詮釋；他們將生理性別定義為天生的、自然本能的生物性別，而社會性別則是後天人為的性別，是由集體心理及社會因素建構而成的性別意識。

　　一個由社會型塑出來的性別意識，其特質是經由集體生活方式與生活型態所形塑出來、也就是社會文化所建構出來的男女特徵與社會期望；它是由共同文化空間的人們生產或再生產出來的男女特徵。因為社會是進化的，這些性別特質也就會隨著時空的轉變而改變；不同的時代、社會與國家所塑造出來的性別特質也會不同。顯然地，這種性別特質的流動性證明了男女特質並非生而不同，而是受到人為的外在環境影響，所形成男女之間的角色認知與行為上的差異。

　　長久以來，許多社會學家、心理學家以及文學家對於人類如何透過社會化了解自身的價值與建立外界的秩序都抱持著極大的興趣，其中又以男性與女性如何從成長過程中認知和學習自己的性別特質最受關注。其中心理學大師佛洛伊德（Sigmund Freud，1856

－1939）主張透過對「閹割焦慮」（castration anxiety）與「陽具妒羨心理」（penis envy）了解自己與他者的性別與差異。

另外，關於主體的自我認知，後殖民主義學者拉岡（J. Lacan，1901－1981）提出了主體建構理論；他認為幼兒經過「鏡像階段」（mirror stage）與「伊底帕斯情結」（Oedipus complex）的同化過程，認識了自己與他者的差異，包括在性別上的差異認知。根據拉岡的「鏡像理論」，每個人基本上都是對鏡中的影子開始認識自我，然後再從連續的影像認知中逐漸確認自我身份的人格統一性（identification fundamental）。事實上，這個主體的人格統一性是透過兒童時期對自己過去零碎的身體影像結構化而建構起來的；這個主體的形構過程主要是透過「想像的再確認」（reconnaissance imaginary），以及隨後該想像的不斷轉化。而這個不斷的想像轉化就包含著個人在環境中與他者關係的不斷轉換；換句話說，從鏡像的認知到主體身份的建構，基本上都是透過對本身與「他者」環境關係的辨識而確立。然而，主體對「他者」的認識，也常常是根據自我想像的他者，而不是客觀存在的他者，或是他者所自我認知的他者。也就因為如此，人必須經過傾聽[1]他者才能培育對他者的同理心。

---

[1] 根據 Marshall B. Rosenberg 所寫的《非暴力溝通》：真正的傾聽是放下自己心中已有的想法和判斷，也就是先放下這個階段的自我想像認知，才能一心一意去體會他人。

另外，根據社會心理學家的研究，社會將根據權力結構針對不同性別的人制訂一套性別特質的規範；這套性別特質分別賦予男性與女性不同的權利、義務、行為模式與心理發展。隨後，當人們認知了自己的性別特質與社會所規範的性別身份，便會開始進入「角色接受」的過程，而確立社會身份的定位。

由此可見，性別角色的實現是伴隨著社會化的過程而展開的。社會化的實質功能即是每個人在社會性別上的「角色扮演」，亦即學習領會他人的性別期待，並按照這種期待從事角色的認定及行為；其最終的目標是完成「客我」的身份認知。具體的說，社會化不僅是一個人從生物人向社會人轉變的過程，而且是一個內化社會規範的價值標準、學習角色技能、適應社會生活的過程。簡單說，無論男性還是女性，人的存在已經被符碼化地放置於社會網絡及文化體系之中，並且被文化賦予某種特定的意義。因而，性別的研究就必須從生理、社會及文化的多層面去探討，亦即從一個多元關係脈絡的身份體系中才能窺其真正的意涵。

俄國文化對女性的看法、態度和社會身份的認定，一直有著正反相悖的矛盾性。根據俄羅斯的社會文化，女性一方面是孕育大地的「聖母」，這是由於東正教特有的聖母崇拜，強調女人所具有偉大「母性」的一面，經常把「大地」與母親聯想到一起；大地滋生孕育萬物，大自然方得生生不息，因此，女性被賦予一種俄羅斯救贖的象徵意涵。然而，在另一方面，封建

的俄羅斯社會與文化價值又以男性與父權為中心，社會的運行可以說是由男性主宰了一切，女性幾乎沒有任何的發言權，甚至在其文化價值觀中還夾雜著刻意貶低女性、漠視女性的「厭女」心態。

　　接受這種悖論的文化心理，兩種心態的交錯碰撞與相互磨合，其結果是，俄羅斯的女性背負了沉重的社會道德與倫理，甚至她們還必須承擔家庭與社會義務的雙重重擔；她們必須堅守貞潔、溫柔謙遜、忘記自己，為一切犧牲的情操，喪失追求自我幸福的權利。然而，她們就算犧牲了一切，也永遠無法成為俄羅斯社會的精神導師，她們總是要等候男性的引路者出現，才得以帶出她們的血汗與貢獻。換句話說，在重視精神層面的俄國文化中，女性只能屈從於男性，只能作為男性的支柱者與輔助者；也就是一般所說的，任何一個偉大人物背後的女性支持者。

　　受到東正教信仰的影響，俄國社會向來是由男性所主導，從傳統的俄國經典來看，基本上有兩個女性原型，一個是聖母瑪利亞，代表著正面的女性形象，另一個是夏娃，代表著負面的女性形象。就算以正面的女性形象來看，她們通常還只能是男主角的陪襯品，只能扮演男主角弱點的救援。檢視俄羅斯的文學著作，這條路線的代表人物有普希金（А.С.Пушкин）《葉甫蓋尼·奧涅金》（Евгений Онегин）中的女主角塔琪雅娜（Татьяна），以及屠格涅夫（И.С.Тургенев）作品中一系列的女性形象：《羅亭》（Рудин）中的娜塔麗亞（Наталья）、《貴族之家》（Дворянское гнездо）

中的麗莎（Лиза）、《煙》（Дым）中的伊琳娜（Ирина）
等等。其次，再從負面的女性形象來看，她們被描繪
成容易受到外在環境的誘惑、善變、會用聲色來控制
男性，因為具備了這些影響男性的負面角色，她們往
往是劇情中的愚婦、妖婦、惡婆娘等。俄羅斯文學中
像這種路線的作品不勝枚舉：萊蒙托夫
（М.Ю.Лермонтов）《當代英雄》（Герой нашего
времени）中的女性；果戈里（Н.В.Гоголь）作品中的
女巫、愚婦；屠格涅夫《父與子》（Отцы и дети）中
的亞金秋娃（Одинцова）；謝得林（М.Е.Салтыков-
Щедрин）《戈洛夫寥夫老爺一家》（Господа
Головлевы）中的女主人阿琳娜（Арина）；托爾斯泰
（Л.Н.Толстой）《安娜·卡列寧娜》（Анна Каренина）
中的女主角安娜（Анна）、《克洛采奏鳴曲》（Крецерова
соната）中敘述者的太太等等。以上這兩種矛盾的論
述基調構成了俄國男作家作品中的女性形象。那麼女
作家們又是如何看待呢？其實，根據我們在本書對其
作品內容的探討，她們所描述的女性形象，也是悖論
的雙面性。

　　俄羅斯在 1861 年農奴解放後，快速推動工業化、
現代化、都市化、教育逐漸普及、新興工商階級誕生、
社會結構改變、戰爭、革命，以至於蘇聯政權的建立
等等，隨著時代變遷的這些因素嚴厲衝擊著俄羅斯的
社會，也迫使俄國的婦女對其社會的角色與自我的本
質認知產生了革命性的改變。

　　蘇聯政權建立以後，社會的一般認知仍然堅持女性必須保有溫柔的女性特質，同時也要求女性承擔工作與家庭的雙重重擔。雖然蘇聯政權倡導性別解放，極力試圖改善各行各業的性別歧視，以解放女性的勞動力，但是在文學創作的領域上卻沒有太大的改變。

　　根據歷史的經驗顯示，女性文學的發展與繁榮，往往是和追求女性解放、女性主義、女權運動的過程聯繫在一起的；這都需要有革命的動力來支撐。嚴格說起來，俄羅斯的女性主義和解放運動真正是在蘇聯解體後才得以逐漸發展起來。

　　然而，在 1905 年－1920 年這段期間，就是在沙皇末期到蘇維埃革命期間，蘇俄曾經短暫出現過由女性知識份子領導婦女解放運動，如：柯隆泰（A.M. Коллонтáй，1872－1952）、阿爾曼德（И.Ф. Арманд，1874－1920）。在這段短暫的自由氣氛下，也造就了一些女作家的獨立創作，出現過如濟比尤絲（З.Н. Гиппиус）、阿赫瑪托娃（А.А. Ахматова）、茨薇塔耶娃（М.Н. Цветаева）⋯⋯等女性經典作家。

　　其次，在蘇聯建政後的初期，俄羅斯也曾經出現過一些第一代的女性無產階級作家，她們主要是描寫被解放的、獨立自主的「勞動婦女」；這些作家包括謝夫林娜（Л.Н. Сейфуллина）、潘諾娃（В.Ф. Панова）⋯⋯等。然而，她們多半是受到「社會主義──寫實主義」的教條與意識型態的影響和限制，無法自由表達女性自我的世界觀。

　　接下來的史達林時代，許多男女作家受到嚴厲的
政治迫害，因而也出現了描寫集中營生活的女作家，
多半以傳記文學的方式書寫個人或朋友所受到的迫
害；這些作品被稱為「文學寡婦」或「女性傷痕文學」，
典型的作家就如本書在第八章所提的作家——描寫女
集中營生活的金斯伯格（Е.С. Гинзбург，1906－1977）。

　　史達林死後，文壇暫時得以「解凍」，文學界出
現了城市派與鄉村派作家的論戰。1960 年代，蘇聯一
些女性作家開始在文壇中展露頭角，例如格列科娃
（И.В. Грекова，1907－2002）、謝爾巴科娃（Г.Н.
Щербакова，1933－），以及之後的托克列娃（В.С.
Токарева，1937－）等。她們的作品主要在反映日常
生活的陰暗面，在當時的政治氛圍下無法受到關注；
反而被批評為「膚淺」、「小心眼」。

　　蘇聯瓦解後的 1993 年，娜塔麗亞・巴蘭斯卡雅
（Н.В. Баранская，1908－2004）的作品《日復一日》
（A Week Like Any Other）在西方出版，書中揭露了蘇
聯婦女「蠟燭兩頭燒的困境」，一時造成轟動，也鼓
舞了同時代的女作家。事實上，一直到戈巴契夫改革
開放之前，蘇聯仍維持著後史達林時期的父權體制，
俄羅斯社會對於承認女性作家的能力與重要性仍然存
在著矛盾的情結。

　　在那個時代，「女性文學」和「女性作家」這種
措辭如果沒有表達清楚，一旦用詞不當，直覺上就會
給人感覺有輕蔑或含糊的言外之意。由於這種標籤在
蘇聯社會暗含著嘲諷與藐視之意，就算一般女作家也

11

都拒絕被貼上這種標籤。其主要原因可能也是由於一般剛經歷蘇聯統治的婦女早已被洗腦，除了勞動，她們認為有關婦女的生產、育兒、墮胎、疾病等生活議題都不重要，嚴禁公開討論。舉例來說，在 1980 年，曾經有四位女作家與記者在聖彼得堡出版了《女人與俄羅斯：來自蘇聯的女性主義創作》，該作品被視為女性主義在蘇聯社會的肇始，而這樣的創作也導致了這四位作家被蘇聯政府驅逐出境。

戈巴契夫雖然推動了改革、開放，但是卻有了新的性別神話取代了舊有的意識型態，女性議題再次遭到污辱和邊緣化。當時被提出來的新口號是：「女人的命運在家庭」，而這樣的口號竟然受到大眾的支持。在此性別意識下，西方女性主義被社會大眾普遍視為公敵，認為它可能會污染且危害蘇聯社會。

蘇聯解體後的前幾年，女人的社會形象反而惡化，市場利用女人身體作為消費品，春宮、色情雜誌湧現。面對這樣的異化現象，某些婦女挺身出來爭取自我的存在價值，開始替婦女議題發聲，向當局爭取婦女權益。然而，在思想沒有適度解放的社會認知下，她們所做的這些努力仍然無法取得人民大眾的支持。

接下來，在 1990 年代的十年之間，俄羅斯確實也出現了許多高素質的女性作家。這些女作家的作品總是設法跳脫男性的觀點和社會的角色期待，大多把重心放在攸關女性特質的事物上，特別是關注女性自己的經驗與心裡，而不是社會怎麼看待女性以及她們應有的角色。

概括起來，這些作品的普遍劇情都是在表達俄羅斯女性如何在現代城市的社會環境中，透過自我實現的過程，探索女性的自我價值。這個自我探索的努力自然在社會生活的網絡中產生了許許多多重複而具循環性的主題：愛情、友誼、婚姻、家庭關係、單親、墮胎、母愛、不貞、背叛、離婚、家庭和職業衝突的壓力、以及世代的疏離與對抗⋯⋯等等。當然，這些作品也需要重塑性別的社會價值觀，進一步探討人類長期關注的問題：誠實、道德、唯物主義、孤獨等。除此之外，它們也可能觸及一些大範圍的社會問題，譬如男性酗酒、普遍墮落的社會風氣、青少年的叛逆情緒、父母親的無責任感、乏善可陳的居住環境、劣質的商品、以及醫療設施短缺⋯⋯等等婦女所關切的問題。

蘇聯解體後的前幾年，出版業並不看好「女性文學」，許多女作家為了生活，轉向翻譯作品，撰寫犯罪小說、電視影集劇本。之後，或許是受到西方的影響，女性文學開始在俄羅斯社會有著極戲劇化的轉變，也完全沒有預料到，俄羅斯文壇中會湧現大批的女性作家，攻佔了「報導文學」與「通俗文學」的市場。許多女作家也成為記者，暴露政治圈黑暗的內幕、車臣衝突、蘇聯進攻阿富汗戰爭、車諾比核電站爆炸事件⋯⋯等，典型的例子是斯薇特藍娜·阿列克希耶維琪（С. Алексиевич，1948－）。也有許多女作家投身於大眾文學的創作，如犯罪小說、偵探小說、言情小說、神秘小說等，如亞歷山得拉·瑪莉尼娜（А.

Маринина，1957－）。這二位女作家的作品，本書也都加以分析和整理。

這些女作家筆下所描述的女主角大都具有獨立性格，不需要男人的幫助，在性格與工作能力上皆優於男性，表現出充滿女性主義的意識。2000 年時，俄國著名的出版公司瓦格力烏斯（VAGRIUS）出版了一系列女作家的作品；另外，在「俄國女記者協會」的推動與麥克阿瑟基金會（MacArthur Foundation）的支持下，贊助出版了許多相關的作品，而俄國的女性作家也順勢攻佔了俄國文壇。

文學雖然是一種時代現實的敘事，但也是一種想像的藝術，它同時也反映了許多深層文化的思考。人們從文學作品中除了可以看到當時代的社會現象，同時也能了解作者觀看當時代歷史事件的視角與她們的想法。

有感於俄羅斯女性解放過程的艱辛，本書選擇了針對當代俄羅斯七位知名女作家的文學之路，探索女作家們如何在俄國傳統文化與社會性別畸形發展的環境下實現自我的心路歷程。她們的作品在某種程度上反映了俄國社會對性別的普遍想法與視角，在時代的演進與觀念改變的脈絡下，如何突破禁忌，追尋自我，建構新的性別價值觀。透過比較與歸納，本書將她們個別的作品、視野和勇氣匯集，進而呈現俄羅斯女性作家的書寫歷史。

# 第一章
# 二十世紀俄羅斯女作家自傳體書寫：
# 建構女性主體敘事

　　自傳體的劇情敘事經常包含了真實與虛構的部分，而且敘事者的主體身份也經常與文本劇情內容的角色不完全相符；這種文體的書寫往往融合了主體、自我和作者的多重身份。

　　在傳統俄羅斯社會文化和宗教信仰的交互影響下，「男尊女卑」的性別階級觀不僅深深嵌入在社會網絡中，也刻烙在一般女人的腦中，女人的性別解放不僅要突破社會性別的網絡身份，更需要從生理性別的刻版觀念中破繭而出。那麼，女性自我主體的建構是性別解放的第一步。

　　本章探討女性自我身份的認同，並以二十世紀俄國女作家自傳體的書寫模式，分析自傳體文本中的俄國女性如何建構自我主體的身份認知。

　　根據維基百科的定義，自傳是一個人描寫關於自己的成長經歷，它是一種傳記式的文學體材。自傳體主要還是以回憶為主，中間夾雜一些描述自己的生活意義以及對事件的想法，有時藉以抒發某種情緒；基本上也可以說是回憶錄的一種。表面上看來，自傳體的書寫似乎是「某人寫下對自己生活經歷的敘述」；事實上，自傳體在自我敘事中對於主體身份的認知經常是捉摸不定的。

　　普遍來看，自傳中的「我」，身份認知上是否就是「主角／敘述者／作家」的三者合一呢？其實，不同的作者在其作品的表達上常有不同的模式，它有時是合一、有時也不是。也因此，一般實在很難給自傳體文學下一個周全而嚴謹的定義。另外，就自傳體表述內涵的真實性來看，是否需要明確定義，亦值得商榷，因為在缺乏言論自由的體系中，作者常常需要利用自傳體的主角代言，但卻又必須保留詮釋的彈性空間，必要時可保留退路；中國的《莊子》就是典型的例子。

　　其次，1928 年法國傳記作家莫洛亞（André Maurois，1885－1967）就在《傳記面面觀》（*Aspects of Biography*）一書中表示，自傳體的寫作基本上是依賴人的記憶，強調視覺記憶，然而文本所描述的情景，雖然是掌握在自傳者本人，不過，由於人的視覺誤差、記憶性誤差、主觀性偏好以及獨特的人格特質，所敘述的內涵不可避免地會導致偏離真實性，而偏向主觀偏好的情境認知和意義詮釋。

　　根據莫洛亞的說法，自傳性的敘述有下列幾項理由會產生不準確或虛假：（1）人會遺忘事情，一旦嘗試去寫自己的生活史，一般人會發現自己已遺忘了其中的大部分。（2）基於美學理由而故意遺忘。通常一位有天賦的作家，都企圖將自己一生的故事寫成一部藝術作品，為了成功地做到這一點，他會巧妙地精挑細選撰寫的材料。（3）除了遺忘以外，一個人的心智對於任何不滿意的事物會不經意地壓制，故意淡忘。（4）有關個人難以啟齒的事物，例如性生活，亦會受到壓制而輕描淡寫或者選擇逃避。（5）記憶不僅會由於簡單的時間過程或由於故意的壓制而有錯失，它還會設法自圓其說；通常它會在事件發生後創造出感覺或想法，這些感覺或想法或許是事件的原因，但事實上，卻經常是我們在事件發生後所虛構的。（6）我們經常在自傳描述中企圖保護一些人，而沒有說出全盤的真實情況。

# 一、自傳體的主體問題

　　自傳體所要處理關於主體性的問題，我們綜合各學派的學術論點，大致可分為四個面向：

## （一）自傳即他傳

　　中國學者楊正潤先生在 1994 年所寫的《傳記文學史綱》一書中將自傳界定為「以作者本人為對象的傳記」。具體來說，作者把當前的自我身份認知與自傳

中的主角分離，以「外位性」（вненаходимость）的立場，描述或敘述過程事件的情節和情境。

　　換句話說，作者是把自傳本身視為表述的大舞台，在這個舞台上作者就能夠創造自由發揮的空間；他可以運用想像「忠實地」紀錄、描摹事件過程中的「我」，也可以假他自己的名字敘述別人的故事，甚至可以附加一些「想像」的故事。錢鐘書先生甚至直接否定自傳事件的真實性，認為「自傳就是別傳」。其實，大凡傳記當然都有其作者的影子，因而看來都像作者的部分自述，但是一般都有其主旨（main thesis）的隱喻或影射。有些情況乾脆就以「別傳」的形式呈現，

> 　　為別人做傳記也是自我表現的一種；不妨加入自己的主見，借別人為題目來發揮自己。反過來說，做自傳的人往往並無自己可傳，就這稱心如意地模擬出自己老婆、兒子都認不得的形象。或者東拉西扯地記載交遊，傳述別人的軼事。所以，你要知道一個人的自己，你得看他為別人做的傳；你要知道別人，你倒不該看他為自己做的傳。（錢鐘書，2000：4）

　　這一段率性的說明，類似俄國文藝理論學家巴赫汀（М. Бахтин，1895－1975）的觀點：自己無法看清自己，只有從他者的「外位」觀照或反射才可以看到自己，因此，為了完成自我的主體建構或認知，有必要從時間、空間及價值意識的生存座標中創造一個他者，再反射回自我。

18

在自傳情境中，敘述人是作者為了使事件的進程能夠合理地邏輯發展，所設計出來的說書人；然而，自傳的作者透過書寫操縱著劇情的主角和敘述人，所講述的故事也常常和寫作主體自身有不著邊際的情形。無論自傳是以第一人稱為主角，敘述別人的故事，或講述與作者本人面目全非的「我」的故事，嚴格說來，它實質上都是別人的傳記。在自傳文本的自我描述過程中，無論是變形的自我，還是講述他人，自傳體的敘事雖然企圖建構一個與作者本人一致的主體，但是，最後呈現出來的圖像只能看到那個主體的一個側面，充其量只能說，類似作者的影子。

## （二）主體是虛構的

其次，自傳體雖然是對自我經歷的事件敘述，但其敘述過程概都牽涉到寫作主體對相關事件的認識、理解與闡釋。然而，經過了一段時間和空間的轉移，人在過濾相關認識之後，其認知往往與客觀的事實內涵產生偏離，甚至有不準確的情形。關於這個現象，尼采（Federich W. Nietsche，1844－1900）也曾提出說明：

> 我們認識到的一切，都是東拼西湊的、簡化的、模式化的、解釋過的、……，主體和客體之間的因果統一都是謊言……。認識論者設想的那種思維根本不會發生，因為，這全屬隨心所欲的虛構，其方法是突出過程中的某種因素而壓低其餘因素，以便進行明白無誤的人為

　　加工……。（張念東、凌素心譯，2000：274－
　　275）

　　如此看來，自傳體的作家經過認知、體認後的行
為和行動，往往離當時事件發生的事實有一段距離，
有時甚至是虛構的，實在難以歸為任何文類。由此可
知，自傳既不是寫實，也非完全虛構。客觀一點來說，
自傳體其實只是一個漂移不定的敘述場域，在文本的
事件敘述中交錯混雜著主體、自我和作者三種概念。

　　主體既然只是部分，那麼主體究竟又是什麼呢？
十七世紀的法國哲學家笛卡爾（Rene Descartes，1596
－1650）認為：主體與身體應該有著明確的界線。理
論上，我認識到的「我」是一個本體，它的全部本質
或本性只是一種思想，是一種我識的想像。本質之所
以是本質，「祂」既不需要因地點而存在，也不需要
依賴任何物質性的東西。所以，這個「我」，就是使
我成其為我的靈魂，是與形體完全不同的。換句話說，
笛卡爾的主體是思想，是「我思」，不是人的軀體；
他企圖建立的是精神性的主體哲學觀，有別於一般所
認知的物質性主體，但這個論述也激起很大的爭議。
最明顯的例子之一就是，法國精神分析家拉康
（Jacques Lacan，1901－1981）就極其排斥「我思」形
式的主體，並提出另一種「無意識主體」或「言說主
體」的概念。

　　拉康認為：主體（兒童）所認知的世界是以母親
在生活境域中的各種行為和活動作為認識主軸而開始
的，母親的在與不在，一方面給兒童帶來挫折，另一

方面也為兒童打開了象徵的維度。顯然，這種象徵秩序是先於人類主體存在的秩序。每一個嬰兒在出生之前，父母或其他人都已建立了既有的言說方式；因此，對於嬰兒的主體而言，除了認同這種秩序，模仿相關的表達方式及邏輯之外，別無其它選擇。然而，這種象徵秩序並非先驗存在或先天性的東西，它並不能自然地繼承給每一個剛來到世上的主體；對於秩序的認知和參與，主體需要通過學習才能進入。因此，對於主體而言，象徵秩序是構成性的。當一個人說「我如何如何……」時，「我」只是陳述句子中的「我」，指示（designe）了事件中所說出的主體，但並不表示或指稱（signifie）說出了本質或精神的主體。簡言之，作為人稱代名詞的「我」，背後還有一種作為說出（說話）主體的「我」。若說人稱代名詞的「我」代表意識主體的話，那麼，說出（說話）主體的「我」就是一種無意識主體，是隱匿的。

因此，自傳中的「我」只是陳述句子中的「我」，是一種符號化的說話主體，而非真正本質性的主體。而對於說話主體而言，他者是不可或缺的，他者是說話主體的參照，要是缺了它，「指涉關係」就無法組織起來，主體也就無法正常說話了。也就是說，主體的形體指涉必須透過與他者的相對關係，才能明白確立。

如果依照上述觀點，笛卡爾的「我思主體」，就會走入「主體」概念不清，無法「指涉」的窘境；主體會變成是虛構的。如此一來，「我」的經驗性敘述

便是經過「我」的意識過濾的虛構，這樣就會陷入沒有真實性的死角中，因為沒有關照座標可以將之呈現。總結而言，自傳體的主體將藉由事件過程對「我」的指涉是游走於虛構的「我」與背後真實的「我」之間；因而，下列就從動態的、多面的自我角度途徑來進一步探討。

## （三）自我是動態的、多面的（從自我角度審視）

由於自傳體的「主體」認知具有模糊性，所以從文本主體的角度剖析自傳，就很難確定文本劇情的事件中自我敘述的真實主體身份。那麼就有必要從自傳文本產出的另一面向——「自我」的角度出發——對自傳作另一番觀察。

社會心理學家贊登（James V. Zanden）從認識論的角度定義自我：自我是世人（他者）對自己的認識，然後再反照於自己的認知；所以，人常常是活在他人的期待之中，而不是活在真正自我的意識。贊登（1987：142）就指出，這種「認識」常常是我們身體的核心所在，「在此核心四周牽動著我們的喜怒哀樂」。

廿世紀 60－70 年代，學界盛行著一種普遍的觀點，認為：語言是建構在自我身份形成的過程，因此，語言對自我身份的認知具有了舉足輕重的作用。法國語言學家本文尼斯特（Emile Benveniste，1902－1976）將「自我」定義為「『言說』自我的那個人」（Benveniste，1971：224），因為主體的根本認知是在使用語言的過程中，與環境的相對關係而建立起來的。另外，克比

（Anthony Paul Kerby）也認為在敘事層面上，自我是
「語言的一種產品」（Kerby，1991：4）。

　　以上是從自我的外在面向去探討自傳體的「主體」
建構。接下來，如果從內在的面向來探討，那麼就必
須從神經生物學的途徑去理解。從生物的生存機能來
看，人腦的神經組織為了適應外部環境不斷變化的需
求，整個組織會持續的做自我修正、進而產生不斷的
進化。根據神經生物學，人對外在世界的認識一般會
受其經驗的影響；認識的過程時常會因生理的狀態而
改變心理的認知。人的神經系統不斷地進行改編、剪
裁、進化，最終形成人們的個性、人格特質或靈魂，
如經驗、意志、責任感、道德感等等都會刻烙在人的
神經系統中。結果，每個人的大腦結構與思維就因經
歷的差異而形成其自我的獨特性，完全不同於其他任
何人的頭腦思維。重要的是，意識對完整事件的接受
（register），既不是「再現」式的，也不是「刻錄」
式的；它是動態的，是處於進化的狀態。史蒂溫（Levy
Steven，1951－）認為，「大腦是在建構事物……它並
不是如鏡子般地反應事物……甚至在掌握語言之前，
大腦也在一點一滴地建構你所認識的世界」。顯然，
每一個認識都是一次創造行為，整體的認知是一種多
元、動態交互作用的結果。

　　基於這樣的認識論，再從自傳和傳記的角度來說，
Life（包括生命、生平、生活）中應該不僅僅包括「我
思」這個笛卡爾式的主體，也包括導致「我思」的身
體機能、客觀的事件、以及實現認識的神經系統；而

人的神經生理系統既影響人的認識智能，也影響人的
記憶功能。紐約市立大學腦神經科學家羅森斐爾德
（Israel Rosenfield，1988：89）指出，記憶本身是一種
當下正在發生的感知活動，而不是已經被儲存下來的、
過去的固定影像，被神秘地召回到現實的意識中來。
他進一步說：「回憶是一種感知活動，……每一種語
境都會改變回憶內容的本質」；也許這就是中國人所
說的「溫故而知新」。

　　也因此，記憶是自我參照的，每一次回憶都不僅
涉及記憶中的人、事、物，也涉及正在進行回憶的本
人，包括他本身的參與和認知情境。由此看來，自我
可以說貫穿了一個人的成長過程，每一種境遇都代表
了自我的一個側面；因此，「自我」就從單數變成了
複數，也就是代表了多元面向的內涵。

　　針對多元性的觀察，美國心理學家奈瑟（Ulric
Neisser，1928－）將人的自我概念分為五個階段：（1）
生態的自我，物理環境中的自我。「我」就是此時此
刻此地的一個人，做著我自己的事（嬰兒期）；（2）
人際認知的自我，即與他人直接進行，但沒有回顧性
活動的交往，處於純認知狀態的自我（嬰兒期）；（3）
引伸的自我，即有了經驗認知後，記憶中與預測中的
自我。這個自我存在於現時之外，我是個有過往經歷
的人，定期參加一些專門的熟悉活動（三歲後）；（4）
私自性的自我：即他人不能獲得的那個意識的自我，
在生理及心理層面上，我視自己為獨特感受——感官
與感情的覺知——的自我；（5）觀念性的自我

（conceptual self），即自我觀察與訊息認知的極端多
樣性形式，其內容包括社會角色、個人特質、身體與
意志的各種主張，主體與環境訊息，以及他者觀念的
關係感受等。這些形式或清晰或含糊地將自我歸為一
個類別。

在這五個階段中，前二者是自我的初級階段，後
三階段則是自我形成的高級階段；最後階段的發展受
到個人直接所接觸的家庭文化和社會文化的薰陶而建
構成較完整性的自我。這種自我的形成路徑成了傳統
自傳體作者們普遍運用的通則手法。自傳體作者們總
是通過發覺「觀念性自我」的文化積累來講述多元性
自我和私人自我的故事。這也就是為何女性自我解放
如此艱辛的原委，在傳統社會的家庭文化和社會文化
的形塑下，女性的傳統自我認知根深蒂固，真正自我
主體想要破繭而出，肯定需要從思維、行為和體制中
重新認識自我，建構新的觀念性自我才有可能。

## （四）巴赫汀對話理論中的主體建構

加拿大哲學家查爾斯・泰勒（Charles Taylor，1931
－）在《自我泉源》（*Source of the Self*）一書中，涉
及到「何謂自我」的這一個問題時，是從語言學切入
的。泰勒引入語言這一要素，提出了「對話網」（Web
of interlocution）的概念。我們只有在這種「會話網」，
或者說廣義的「交際」（conversation）之中才能成為
自我。廣義來說，現代西方的自我生成是因為一系列
具體顯像存在的和隱含存在的對話者（不僅包括父母、

老師、同事，也包括去世已久的作家、神話英雄）將自我引入到各種不同的、互相衝突的「分辨道德與精神是非的語言」之中，這諸般聲音漫無目的而又潛移默化地對自我發生著影響。泰勒的這段話與巴赫金的對話理論相似。

巴赫汀並沒有明顯的區分主體與自我，他是以整體看待自我的主體建構。在他看來，「主體不是一個上帝賦予的、先驗的、形而上的存在或實體，而是一個不斷建構自身的過程。這個能動的、發展的、建構的過程，主要是在相互運動、交流、溝通中的關係上呈現出來」（劉康，1998：84）。人的存在，包括理性、感性與其它部分，從來不可能孤立或脫離與他者或社會群體的相互關係，在人的相互交往、相互溝通中，首先要確立「自我」與「他者」的基本範疇。人就是在與他者之間的相互對話、相互理解中建構個人的主體和自我，從而建立社會整體。

每個人的個體在現實世界中都有其不可取代，獨特的感性體驗，這種體驗被巴赫汀稱為「視域剩餘」，也就是說我們自己看不清自己（例如，背後、臉頰），我們看到的只是片面的自己；但是，我們卻看得到「他者」，這就是每個人擁有的「視域剩餘」。因此，我們的視角可以互補，保證了主體的「外位性」（вненаходимость），[1]並使人與人之間的價值交換成為必要。主體「外位性」的高度集中、凝聚，會形成

---

[1] 「外位性」是指主體的自我對於他者在時間和空間兩個層面上的外在位置。

一種審美的「超在（越）性」。「在『超在性』的認
識視野和觀照中，人類主體才能希冀達到完美的境界」
（劉康，1998：85）。

　　巴赫汀在〈審美活動中的作者與主角〉（«Автор
и герой в эстетической деятельности»）一文中指出：

> 作者必須把自己置身於自我之外。作者必
> 須從自己現實體驗生活的不同角度來體驗自
> 我。只有滿足了這個條件，他才能完成自己，
> 才能構成一個整體，提供超在（越）自我的內
> 在生活價值，從而使生活完美。對於他的自我，
> 他必須投身成為一個他者，必須通過他者的眼
> 睛來觀察自己。

　　然而，將自己置身於自我之外的過程並不容易，
特別是在作者就是自傳體的主角時，文本要將敘事者
或作者分離，反身投射，殊屬不易。「自我」往往難
以徹底超越於自身的「他者」，反之亦然。這就是自
傳體書寫的難處，也是讀者對自傳體在敘事內容上容
易產生模糊認知的錯覺。

## 二、女性身份認同

　　延伸上面的論述，吾人可以瞭解到：無論從個人
「主體」或「自我」來看，自傳文學中的作者對自身
認知的問題都會受到社會價值體系與文化的影響；也
就是說，它涉及到個人在社會網絡中自我「社會身份」

和「文化身份」的認同問題。如果採取比較嚴謹的定義，認同「identity」一詞具有兩種含意：一方面是指某個個人或群體，依據特定指標或衡量尺度，藉以確認自己在社會網絡關係中扮演的角色、地位與作為，例如性別、階級、民族等所衍生的行為和其社會功能；在這個面向上強調的是「身份」的意義。同時，當個人或群體試圖追尋、確認自己在某文化上的「身份」時，「identity」就有了依據，然後就會依循這個「認同」的意涵，決定他們的態度或行為。

當然，在社會現實的互動關係上，這兩層意義經常是密切相關的。人自初生以來，就無法脫離群體，求生本能自然就會在既有的社會網絡與文化的語境中，去形塑自我；在形塑的過程中，個人的社會身份與文化身份的認定造成了兩個問題：我是「誰」（身份）？以及如何確認或向「誰」確認（尋求認同）？在社會的文明進化過程中，不管是東方社會，還是西方社會，長久以來的社會網絡，常常因為天生條件的差異而產生資源配置的不均，也造就了不平等的階級，進而分出不平等的身份關係，某些身份被賦予了優先其他身份的特殊地位，譬如男性優先於女性、白人優先於非白人、富人優先於窮人、貴族優先於平民等等。人在此種社會情境下生活，自然就逐漸形成了一種普遍性、直覺性的偏執觀念，然後進一步被衍生出來的性別、種族、貧富……的概念，並依此不平等的認知自我約制。

　　如果以「國家」（也是一個群體）定位來看，安德森（Benedict Anderson，1936－）基本上是從心理學角度或精神性安全互賴關係網絡的面向，把國家定義為「想像的政治共同體」（imagined communities）。一個想像的共同體並非真實的共同體，所謂「想像的」共同體，其主要原因是，國家的成員並非建立於每天彼此間真實地面對面的互動。根據這個定義，即便是非常小的國家，其成員也永遠不會彼此認識，其國家認同是建立在彼此之間心智與精神的歸屬感上，他們享有共同的相似利益，或認知到本身為同一民族的一部分，也許是血緣、語言或生活文化，彼此在心中產生了共生共融的形象。

　　這種想像的國家，表面上看來很不實際，似乎與1648年西方世界在 Westphalia 所建構的國家概念有所不同。然而，從近代現代化社會的發展趨勢來檢視，尤其當前全球化時代全球公民社會的形成，卻驗證了安德森的觀點。顯然，這是得自於當代電子媒體的效應。媒體的網路傳輸超越了空間疆域的國家定位，將個體市民視為國家概念的身份認同對象，傳達訊息，整合為概念網絡的共同體，體現了想像共同體的概念。因此，想像的政治共同體構成了公民個體對身份、國家之想像的必要組成部分。

　　另外，對於文化身份的定義向來也有兩種理解。一種理解認為文化身份是一種共有的、集體的生活價值；它在變化的歷史軌跡中反映了人們共同的歷史經

驗和共有的文化符碼，提供不變且具連續性的意義框架。

　　第二種理解是偏向強調現在（與過去相比）在塑造文化身份中的作用，也就是一種進化的動力和動態的現象；該觀點認為文化身份既是一種存在，更是一種變化。它在連續性的歷史中有著差異，而差異又伴隨著連續性的持續存在；也就是文化傳承中帶著社會變革的動力，社會變革中保留著文化的傳承。這種看法是強調從現實狀況去瞭解文化身份，因為過去始終是一種想像，它無法對真正存在的我給予明確的定位；終究，真正的我是現在的我以及未來可能的我。因此，人的社會身份或文化身份並非固定不變的或本質論的，它是流動的，是在實際的社會歷史過程中被人為所建構起來的。這就是後結構主義學家朱迪斯·巴特勒（Judith Butler，1956－）在探討性別（gender）特徵時所提出的主張：身份是話語的產物，我們所演示出來的男性氣質與女性氣質，同性戀或異性戀，是根據既有的社會文化劇本，在不知不覺的情緒中，被自然排練而成的劇情特徵。因此，身份是文化建構的產物，而非預設的，它也會隨著時間產生變動。所以，女性的文化身份也應該是超越過去的想像，而投身於現在的生活話語。

　　另外，關於身份與認同方面，另一個思考的問題是「我」（自我、我們、主體）與「他」（他者、他們、客體）之間的關係。「文化身份的建構，始終都與建構者（作為敘述者的『我』）和被建構者（被敘

述的『他』）密切相關」。自從西方啟蒙時代以來，理性世界的社會關係基本上是根據二元對立的思維建構起來的；自我與他者的問題通常也都是在二元對立的關係中進行討論，例如，男人與女人，殖民者與被殖民者、黑人與白人等。然而，在後現代社會及全球化機制的「去中心」效應及關係網絡的混沌現象下，主客體界面已逐漸呈現模糊化，主客體元素也相互滲透，對話、共生、統合，這種發展將成為未來社會網絡的新趨勢。也因此，身份認同將不再限於自我在社會關係網絡的身份認知，同時也必須透過同理心（pathos）瞭解「他者」的身份認知，進行對話，取得機能性身份的相互認同，改變生活觀及重塑共生的文化身份，相互承諾（commitment）。在這樣的社會發展趨勢下，男人與女人不必再強調天生的差異和後天性別的差異，可以追求人為平等的身份認同，也不必在差異、對立的基礎上，尋求「平行、永遠無法對等」的身份認同。在以「人」的價值為基礎的社會關係網絡中，男人和女人將可以拋掉性別的差異，共同追求以「人」為價值的身份認同。

　　一般而言，確立個人的社會或文化身份大多依據民族（nation）、族群（ethnicity）、種族（race）、階級（class）、性別（gender）、宗教（religion）、職業（profession）、語言（language）等尺度劃分類別。顯然，自我在對這些問題的關注時，自然會涉及到特定的歷史、地理、社會、政治、經濟、國家、意識型態等林林總總複雜的立場與價值判斷。另外，身份的確

31

立並不能只以單純的分類來思考，許多問題都相互糾結，互相影響。例如，在性別身份研究的領域，許多女性主義者發現，不能單純的談論父權社會的性別話題，而應該還原到複雜的經濟結構、現實政治、文化影響力的運作機制之中。儘管性別、族裔、國家、階級具有不同本體論的基礎話語，但在具體的社會關係中，它們是糾結在一起的，無法單獨思考。

當我們探討民族／性別／階級之間的問題時，發現民族主義與父權一樣經常形成一種霸權統治（hegemony）的機制。在政治意義上，它擴大父權的涵蓋性，經常將民族／國家凌駕於其它範疇之上，如性別、階級。在敘述上，民族主義會提供一套整合性的話語與修辭，強化其權威機制，而在這套話語下，同樣地，婦女的權益會在父權表述下被犧牲或被忽視。婦女被教導，要為國家的利益犧牲奉獻。因此，婦女在尋求自我身份的他者集體認同時，必然會受到這一集體所認同的社會文化規範的影響；它一旦與個體原有的觀念衝突時，個體不得不放棄自我的本能性認同，而屈就於集體認同，亦即漸漸失去自我。

以俄國性別問題的實際狀況為例，對俄羅斯帝國而言，俄國女性在本質上是俄羅斯社會的「他者」，是一個局外人。除了少數例外，大多數婦女都被排除在帝國運行的「資格稱謂」與「話語敘事」之外。保衛國家和代表帝國的工作是男人的特權，隨特權而來的是掌握資源分配的權力。俄國男人擁有帝國規則的優先權和福利，而婦女必須在國家的勞務上承擔責任，

而不是為個人或家庭；婦女要為國家及社會付出代價
作為優先考慮。特別是在俄國，婦女承擔勞務，但是
卻沒有發言權，她們可以說是「帝國的失語者」。

20 世紀 90 年代以後，法國社會學大師傅柯
（Michel Foucault，1926－1984）關於倫理主體建構、
生存美學、性別差異等問題的論述，提供了當代女性
主義學者新的思考，尤其在女性主體建構與身份差異
的問題上，發展出新的思維方向。另外，澳洲學者普
洛賓（Elspeth Probyn，1958－）在《確定自我的性別》
（*Sexing the Self*，1993）一書中，再次探討了「他者」
的問題：如何確定我們相對於他人的位置，配合自我
內在的力量，進而在相對認同與確認的作用下，探尋
自我的各種可能性。

這種關於主體重建的議題可以從二個層次來看：
一是作為現在歷史主體的本體論中認識自我，亦即追
溯我們的身份定位範圍，以便在質疑中做身份的確認；
二是跨越這些範圍的界線，從自我產生的問題中再邁
向自我的各種可能性。也就是說，從不斷改變自我形
式和實踐的過程中，瞭解到自我是經過質詢和實踐不
斷修正和調適的結果。然而，這種自我是形式的而非
實質的，它在多層次上運作，結合多種實踐和不同的
話語，是一種局部化的權力關係、鬥爭與反抗的表現。
事實上，由於個體經常是社會性的，自我與他者都是
社會性的動態，彼此之間又是緊密的互動關係，而非
彼此分離的並行關係。所以，自我的重建過程是複雜
的，這個事實在後現代社會尤其明顯。

　　另外，普洛賓將自我與他者的思考應用到女性主義研究中。她特別將自我理論運用於女性的自傳體寫作上，發現了婦女主體身份建構的多重因素問題：種族、民族、文化、階級等。普洛賓從女性自傳的書寫中體會出婦女身份建構的問題，並為女性自我主體建構思索出一種新途徑。她主張將「自我」視為一種工具，從自傳體的寫作中，探討女人如何在特定文化場域，塑造自我的言說主體。然而，當中存在的問題在於，自傳是一種自我反省的途徑，卻缺乏他者的聲音，無法產生自由對話；為了突破這種局限，普洛賓把注意力轉向自傳中的想像和移情。

　　「想像」可以無視於實際說話者在社會中所處的真實情境，因而也為理解性別差異開闢了突破現狀的新空間，藉以重新反思過去因種族、階級、社會價值觀等因素建構身份的方式。這當中必須說明的重點是，想像力豐富的闡述立場並非忘卻自我，而是從思考中超越既存自我的自我，思考某些新形象的呈現；讓自我能夠突破限制、自由伸展，從而逐漸形成一個具超驗性主體意識的自我。

　　從思維的建構來看，普洛賓深受傅柯學說的影響，主張將自我的多種形式理解為實踐與問題之間相互作用的結果；這表示自我在時空座標的歷史進程中是多變的、不穩定的實體。普洛賓將此種觀點視為一種策略，不僅關係到自我如何被建構，也是探索自我的原生性和動態性，並關注在如何發揮其變動性，突破原有的社會規範。

　　這種研究途徑顯然是一種超越本質女性主義理論的方法，亦即透過不斷拆除既有的身份界線，從自我解放中尋求身份再認同或定位的新可能性。這種方式在自傳寫作的領域內，特別適用；因為，人們認為可以在自傳體的寫作中從自己有關性別、階級和種族的真實經驗中再現自我，而且他人特質與經歷也同時能在自我的他者認知中，得到反應。為了取代這種自我能夠被準確刻畫或再現的想法，普洛賓批判性地主張將自我折射成另一個自我；如此一來，在撰寫自傳的同時，我們也開始思考這個折射的自我——涵蓋了自我的他性。普洛賓鼓勵發揮想像力，將自我移情為他者觀點下的我，並考慮如何在自我的身份認同下書寫或談論他人，如何給他者的身份定位，這樣的相互關照，可以讓自我的定位同時具有本質性和務實性。透過從種族、民族、文化、階級等的社會範疇，在對自我及他者的身份定位及認同中，自傳體的話語及敘述可以對文本背後的文化背景更為瞭解。

　　儘管普洛賓運用想像力來超越身份的界線，現實上，只能使女性自己從更多元的角度重新審視自己與所處的文化社會背景，不能真正解決文化社會中的性別差異問題，因為這個問題的解決還需要取得他者對女性自我的社會關照性認同；換句話說，就是別人是否也認同這樣的女性自我。然而，毫無疑問，女性的確可以經自傳體的寫作重新定義多樣性的自我，也更瞭解所處的客觀世界。這和本文第一節提到巴赫金的「外位性」理論一樣，人必須移位思考，從他者的身

份才能看清自己；毫無疑義，有了自我的確立，才能改變他人和社會的認同，如此才會有本質性和務實性的女性自我。

　　接下來，本章將從俄國女作家的自傳體文學的寫作，淺談自我主體建構與身份認同的問題。隨後一章再對典型的幾位女作家做進一步的論述。

## 三、俄國革命前女性自傳體文學的書寫概況

　　如上節所述，在針對過去自我與現在自我的對話，以及與他者的社會性對話，自傳體文學得以發揮自我解放的功能；同時在自我的再認同，也扮演了很重要的角色。通常從過去女作家第一人稱的紀錄中，我們可以瞭解到，傳統女性在父權體制下的生活軌跡。俄國女作家的自傳、回憶錄與小說，其文體總是維持著密切的流動關係，也就是說自傳或回憶錄經常以小說的形式表現。

　　俄國女作家自 19 世紀前葉開始出版敘述性的散文，1830 年之後，小說成為主要的文類。俄國女作家的自傳可追溯到 18 世紀後半葉，而且都是以手稿書寫的方式流傳，甚至連凱薩琳二世或她的好友女貴族葉卡潔琳娜・達盧柯娃（Екатерина Романовна Дашкова，1743（1744）－1810）等公眾人物的自傳，在當時也都是以手稿的形式流傳。而且，它們都是在作者死後數十年，才得以正式出版。這也證明了，當

時女性的話語權在父權社會的思想主流下所受到的限
制。

俄國革命前，女性自傳書寫的數量很多，至少有
200 部以上都是回顧性的生活寫作，其主題包括：對
「偉大男人」的回憶、家庭記事與旅行紀錄。這些作
品至今都已一一出版。

從出版日期來看，1860 年以前，俄國女性的自傳
書寫不超過 20 部作品，後來在 1860 年代的十年中亦
約有 20 部的自傳創作。1870 年以後，由於歷史性與
社會性小說與雜誌的發行增加，自傳與回憶錄的作品
持續不斷湧現。但是，到了蘇聯時期，包括自傳等作
品受到當時意識形態及政治環境的影響，而遭受嚴厲
的壓制。除了對傑出男性歌功頌德的作品之外，革命
前俄國女作家自我表達的豐富遺產都遭到了排斥。在
這種背景下，只有少數參與革命運動的女作家自傳得
以通過檢查出版；但是，大多數流亡女作家的作品，
都被禁止出版。這些遺失在俄羅斯與國外的珍貴資料，
數量難以估計；它們大都詳細描述了蘇聯革命前這些
女作家在年輕年代的生活經驗，呈現出傳統俄羅斯社
會的女性地位與缺乏自我的生活內涵。

概括來說，俄國蘇維埃革命前的女作家自傳書寫
大致分為三個時期。第一個時期包括整個十九世紀前
期，僅有少數的女作家模仿西歐寫作的模式，屬於最
傳統的作品，是以自己為主角的自述方式書寫。到了
十九世紀中的第二個時期，受到俄式維多利亞文體規
範（Russo-Victorian norms）的影響，俄羅斯女作家也

改變了她們的創作風格，敘述者以旁觀者或編年史家
的身份，記錄了她們身處於那個時代的大環境生活。
在第三個時期裡，女作家受到了現代主義風潮的影響，
開始以自我為中心的方式展開敘述個人的心理感受。
其中最具特色的八位作家。娜潔盧達·杜若娃
（Надежда А. Дурова，1783－1866）與娜潔盧達·索
漢斯卡雅（Надежда С. Соханская，1823－1884）的作
品屬於十九世紀前半期的創作；阿芙多琪雅·帕帕耶
娃（Авдотья Я. Папаева，1820－1893）、瑪麗亞·卡
緬斯卡雅（Мария Д. Каменская，1854－1925）、葉卡
琪琳娜·優葛（Екатерина Ф. Юнге，1843－1913）等
女作家的作品創作於十九世紀末，出版於二十世紀初；
安娜斯塔西亞·維爾碧芝卡雅（Анастасия А.
Вербицкая，1861－1928）、瓦蓮京娜·德密特里耶娃
（Валентина Д. Дмитриева，1860－1947）、安娜斯塔
西亞·茨維塔耶娃（Анастасия И. Цветаева，1894－
1993，女詩人瑪琳娜·茨維塔耶娃的妹妹）創作與出
版於二十世紀。

　　當然，這些文學的歷史文本現今看來稍嫌粗糙，
然而，它們對當代的歷史或文學提供了不被忽視的價
值：第一，它記錄了當代的文化及作者寫作的模式；
第二，作品融入文化洪流，無論公開或隱匿都可能影
響到文藝作品類型的發展；第三，對女性自我的主體
重建提供了反省的記載，就是它們補充了男性主導的
歷史紀錄。

# 四、二十世紀俄羅斯女性自傳體書寫的主體問題

　　若要深入瞭解俄羅斯女性自傳體作品，除了分析二十世紀俄羅斯女性創作之外，還需要特別探究蘇聯時期女性自傳體作品所反應的獨特模式。十月革命後，在蘇聯體制下，俄羅斯兼具了殖民者和被殖民者的身份；蘇聯成為代理者，不僅征服非俄羅斯民族，並且疏離了被剝奪基本人權的俄羅斯社會。

　　此後，俄羅斯女性的自傳書寫方式經常揭發或反對鎮壓者的不公，並以知識份子的道德良知表達對其他受迫害者的關心，這樣也使得俄羅斯傳統的崇高文化與價值得以繼續保存。有時在被政治壓迫下的覺醒，也帶動了女作家反抗男權為中心的話語表述，以及追尋女性自我的艱難歷程。歸納起來，這類女作家，大致可分為四種類型：革命者、政治犯、文化保護者與自我追尋者。

　　革命類型女作家的產生，主要是源自十九世紀末與廿世紀之交的社會背景；她們在推廣女性教育和爭取女性工作機會數十年之後，將自己冒險經驗的故事發表在報章雜誌上，一方面作為她們新角色（醫生、律師、工程師、老師和革命者）的證明，同時也作為鼓勵其他女性進入公眾領域的見證。顯然地，在所有的女性職業自傳中，最有影響力的應該就是女性革命者的傳記；她們的生活故事不僅可看作服從當時革命黨的重要歷史文獻，更可擴大為悠久的俄國反抗式（反

對沙皇統治）自傳體的傳統。她們這種特殊為服務革命的文本，確實在當時扮演了啟發性的意義：以堅定自我犧牲的紀錄，為當時社會建立了一個鼓舞人心的模式。她們將自傳當成世俗聖徒的生活紀錄，追求真理朝聖者的證明書。她們通常將自己刻劃成品格高尚、利他主義、完全獻身革命的女革命者。然而，當她們將自傳當成「反向書寫」的幻想時，「公眾我」和「清晰的使命感」容易將她們的生活故事簡單化和系統化，但在無形中卻遺忘了「女性我」的認同和身份定位。

這些女傳記作家通常誤把自己步入地下政治的選擇歸因於追求女性解放。例如：薇拉‧拉蘇莉琪（Вера И. Засулич，1849－1919）認為革命的幽靈把她從成為家庭教師的命運中解放出來，讓她可以和男性平等。可是，現實上當她們在描述個人的故事時，往往不能坦白的表現真正的自我，反而是很容易根據一般忠誠男性革命家的模式去編造自我的形象。在自傳中，這些女作家背負著階級鬥爭的意識以及對人民的關心，不得不忽略自我的性別經驗和意識，或是用高尚的奉獻取代個人生活的敘述；也因此，在她們的書寫中，傳統的家庭角色往往被拋棄或次於革命工作。

這種沉默的附屬關係曾被痛苦地寫在女權活動家亞歷珊德拉‧柯隆泰（Александра М. Коллонтай，1872－1952）的自傳裡；比起任何其他的女革命家，她的例子是既典型又諷刺的。她曾經是布爾什維克黨的激進份子，短暫地成為新蘇聯社會最傑出的女性革命家。在她的文章和小說中，柯隆泰企圖將政治革命與個人

的性解放運動連結在一起，夢想在蘇聯社會建立一個性誠實、享樂和個人自主的藍圖。當她在 1926 年寫《一個被解放的女共產黨員自傳》（*Autobiography of A Sexually Emancipated Communist Woman*）時，她已經因為自己的一些政治錯誤，而被外派到挪威當大使。在自傳中，她企圖將這種想法表達出來。然而，隨後而來的批判令她不得不刪除個人生活與想法。她必須犧牲自我的私領域、尊崇黨的一切，以第一人稱複數——我們——的形式取代第一人稱單數——我——的觀點和主張。

第二種類型是政治犯女性自傳體回憶錄。二十世紀三〇年代，當蘇聯政府積極建立嚴格的排他性正統時，同時也製造出一種特殊的監獄經驗，以及由許多政治受害者所寫的一系列回憶錄。在史達林時代，肅反運動清除了許多政治人物和文化知識份子，也使得無數女性不是喪失所愛就是被捕、監禁或流放。史達林去世後的解凍時期，許多女作家投入反抗式自傳的俄國傳統；她們的反抗傳統結合了對史達林獨裁統治的痛恨，以自己、家人或朋友所遭受的迫害，記錄其苦難的歷程。這些女作家，如葉芙戈尼雅‧金斯伯格（Евгения С. Гинзбург，1904－1977），最初只是想把個人的作品當成驅除惡魔（史達林統治）和復興早期共產黨理想的工具；然而，她們反而變成記錄了人權被侵犯的主題，而非促進一個理想的政治綱領。

史達林政府對女性作家及其家人的任意定罪，迫使她們重新評價自身所處的政治環境與歷史。當她們

被非法審判，丟入監獄或集中營時，這些女作家也在那種環境裡遇到了許多其它不同類型的女罪犯，例如，非俄羅斯民族、不同宗教信仰的人，或是女同性戀、雙性戀、以及來自不同階級的政治犯與普通罪犯等。這種遭遇的結果出乎她們的預期，透過記錄其他被監禁女性生活的新角度與好奇心，無形中也減輕了自己的痛苦。

　　一般而言，這類自傳體的書寫與男性集中營的方式有極大的類似性，大都缺乏自主性和團體歸屬感。無論如何，這些女作家敘述了其他女性的生活是某種有意義的舉動；不僅指出女性亦可將內在的價值分享給其他女性，更引導了某些社會價值的根本轉變，也就是更重視人權。這些女作家無形中促使「後史達林時代」的蘇聯社會遠離政治生活，用一種更深遠的理想取代對革命偶像的崇拜、犧牲與奉獻——也就是回歸人性。

　　第三種，文化保護者的女性自傳體小說多半來自受迫害者的妻子或女兒；她們被形容為「俄羅斯的文學寡婦」，主要和男性受害作家的生活領域和作品保存有關，明顯地承繼了文化保護者的責任和力量。史達林政權輕易地摧毀生命，同時也摧毀了無數藝術創作者的文本。有多少男性受到壓抑，就有多少女性承擔保護未通過檢查制度、非官方文本的艱鉅工作。事實上，她們的傳記也就成為戒嚴時期非官方俄羅斯文化的保護者和捍衛者。例如，象徵派詩人曼德斯坦姆（Осип Э. Мандельштам，1891－1938）的妻子娜潔盧

姐·曼德斯坦姆（Надежда Я. Мандельштам，1899－
1980）、作家布爾加科夫（Михаил А. Булгаков，1891
－1940）的第三任妻子依蓮娜·布爾加科娃（Елена С.
Булгакова，1893－1970）等，這些文學寡婦努力保護
了男性作家的檔案，在適當的時機出版他們的作品，
並努力恢復他們的名譽。她們的回憶錄通常採取生活
札記的形式，復原過去歷史的事實，去反駁那些傷害
男作家的真實性形象；也因此，這些紀錄顯得更具可
靠性。過程中，她們經常扮演支持伴侶的角色，有時
是秘書，有時是紀錄者；依蓮娜·布爾加科娃就是在
1926年布爾加科夫的日記被搜查沒收後，開始代替丈
夫寫日記。

在許多案例中，文學寡婦技巧而堅持地完成保護
者的責任，但卻常缺乏專業訓練。即使她們具有專業
訓練並自覺有能力去寫作，她們的自傳也僅僅忠實地
反應蘇聯歷史的創傷，並確保俄羅斯男權文化結構的
繼續存在；莉吉亞·楚科夫斯卡婭（Лидия К.
Чуковская，1907－1996）的作品就是典型的例子。她
是個文學批評家、編輯、小說作家，認真地維護一些
作家的形象，其中包括自己的父親——科爾涅·楚科
夫斯基（Корней И. Чуковский，1882－1969）。她在
父親死後完成其作品《童年記憶》（Памяти детства，
1989），其重點放在1910年代的童年時光，其中包括
描述她與父親相處的歲月；雖然只是生活的紀錄，但
在當時嚴格的審查制度下，幾次嘗試出版都終告失敗。
這部作品雖聲稱是自己的童年往事，實際上是強調「父

親是她的創造者」，她用不同的角度表現和贊同父親
「創造者的形象」；父親楚科夫斯基是她終生價值的
建立者。透過她的生活詮釋，她詳細地描述父親如何
賦予她具有價值的詩學教育並針對文學的職業做了早
期的訓練。

　　然而，遺憾的是，楚科夫斯卡婭對父親詳盡的描
述卻限制與混淆了她對自己的描寫。作為旁觀者，我
們可以瞭解她對父親的敬畏與被父親認可的渴望。她
的敬畏和服從暗示著一種自我的隱藏；她似乎接受父
權下普遍被接受的兩性階級模式，並在無意中去除了
該模式之外應被確立的女性自我。這種就是典型被歸
類為「我們」的普遍模式，包括女性特徵的主要內涵：
玩洋娃娃，看女生的書，像小婦人一樣做女人的工作，
烹飪、洗衣，不要引人注目，遵守女人本分地維持一
個家庭。因此，她的童年自傳完全疏離了自己少女時
期本質的自我，在過度強調她的創造者——父親——
卓越的貢獻時，卻完全遺忘了書寫自己的自傳。

　　第四種類型是自我追尋者。這類女作家企圖打破
「父權制」，也就是突破以男性家長為中心的父權體
制，包括傳統價值體系、生活方式與社會制度。二十
世紀初，瑪琳娜‧茨維塔耶娃（Марина И. Цветаева，
1892－1941）是以撰寫詩歌見長的女詩人，其自傳式
散文提供了追尋自我的女性作家極有價值的啟發。俄
裔美國哈佛大學斯拉夫語比較文學系教授波茵
（Svetlana Boym）認為茨維塔耶娃的作品是「一個不
順從的女性為主角所演出的獨角戲」，她本只想堅守

女性的身份，但卻將之推到極限，如此反而違反了文
學的女性和男性氣質的常規。在散文作品〈我的普希
金〉（«Мой Пушкин»）中，與其談到她的詩人前輩、
導師、啟蒙者普希金，不如說更敘述了自我內在深處
的感受與評論：異教、黑暗、吉普賽人、反抗的布爾
加喬夫（俄國農民）、大海、自由與詩歌。在大膽探
究自我女性身份的同時，茨維塔耶娃不可避免地將自
己和所有 20 世紀初的女詩人社群劃分開，成為最勇
於違反當時俄國社會規範的女作家。

# 五、結論

　　歷來，許多學者都曾深入探討過個人的主體建構
或自我的身份認知。無論從何種角度切入，大都認為
主體或自我是在歷史及社會中被認知和建構；它是一
個在社會實體背景下，透過不斷對外在環境的認知與
對話的過程，而確立自我的身份定位。在不同的情境
下，人被建構成為知識、權力、道德的主體論述。其
中最大的矛盾在於人通常相信自己是具有自我意識的
自由主體，而且認為自由是先驗的，但另一方面，個
人的自我意識卻常常受到社會的制約，於是生存及生
活的種種條件影響了自我的建構，也因而產生了族群、
性別、階級等自我身份的認同問題。

　　傳統以來，一般人都直覺地相信，我們今天所接
受及所表達的知識與真理，其實都是在以男性為社會
和文化支配者的歷史中慢慢形成的。男人根據他們的

所知與見解，建構了主流學說、撰寫歷史、設定價值；一直以來，這些價值的表達與敘事都成為男人和女人依循的準則，事實上，其中都明顯包含著男性的偏見。過去，很少人會去關注或留意女性的學習、認知及價值模式；不管是天生的本質，或是對社會環境的適應，它們確實與男性存在著很大的差異。在過去的父權社會，男性中心的社會體系素來重視倫理和客觀價值的文化氛圍裡，刻意貶低了女性的心智與貢獻，普遍認為女性的思維較為情緒性、直覺性與主觀性。但本質性的女性真的是如此嗎？雖然傳統認知上認為男女有別，那是生理形體和功能上的差異，再加上社會生產機制上的定位，形塑了社會性別；既然是社會性別，那就是「人為倫理」而非本質性的「天然倫理」。從思想上必須先解放女人的社會性別，才有可能回歸女性的本質自我或本性自我，共享「人」的天賦價值，進而共同創造社會的整體價值。

基於既有的支配關係結構及歷史陳跡，只有跳脫父權支配，透過女性的主體建構及自我表述，才能讓女性的學習、認知及價值模式真實顯現。也因此，探索女性自傳體書寫，不僅有助於瞭解女性話語與敘事模式，更可發覺女性主體或自我建構的軌跡。對於當今強調尊重差異、多元、異質性、邊緣性的後現代社會，這種探索更希望性別研究能以多元、開放的態度有助於女性「型塑主體」及「培養成熟的自我」，進而促成實質的兩性平權及性別文化的共生，攜手推動人類文明的進化。

# 本章參考文獻

中文：

1. M. M. Bakhtin 著，錢中文主編。《巴赫金全集》第一卷。石家莊：河北教育出版社，1998。
2. 尼采著，張念東、凌素心譯。《權利意志》。北京：中央編譯出版社，2000。
3. 汪民安。《文化研究關鍵詞》。鳳凰出版傳媒集團，江蘇人民出版社，2011。
4. 笛卡爾著，王太慶譯。《談談方法》。北京：商務印書館，2001。
5. 楊正潤。《傳記文學史綱》。南京：江蘇教育出版社，1994。
6. 劉康。《對話的喧聲：巴赫汀文化理論述評》。台北：麥田出版，1998。
7. 錢鐘書。《寫在人生邊上》。瀋陽：遼寧人民出版社，2000。

英文：

8. Anderson, Benedict. *Imagined Communities: Reflections on the Origin and Spread of Nationalism*. London: Verso, 2010.
9. Benveniste, Emile. *Problems in General Linguistics*. Miami: Coral Gables University Press, 1971.

10. Clyman, Toby & Greene, Diana, ed. *Women Writers in Russian Literature.* Westport, Connecticut, London: Greenwood Press, 1994.

11. Heldt, Barbara. *Terrible Perfection.* Bloomington and Indianapolis: Indiana University Press, 1987.

12. Kerby, A.P. *Narrative and the Self.* Bloomington: Indiana University Press, 1991.

13. Kollontai, Alexandre, trans. by Attanasio, Salvator. *The Autobiography of A Sexually Emancipated Communist Woman.* New York: Herder and Herder, 1971.

14. Lacan, Jacques, trans. by Fink, Bruce. *Ecrits.* New York, London: W.W. Norton & Company, 2007.

15. Maurois, André. *Aspect of Biography.* Cambridge: Cambridge University Press, 1929.

16. Probyn, Elspeth. *Sexing the Self.* New York: Routledge, 1993.

17. Rosenfield, Israel. *The Invention of Memory: New View of the Brain.* New York Basic, 1988.

18. Taylor, Charles. *Source of the Self.* Cambridge: Cambridge University Press, 1989.

19. Thompson, E.M. *Imperial Knowledge: Russian Literature and Colonialism.* Westport, Connecticut, London: Greenwood Press, 2000.

20. Zanden, James. *Social Psychology.* New York: Mc Graw Hill, 1987.

21. Sacks, Oliver. 'Neurology and the Soul', *The New York Review of Books*, vol. 37, no. 18（Nov. 22, 1990）.

22. Ulric, Neisser. 'Fine Kinds of Self knowledge', *Philosophical Psychology*, vol. 1, No. 1, 1988.

俄文：

23. Гинзбург, Евгения С. *Крутой маршрут*. Москва: Астрель-АСТ, 2007.

24. Пушкарёва, Наталья. *Гендерная теория и историческое знание*. Санкт-Петербург: Алетейя, 2007.

25. Цветаева, Марина. *Вольный проезд*. Санкт-Петербург: Азбука-классика, 2001.

26. Чуковская, Лидия. *Памяти детства*.（印自電子書）

網絡資料：

27. 維基百科，
https://zh.wikipedia.org/wiki/%E8%87%AA%E5%82%B3（2021.02.20）

28. Бахтин, М.М.,
http://www.gumer.info/bibliotek_Buks/Literat/Baht_AvtGer/index.php（2011.04.26）

當代俄羅斯女作家作品初探

# 第二章

# 歷史的傷痕記憶——

# 金斯伯格《險峻的路程》：女集中營

# 回憶錄

1930 年代的蘇聯政府為了建立嚴苛的正統性，在史達林的肅反運動中，政府為了清除政治異議者和文化知識分子，營造出一種特殊的監獄風雲，以及一系列由政治受害者根據經驗所寫成的回憶錄。

這當中有無數的女性不是喪失所愛就是自己被捕、監禁或流放。史達林去世之後的解凍時期，在赫魯雪夫有限度的默許下，許多女作家陸續藉著地下出版，寫下她們的苦難，控訴史達林野蠻專制對她們自身、親人或朋友的迫害。這些歷史的傷痕記憶雖然無法呈現在國家的正史上，卻是最為真實的血淚故事。

女作家葉芙戈尼雅・金斯伯格（Евгения С. Гинзбург，1904－1977），就同諾貝爾文學獎作家索忍尼辛（Александр И. Солженицын，1918－2008）一樣，以俄國傳統的反抗式自傳體小說進行寫作，控訴當年蘇聯以進步的、主流的、威權的意識形態為藉口對人權肆意的侵犯。當她們被非法審判，被丟入監獄和集中營時，這些女作家以自身的處境，控訴當權

階級的罪行，並促使她們反身思考自我的存在價值，重新評價社會與國家的歷史。

蘇聯解體後，俄羅斯出版界重新發行了這些作品，拼湊蘇聯時代這段傷痕歷史的記憶，成為文壇上一種特殊時代的標誌——傷痕文學的女性自傳體小說。本章擬透過葉芙戈尼雅·金斯伯格的長篇小說《險峻的路程》（*Крутой маршрут*，1988），探討這種傷痕文學的女性自傳體小說：女集中營回憶錄，包括其書寫特色及內容。

在回憶錄中，作者以異於男性異議作家的創作手法，並不是政治犯的群體感受來反映自身的牢獄經驗，而是更著重在個人對整個事件的觀察與感受，同時也表達對男性社會意志的反省與抗拒。小說中深刻描述了時間、空間與個人的內在關係、女性身體、母親與孩子間的關係、兒童之家等主題，藉著這些包括生活與感情的面向呈現當時女集中營的生活圖像：她用女性式的、人與人之間的、主觀的和直接的方式表達集中營生活的苦難經驗。

美國性別研究的學者海特（Barbara Heldt）在談論金斯伯格的作品時，特別關注到其作品的特質是融入了性別的考量，再比較金斯伯格與索忍尼辛的手法時，說道：「金斯伯格在描寫難堪的殘忍時，也可以找到人的心靈：這是她主要的目標。在她不斷地與其他受害者聯繫和對話時，不僅賜予他人生命，更給予自己求生的勇氣。」

　　記載所有這一切是自己的使命。主要不是為了
陳述這些年在集中營與勞改營所發生的事實，
而是為了向世人揭露女主角的精神演變過程，
從一個天真的共產理想主義者轉變成一個嚐盡
善惡之樹果實的人；一個在尋找真理過程中經
歷無數新的磨難與痛苦而恍然大悟的人。

　　更重要的是讓讀者瞭解，這是一段個人內在《險
峻的路程》，而不僅僅只是一部受難的編年史。

（Гинзбург，2007：829－830）

　　金斯伯格的小說《險峻的路程》是一種自傳體文
學，結合了個人在集中營生活的見證和遭遇困境時那
種堅忍不拔的精神，是最早一部透過描述史達林時期
勞改營的生活，呈現俄羅斯婦女不幸遭遇的小說。這
部長篇小說長達八百多頁，被視為俄羅斯女性自傳體
和回憶錄文學的主要作品之一。

　　這部小說一開始從不公正的社會恐怖和隨之而來
的逮捕（1934－1937）寫起。它描述了作者因受到史
達林的整肅，而在廣大的蘇聯境內度過監禁、勞改與
流放的十八個春秋。最初三年間，她曾跨越數萬哩，
更換了六次不同的監禁獄所，每次的處境都愈加艱險，
生命岌岌可危，數度瀕臨死亡邊緣。

　　顯然，金斯伯格自始至終都堅信共產主義的理想，
本身是大學教師，與丈夫皆為韃靼地區的高級共黨幹
部。然而，以如此的政治成分，卻在 1937 年史達林大
整肅的期間，因反革命罪名被逮捕，原因是她被視為

托洛斯基的支持者。她在被單獨監禁 730 日後，被轉
押到科雷馬勞改營，接著又在 1947 年被流放到遠東
地區的馬加丹，隨後於 1951 年再度被關進勞改營，到
1956 年才獲釋而恢復名譽。

　　在這本回憶錄中描述著：她一方面接受押解者不
擇手段、無恥的訊問，在此過程中，讓她也同時感覺
到自己不被動搖、堅毅的道德勇氣。在苦難的際遇中
有同僚的背叛，也有獄友間的憐憫與友誼；也看到有
人在專橫和暴力面前的束手無策，但也有歷經苦難後
的精神淨化；更為可貴的是面對折磨時能保有的幽默，
以及洞察靈魂的感動。金斯伯格以優美的措辭、敏銳
的洞察力、驚人的記憶與生動的對話，記述了這段傷
痕歷史。這本作品可以說超越了一般的紀實寫作，獲
得女性自傳體詩學的藝術成就。

　　一般而言，俄羅斯文學在作家、哲學家和社會政
治活動家之間沒有明顯的界線。換句話說，作家所寫
的也常被認為是社會和歷史過程的一部分。諾貝爾文
學獎得主、也是蘇聯流亡作家——索忍尼辛——認為：
蘇聯時期反抗書寫的特徵是，作家運用自身的經驗來
挑戰官方的歷史，反抗國家運用權力對社會正義與文
化道德做統一詮釋的歷史（Harris ed.，1990：4）。金
斯伯格的作品也繼承了這一傳統，但更重要的是它呈
現了女性觀點的反歷史，索忍尼辛的這個觀點同時表
現在小說中描述古拉格群島（指蘇聯時代的集中營）
的生活裡、社會文化生態的多樣性、人際間互相依賴
與共生關係的人性原型與百態。

　　其次，作者的回憶錄特別強調女性意識與心理感受，表現的方法也與男作家有所不同；男作家所描述的重點常放在男權體制下女性之間的互相依賴關係。文學批評家 Sidone Smith 觀察到，「男性用個人主義的、客觀的、疏離的方式表現自我、他者、時間與空間；而女性則用人與人彼此間的、主觀的和直接的方式表達經驗」（Smith，1987：13）。另外，女性主義文學批評家 Babara Heldt 在研究金斯伯格的作品時，特別注意到它融入了性別的考量；她在比較金斯伯格和索忍尼辛的書寫手法時說道：「金斯伯格在描寫難堪的殘忍時，也可以找到人的心靈：這是她主要的目標。她不斷地和其他受害者聯繫，不僅賜予他人生命，更給予自己求生的勇氣」（Heldt，1987：153）。

## 一、跳脫「群體代言」的敘述手法

　　回憶錄最突出的特點在於女主角的故事並非控訴史達林集中營殘暴事實的案例代表，並非作為許許多多受難者的代言人，而是針對眾多受難者的個案描述和對話；也就是說，她和其他被權力踐踏的人是站在平等的地位，進行坦承的對話。此點和索忍尼辛筆下的伊凡・丹尼索維奇（Иван Денисович）（小說《伊凡・丹尼索維奇的一天》（Один день Ивана Денисовича）中的主角）將自己與其他人區分出來，從丹尼索維奇的角度，描述集中營的生活實況，偏向凸顯主角的道德與高尚的精神，而未顧及其他受難者

的感受和觀點；索忍尼辛的這種手法與金斯伯格有著顯著不同的敘述觀點。

　　金斯伯格運用的手法是將與她共同分享集中營與放逐生活的眾人透過對話，彼此交織成不可分割的一體，她的敘述不是專為一般女性講話，而是把自己當成千千萬萬女人之一，她所敘述的是一個特殊蘇聯女人的故事，主要是要擺脫「女性群體」的他者反射。而金斯伯格這個女人的地位並非決定於本質性的自我，而是由政治、經濟、社會階級所界定：她在被捕前，享有特權、受過良好的高等教育，是一位歷史學家、老師與記者，還是一名高階共產黨員，更是屬於那些有意利用革命後的政策，來提昇女性地位的婦女、也是促進社會解放和知識平等的時代新女性之一。而這個國家體制和社會文化所代表的則是，每一個人都必須否定自我性格和私領域的生活，強行將自我意志納入社會集體的共同目標；如此一來，女性則被推入自己無法改變的社會系統。換言之，在當時的國家與社會背景下，女性的自我縱使能夠跳脫男性意識下「他者的我」，亦無法逃脫男性集體體制下的「另一個支配者的我」。換句話說，儘管金斯伯格能夠擺脫「女性群體」的他者反射，保存著她獨特的「女性自我」，但是這個「女性自我」終究還是陷入了另一個「社會他者」的影響或箝制。

　　然而，金斯伯格原有的社會地位在被逮捕後有了急遽的改變。在她被捕的同時，有一萬名女性在鎮壓中也被捕，她們組成一個集體，但她成了集體中可區

別的一份子。在此情境下，金斯伯格的敘述將焦點放
在女性政治囚犯彼此的相互關係上，雖然是由她個人
來敘述，但其內容並不表示出她代表了或包含了女政
治犯的整體。相對來看，在索忍尼辛的小說中，對男
主角伊凡·丹尼索維奇與其他集中營夥伴生活瑣碎的
描述，模糊了其他囚犯的焦點，有意凸顯男主角的反
抗形象，並以此作為囚犯的集體代言者。

## 二、主角內在精神的發展

　　金斯伯格在被逮捕的前後時期，其思考模式與精
神發展有著截然不同的對比。逮捕前，她深信權力當
局所有言行，並視為本身行為的典範；逮捕後，對權
力者的粗暴、道德的淪喪與高壓的意識形態徹底失望，
她必須仰賴其它的信仰來支撐自己。這種巨大的衝擊
直接影響到她的思考模式與精神發展。

　　首先，在精神體系內，金斯伯格必須重新審視原
本的信仰。她回憶起逮捕前的生活，並徹底的反省，
發現當中充滿了虛假。此時，浮上金斯伯格腦中的第
一件事是她與丈夫的爭論，質疑高層大肆逮捕黨員的
議題時，雙方發生了爭吵；在爭吵時她無意間甩開丈
夫的手時，弄丟了一隻金錶，真是印象深刻、場景歷
歷：

> 我們彎腰，空手在雪堆裡假裝找手錶，試圖緩
> 和氣氛。事實上，在我們因爭吵而激動的臉上，
> 可感受到佈滿即將到來的災難陰霾。

> 最可怕的是，我們彼此都清楚對方在想什麼：
> 我們只是假裝手錶不見而生氣，決定一定要找
> 到它。其實，我們根本顧不到手錶；真正遺失
> 的是我們的生活。而我們各自還裝作這個爭吵
> 對個人很重要，這才是我們所要擔心的。
>
> 事實上，我們夫妻之間的爭吵究竟意味著什
> 麼？關鍵是，我們已經處於生活之外，不再擁
> 有普通人共同生活的關係了，只是這種潛在的
> 想法並沒有對自己說出來而已。（c.39）

另一件刻骨銘心的事發生在家庭共同生活的最後
一個休假日。在黨員的渡假村裡，聚集了許多高階黨
員，同時也有許多「統治階級的小孩」（ответственные
дети）（c.39）。小孩們根據車子的品牌將周遭人的身
份分類：林肯（Линкольнщики）與別克（Бьюишники）
的身份較高，福特（Фордошники）的身份較低，金斯
伯格夫妻屬於後者。

金斯伯格將上述兩個事件並列，而這兩種意象是
這本小說的中心基礎：後者正暗示著她日後的命運，
也就是透過小孩對車子的階級分類，反映出大人身份
在社會的評價，並藉此印象隱含著權力的危機；前者
關於遺失手錶則是表達時間、空間與感情生活的失落。

逮捕對金斯伯格的第二種改變是思想模式的轉
變。原本的思維判斷是根據集體利益（即黨的利益）
的思考途徑，素來被黨培養成壓抑情感，運用邏輯的
理性思考，現在卻必須依靠直覺和自我的人性價值來

思考。這種思考模式的對照顯現在她面對被逮捕的威脅時，後悔沒有接受農婦婆婆聰明的建議，先躲到鄉下避難，主要是當時心中一心為黨，腦中的想法是一切遵照黨的安排。後來，隨著時光的流逝，金斯伯格漸漸瞭解了這個建議的智慧，以及懊悔當時因政治天真而忽略這個建議，因而犯下了無法挽回的錯誤。

　　金斯伯格原本自認是理性的共產黨員，現在所有的認知都受到了現實無情的挑戰。金斯伯格最後試著透過與身邊的親朋好友的關係與對話，來重新評價自己的行為，檢視自我的成長；也就是透過對環境改變的認知和調適，重新在人性價值的本質與社會網絡的關係中做自我的定位。金斯伯格在被逮捕後的第一個自我覺悟是：「我生命中的第一次，被迫必須獨立分析周遭情勢與選擇應採取的行為路線」（c.70）。基於這個覺悟，她請教了一位先進同志、也是獄友的蓋勒（Гарей）關於個人理想與黨的政策發展問題，並探索當時的形勢到底是甚麼情況。蓋勒（Гарей）比金斯伯格年長十歲、黨齡也大 15 年，而針對這個問題，蓋勒的回答令她反而更為困惑，而蓋勒的最後下場甚至是被槍決。

　　另一個與金斯伯格有過經驗性對話的女黨員同志是皮特可夫斯卡雅（Питковская），最後也是淪為悲劇的下場。皮特可夫斯卡雅是一個忠於黨的女同志，不自私，且為黨辛勤的工作。可惜，她的丈夫在 1927年加入了反對黨，這件事曾讓她內心深感愧疚；儘管如此，她還是深愛著她的丈夫和年僅五歲的孩子。在

丈夫被逮捕後，她也失去了黨的工作。當她被下放到
工廠工作時，弄傷了右手，最後落得自殺的下場。金
斯伯格望著皮亞可夫斯卡雅淒涼的墳墓，墓碑上沒有
十字架，也沒有星星覆蓋，感概她悲慘的命運。金斯
伯格覺醒了，告訴自己：「我知道了，不，我絕不這
樣做。我要為自己的生存而戰鬥。他們也許會殺了我，
但我絕不幫助他們」（c.24）。金斯伯格默默地在心理
再一次告訴自己：皮亞可夫斯卡雅順從男性集體意志
的模式，絕不會是她自己的例子。於是，金斯伯格從
蓋勒與皮亞可夫斯卡雅身上得到的結論是：要為自己
著想，追尋自我的再定位，不管是從個人的價值還是
社會的價值出發。

## 三、時間與空間的描述

　　金斯伯格回憶錄的俄文版與英文版分別說明了小
說的兩個主要基調：俄文版是以史達林與崇拜者做為
書的封面，書的副標題——「個人崇拜時期的歷史」
（хроника времен культа личности）；而英文版則有
意省略副標題，以金斯伯格被監禁、勞改的路線圖和
集中營的地圖作為封面。這一個對照令人想起已故俄
國文藝理論家巴赫金（Михайл Бахтин）所提出的「時
空體」（хронотоп）論述，論述中深入討論文學中的
藝術表現，以及這種表現與時間和空間的內在關聯。
本章將不針對這方面做深入的探討，而把重點放在時

間與空間對性別議題之影響，主要是強調女性表達相
對於時空關係的不同方式。

　　一般而言，女性自傳體文學很多都將空間侷限於
家庭，而金斯伯格的回憶錄書寫卻是少數特殊的例子。
她並非自願地脫離家庭空間，而是在心靈上被強行推
入了一個「蘇聯」的信仰情境和寬廣的空間，並且在
身體上被遷到家庭以外的封閉空間，度過了大部分的
生命。金斯伯格的行動自由被集中營與嚴酷的氣候所
箝制，她的身心旅程（靈魂的險峻路程）和空間息息
相關，並且成了自我精神探索的必要條件。

　　其次是在其艱辛的人生旅程中，時間與人的關係
也產生了巨大的變化：金斯伯格被監禁後的時間感知
突然停滯，與外在世界的斷裂讓她感覺到茫然和窒息。

> 冬天。我坐在這裡想著外面的世界，外面的人
> 知道這裡的監獄與拷問嗎？我現在幾乎無法想
> 像外面世界的真實景況，例如夏天的時刻，有
> 某個人此刻正在河裡游泳。（c.223）

> 我們生命的時鐘停止了，每天帶給我們的《北
> 方工人》報紙，提供遙遠的外在訊息，在當時
> 是極端無聊的隻字片語，泛著蒼白的反光，無
> 法啟動知覺的時鐘。我們基於慣性還是貪婪地
> 死抓著報紙，比校對者還要認真徹底的讀著它。
> 然而，報紙上所寫的對我們的認知完全是不真
> 實的。

> 「戰爭到了西班牙、慕尼黑；希特勒在捷克斯
> 洛伐克；黨準備召開第十八屆黨代表大會。」
> 這一切都是在夢中嗎？難道現在還有戰爭？難
> 道其他人不是像我們一樣被摧垮了？隨著每天
> 的到來，不斷出現這種完全與現實隔離，預知
> 接近終結的危險感覺。（c.227）

　　另外，除了時間的失落，便是空間的改變；個人
不再享有私自的空間，被強行關押到一個改造與懲罰
「想法不同者」的空間角落。金斯伯格被逮捕後，牢
房竟成為一個分享姊妹情感的地方，來自不同背景的
女人在此分享她們（困境的）肉體與精神的共同空間。
一直到被關在各自不同牢房的兩年後，才在一次共浴
時刻親眼看到除了室友外的其他牢獄夥伴；雖然在這
段被關押期間她們彼此曾隔牆傳達訊息，卻無法親見
彼此。金斯伯格感性地描述到：

> 她們多可憐，由於悲傷而清瘦，疲憊不堪……
> 就像我們一樣。消瘦的身軀喪失了女人的圓潤，
> 眼睛裡有著熟悉的表情──和我們一樣。

> 我們再也不躲藏，不再分彼此。相反地，當他
> 們命令我們兩人排成一隊時，我感受到一種熱
> 切的姊妹之愛與忠誠……。（c.240）

之後，金斯伯格在即將離開和其牢友尤拉（Юля）一
起住過的牢房時，有著很深的感慨，甚至也感到婉惜：

> 把該既定的變動即將面臨執行的這件事丟到明
> 天。讓我們（作者與尤拉）在這單獨的牢房中

> 再多住一兩天；畢竟就在我們這個房間裡留下
> 來一小塊我們的心靈。在這裡我們曾高興地談
> 論著書籍，也在這裡共同記憶著童年。我們不
> 能突然就這麼離開這裡。（c.242）

儘管如此，在相對的情境裡，空間的流動和時間的失
落並沒有迫使金斯伯格完全的馴服，而是讓她重新燃
起對個人尊嚴的渴望。

> 現在，從我們最後一次跨越自己囚室門檻那天
> 起，我們必須全部綁在一起，包括工作、做夢、
> 進食、洗澡、身體機能的需求——現在所有這
> 一切都是共同的、集體的。許久以來我們之中
> 沒有一個人膽敢夢想自己能獨處，儘管一分鐘
> 也好。（c.243）

在此之後，金斯伯格被轉到了開放的外在空間，
有時偕同其他女囚被派去砍樹，有時被派到農場、廚
房、醫院、育嬰所和學校工作。有一次被安排集體睡
在農場的木板上，這個情境讓她燃起了一個念想，要
設法睡在自己獨自的小房間。對獨立空間需求的想法
將她帶回自我意識中作為人的尊嚴；這個想法也使她
在被流放到馬加丹（Магадан，俄國遠東地區的一州）
時，努力設法改善了自己的住處，並重建自己的家庭。

金斯伯格對集中營空間的理解可分為兩個世界：
第一個是大世界，涵蓋了整個古拉格（蘇聯集中營）
體系。這個世界的空間是由階級、權力、統治權的他
者來支配決定的；她用奴隸與主人的關係來描述這個
世界。第二個是小世界，是女性犯人分享他者痛苦和

恥辱的共同空間。金斯伯格運用各種表達身體與心靈結合的地點來描述第二個世界，例如：共同的牢房、運送火車和船的空間、集中營的各個交會點。後來，當金斯伯格獲得暫時的自由後，這個主題又重複出現，第一次是和監獄與集中營的老友尤拉分享房間；第二次是她在簡陋房子裡為自己第二個脆弱的家庭尋找公寓住所。

除了空間對人的外在行為與內在思想或精神發揮極大影響力之外，自然環境也同時給予人極大的考驗。當金斯伯格面對嚴苛的自然環境時，她無法像一般冒險英雄小說中的男主角一樣，接受自然環境的挑戰，測試自己的極限和能力，而只能宿命地接受它。在送往集中營路程中，經歷可怕的一個月海上航行後，面對未來生或死的命運，金斯伯格只能像個教徒似地接受了命運的安排。

> 天空開始呈現丁香花般的淡紫色。我在科力馬（Колыма，位於俄屬遠東地區）的第一個黎明就要到了。突然之間，我感到一種神奇的輕鬆，並接受了我的命運。的確，這是個殘酷的異鄉。無論是母親或是兒子都不可能找到前往我墳墓的道路。不管如何，至少這是陸地。我終於抵達陸地，我不再恐懼鯊魚出沒的灰色太平洋。（c.325）

之後，在金斯伯格的回憶錄中，讀者亦可讀到作者面對大自然的類似心境，譬如，對於西伯利亞自然的膽怯與畏懼，而非男性作家描述劇情中主角的勇敢征服。

# 四、對身體的關注

異於男性反抗式書寫的另一項特點，就是女性作家特別關心身體的困境，這本來就是男女在生理上的差異，也自然延伸出心理上的不同感受，這也是寫作上應該面對的現實。

在男性的寫作傳統裡，通常認為精神應高於肉體經驗，甚至高過於個人生命。然而，有別於男性傳統，金斯伯格以女人為中心的本質世界，對肉體同時也表達了相當的關注。她在面對身體的痛苦時，強烈地表達了恐懼與焦慮。

在作品中，金斯伯格特別觸及女性身體的議題，尤其是身體上的傷害。在審問前原本身體狀況尚佳，然而，在一連串不分晝夜、折磨人的審問後，健康驟然惡化。她問道：「這是惡魔的陰謀要把我從 30 歲的女人變成 100 歲的老太婆嗎？」（c.87），另一次，她鼓起勇氣單獨與施暴的警衛搏鬥後，用勉強獲得的一點水清洗了身體，才覺得自己是一個「人」，而不是一個骯髒的動物（c.197）。在回憶錄中，金斯伯格也經常提到她對惡劣環境和疾病的恐懼，擔心停經、乳癌……等問題。

除了擔心自己身體所受的傷害，金斯伯格同時也關心其他女獄友的身體狀況。由於被警衛欺負、抵抗、極差的飲食、缺乏飲水、過度的勞動、惡劣的環境與氣候等因素，在監獄或集中營中女人的身體狀況都明

顯惡化，在這方面，女性可能比男性更脆弱。這些女犯人必須面對身體的共同問題，也表達了彼此之間的關懷，緣因於共同面對生存、死亡、疾病和毀滅的恐懼。

另外，小說的描述內容中特別突出的部分就是觸及性本能的議題。雖然集中營生活使這些女犯人喪失女性原有的特質與性能力，但是也引發另一種個人和集體的反抗。例如：女犯人偷偷保留逮捕前所穿的衣服，避免警衛查到；在送往遠東的前一晚，女犯人們共同去浴室洗澡，這些對她們來說是種樂趣。即使冒著被抓的風險，她們還是尋找自由的性樂趣，這對被獄卒強暴的議題來看，這是一種消極的反抗。和索忍尼辛的小說相比較，金斯伯格在這方面的描述更為敏銳和沈痛，因為她本身就是受難女性的一分子。根據統計，女性在集中營中存活下來的人數較男性多，但她們也付出較高的精神和身體上的代價。

## 五、母親與孩子的關係

母親和孩子（包括非親生子女）的關係是這部回憶錄的另一個探討的重要議題，這是女性受刑者特有的感受，此點通常被男性作家在書寫反抗情節中忽略。在回憶錄中，金斯伯格不斷重複著對自己失去「母親身份」的恐懼，這種人性自然情感的流露，也增加了人道精神的感傷。當金斯伯格想到可能被判處死刑時，憤怒地說道：「他們怎麼能沒有任何理由就殺了我……

我是作為媽媽的茬紐什卡（Женющка：金斯伯格的小名），是阿列夏（Алёша）和瓦夏（Вася）的母親……誰給他們權力？」（c.156）。更詳細的描述如下：

> 白天理性的擔心敵不過黑夜非理性猜忌的折磨。也許，某些人邪惡的意圖讓我即將失去我的孩子？阿列夏已經不在了……瓦夏——我那即將熄滅的生命的最後火花——會不會飛走、殞滅在雲端，或者消失在空氣中。再一次，在這惡夢連連的夜晚，我的耳邊似乎響起絕望的聲音：沒有人會再叫我媽媽了。（c.653）

因為與孩子的連結，金斯伯格同樣也延伸了她與母親的關係。1949 年聖誕節的當天，金斯伯格的母親去世；在那種情況下，她對母親再多的懷念都是無指望的，因為所有母親寫給她的信都被拿走了，使得母親和女兒的聯繫只能表現在視覺上，讓剩下的兩張照片保留著記憶。金斯伯格一想到母親為了設法尋找她的生死與下落，所經歷的折磨與痛苦，就悲從中來，在作品中敘述道：「她是個完全不會被別人特別描述的平凡母親。一個被囚禁罪犯的母親。在這些年老、孤寡、無家的歲月裡，她完成了沉默忍耐的成就」（c.703）。

另外，同樣的感情連結也延伸到其他女犯人的母子關係。金斯伯格在作品中也一再提到，女性囚犯們被禁止在彼此之間討論有關孩子的話題；這種禁止使得她們更絕望，她們沉默的悲傷和失望成了某種共同的束縛。金斯伯格年幼的孩子住在集中營的「兒童之

家」（Деткомбинат），而她也曾經非常幸運地被分配
到該處工作一年。回憶錄在第二部談到了集中營內常
被遺忘的角落，當中描述那些與母親一起被流放的孩
子們，他們也無理的被拘禁、單獨安置，金斯伯格在
小說中這樣描述著「兒童之家」的情景：

> 兒童之家也是集中營的一區。有值班室、大門、
> 簡易的房舍和帶刺的鐵絲網。在房舍們上寫著
> 簡單的字：「餵奶孩子」、「爬地嬰兒」、「年
> 紀稍大的」……。

> 開始幾天我似乎回到過去，突然讓我又恢復了
> 哭泣的能力。三年多來我的眼睛熾傷至無淚的
> 絕望。但是現在，1940 年七月，我坐在這棟奇
> 怪建築角落的長凳子上哭泣。無法停止的哭
> 泣……孩子們喚起了我的本能，我想要把他們
> 集合起來，緊緊地抱住，讓他們不要受到傷
> 害。……，你們是我親愛的……你們是我可憐
> 的人兒……。（с.379）

　　兒童之家的設置對母親而言有著雙重寓意：經由
兒童之家的工作，金斯伯格重新拾回了母親的身份；
另一方面，她也必須面對一個殘酷的事實，那就是，
在侷限空間成長下的孩子，他們是受傷的、被遺忘的
無辜受害者。

　　在兒童之家的孩子們營養不良，不被關心，甚至
四歲小孩還不會說話，只會發出一些「呀」、「呀」
的聲音；哭鬧、模仿和打架是他們主要的溝通方式。

他們經常挨餓，吃飯時就像個小囚犯，聚精會神的，匆匆忙忙的，吃一塊麵包，也需要盡力抹乾鐵碗中的殘羹飯菜。這些孩子即便生存下來，對父母的痛苦也不會有移情作用，不會以同理心關懷母親的苦難，更不會嘗試去保留他們對親子關係的回憶。

　　同樣在回憶錄的第二部，金斯伯格談到她與小兒子瓦夏在馬加丹試著重建第二個家庭的故事。回憶錄中談到母親與孩子的聯繫是雙重的：母子關係不僅是生育的、循環的聯繫，更是文化、歷史、線狀的聯繫。孩子就像是個人創作的作品，是人類最持久的希望，對女性創造者而言，也是現在和永恆之間建立的橋樑。從這個角度來看，金斯伯格的作品本身也就像是自己的另一個小孩，會在歷史上留下自己的痕跡。

# 六、結論

　　歷史是人類的共同記憶，它會以何種姿態呈現呢？傳統以來，歷史被認為是權力的舞台，往往反映出權力者的私心與慾望。任何想要操控的力量，常常利用意識形態編織事實或意圖塗抹真相，最後終究會落入一定的困境；像金斯伯格這一類的作品就是它們最大的挑戰。

　　權力的話語是許多時期的歷史與文化所特有的，在俄羅斯帝國與之後的蘇聯共產帝國的語境裡，為了政治目的而奪取話語權力，一向在多層次的歷史情境

中無所不在。從俄羅斯以外的其他加盟民族，到異議
分子，到婦女的世界，都是以「他者」的次文化呈現，
被有意識地視而不見，或者乾脆鎮壓、監禁、勞改與
放逐。從這個角度來看，金斯伯格在反抗式自傳體的
回憶錄中建立了雙重價值，一是反對史達林對個人自
由與人權的任意踐踏，是記錄被遺忘的歷史傷痕，另
一則是建構了有異於俄國傳統反抗式書寫的女性模
式；吾人深信，這部自傳回憶錄必會在歷史的記憶中
留下足跡；這是女作家探索女性在主體建構和自我解
放的艱辛足跡。

# 本章參考文獻

中文：

1.  Thompson, Ewa M.著，楊德友譯。《帝國意識：
    俄國文學與殖民主義》。北京：北京大學出版社，
    2009。

英文：

2.  Harris, Jane Gary, ed. *Autobiographical Statements
    in Twentieth-Century Russian Literature.* Princeton:
    Princeton University Press, 1990.
3.  Heldt, Barbara. *Terrible Perfection: Women And
    Russian Literature.* Bloomington and Indianapolis:
    Indiana UP, 1987.
4.  Holmgren, Beth. "For the Good of the Cause:
    Russian Women's Autobiography." *Women writers
    in Russian Literature.* ed. by Toby W. Clyman, and
    Diana Greene. London: Greenwood Press, 1994.
5.  Smith, Sidone. *A Poetics of Women's
    Autobiography: Marginality and the Fictions of Self-
    Representation.* Bloomington: Indiana University
    Press, 1987.
6.  Stanton, Domna. *The Female Autograph: Theory
    and Practice of Autobiography from the Tenth to the*

*Twentieth Century.* Chicago: University of Chicago Press, 1984.

## 俄文：

7. Гинзбург, Евгения С. *Крутой маршрут.* Москва: Астрель-АСТ, 2007.

# 第三章

## 幸福永遠不會到來？：

## 托克列娃作品中的「追尋」

19－20 世紀之交，俄國發生了一連串的事件：工業化、快速現代化、教育普及、社會結構改變、戰爭、革命等等。這種情境迫使俄羅斯女性必須同時肩負男人與女人的工作，負荷沉重；相對來看，這些歷史的發展也會啟動思想和社會的變革——女性的本質及其社會的角色也必然被重新評估。

隨後，蘇聯政權建立，一方面既要求女性參與勞動生產，加入戰鬥，並且獨立維持家計，但又堅持婦女仍應保持女性的溫柔與女性的特質。俄羅斯女性在面對工作與家庭雙重重擔的壓力下，越來越難讓她們認同這種反覆灌輸的女性形象，而企圖打破官方社會所塑造的女性典範。

另一方面，在文化的領域上，國家仍然堅持傳統的性別刻板印象。儘管蘇聯社會極力倡導改善各行各業的性別歧視，但在文學作品的管理上卻沒有改變傳統的性別觀。作為女性作家，很容易就被認定放棄「內在」的傳統女性特質，而被負面評價。因此，「女性文學」和「女性作家」的措辭，在社會文化的認知和直覺上就有輕蔑或含糊之意。所以，許多優秀的當代

女作家極力撇清「女性作家」的稱號，避免被貼上「女性文學」的標籤。一方面，她們認為文學就是文學，否認依性別分類文學的正當性與實用性。另一方面，她們又反對將女性文學貶抑為粗糙膚淺和過渡充滿愛情故事的文學，潛意識裡似乎已承認有女性文學的存在。事實上，她們只是想跳脫傳統女性文學那種只是描述風花雪月的刻板作風。維多利亞‧托克列娃（Виктория С. Токарева，1937－）就屬於這些革命性女作家之一。

在上述時代背景下從事創作的托克列娃，雖然極力避免被列為女性主義作家，並強調她也經常描寫男性的世界與心理。但是，她的大多數作品仍然是以女人為中心，強烈關注女性的經驗與心理。

她的作品經常表現女性在現代生活中不斷追求自我的文學主題：愛情、友誼、家庭關係與職業衝突的壓力、以及世代的對抗等。她擅長以幽默的語調及隱喻的方式描寫日常生活，刻畫內心的衝突，這方面的細緻描述造就了其獨特的風格。她的主角常處於幻想與現實、希望與結果、開始與結束、青年與老年之間徘徊，以及人性的弱點導致了夢想的毀滅。小說的人物總是在生活中有目的或無目的的「追尋」；然而，殘酷的現實總讓願望破滅。幸福是否可以像童話故事中所描寫的那樣，得到樂觀的結局：「從此以後，王子與公主過著幸福與快樂的生活」？

本章將探討托克列娃在早、中、晚期中，其短篇小說的主題，並闡析其藝術價值。

# 一、性別分類與俄羅斯近代女性小說的尷尬

　　二十世紀初，當西方的女性主義者探討「在文學作品中不同性別的作者如何表達」的複雜問題時，蘇聯同時代的作家所關切的問題仍然停留在「文學的作品是否能證明作者的性別」。相較之下，俄羅斯的女作家在蘇聯時代突顯了自我認知的矛盾狀況。事實上，早在十九世紀中，俄國作家就曾觸及當代一直頗受爭議的「女性文學」與「女性天賦」的問題。1830 年俄國女作家羅斯托普琪娜（Евдокия П. Ростопчина，1811－1858）出版了她的個人詩集。她的仰慕者維亞任斯基（Пётр А. Вяземский）在一封致友人的信中提到她的一首詩《最後的一朵小花》（*Последний цветок*），並感嘆地加了評語「多麼女性啊！」（Сколько женского!）（Goscilo，1994：205）。

　　那麼，究竟是什麼組成了所謂的「女性特質」呢？十九世紀初俄國社會對性別的分類是充滿二元區別的：男性等同於基準的、理想的、活動的、有文化氣息的、光明的、智力和理性的；而女性則是次要的、其他的、被動的、自然直覺的、陰柔和感性（Cixous & Clement，1986：63-64）。剛剛提到的羅斯托普琪娜，她的詩的確是呈現出一些普遍認知的女性特質：面紗、月亮、端莊、壓抑、神秘、夢幻和眼淚，充分表現當時女性作家自我表現所需要的東西，當然也間接反映了當時的生活條件和嚴格的社會習俗。相對地，一些想要挑戰這種似乎是自然形成的男女二元區別的女作家，常常被社會或文化圈認為是異類。也有許多女作

家為了避免被性別分類，刻意以男性的筆名出現，以便獲得較多的讀者認同，例如：白銀時代的女詩人索羅維約娃（Поликсена С. Соловьева，1867－1924）以中性筆名 Allegro 發表詩作，並使用陽性書寫筆調進行創作；這也是二十世紀初俄國女作家面臨性別分類的尷尬處境。

俄羅斯在 1861 年農奴解放之後，社會發生了重大的變化：快速的工業化、現代化及都市化的發展、教育的逐漸普及、新興工商階級的誕生、社會結構的改變、戰爭與革命的爆發、蘇聯政權的建立等等因素，這些變化迫使俄國的婦女必須同時肩負男人與女人的工作；這些歷史的發展也促使俄羅斯的婦女重新評估女性在社會的角色與本質。當客觀的政經環境迫使女人必須參與勞動生產，加入戰鬥，並且也要獨立維持家庭生計時，這樣還想把女性當成裝飾品，情緒的容器或脆弱的形象已是越來越難維持了。蘇聯政權建立以後，除了持續塑造女性必須同時承擔工作與家庭雙重重擔外，社會的一般認知仍堅持女性必須保有女人與溫柔的女性特質，但在實際身份的磨練上，客觀的環境已將俄羅斯女人的特質超脫柔弱的形象，而變得有幹勁、堅強與果決。

另一方面，在文化的領域上，國家和社會仍堅持傳統的性別刻板印象。雖然蘇聯社會曾極力改善各行各業的性別歧視，但是在文學創作的領域上卻沒有改變。在 1905－1920 年代期間俄羅斯社會曾經短暫出現過由女性知識份子，如：柯隆泰（Александра М. Коллонтай，1872－1952）、阿爾曼德（Инесса Ф.

Арманд，1874－1920）所領導的婦女解放運動。在這個短暫的時代也曾鼓勵和重視女性作家的創作，出現過如濟比尤絲（Зинаида Н. Гиппиус，1869－1945）、阿赫瑪托娃（Анна А. Ахматова，1889－1966）、茨薇塔耶娃（Марина И. Цветаева，1892－1941）等女性的經典作家。

　　然而，好景不常，隨後的史達林時代，把「以男性為中心的服從」強加在俄羅斯文化上，散佈社會主義的寫實主義文學，還是把重點放在「父親」與「兒子」的形象上。到了二十世紀中期至戈巴契夫改革之前，俄羅斯仍維持著後史達林時期的父權體制氛圍，即使是到了今天，俄羅斯社會對於承認女性作家的能力與重要性仍然存在著矛盾的情結。一旦談及「女性文學」和「女性作家」，如果措辭表達不清或使用不當，直覺上就會給人有輕蔑或含糊的言外之意。由於這種標籤在蘇聯社會暗含嘲諷與藐視之意，一般女作家都拒絕被貼上這種標籤。例如：鼓勵女詩人以她們自己聲音說話的阿赫瑪托娃就拒絕「女詩人」的封號。這種文化上的劣勢狀況在西方社會是鮮少發生的。

　　外在的政治與社會氣氛使得蘇聯時代的女作家在自我認知上產生了自相矛盾的狀況。一方面，女作家本身雖然在創作的過程中為了描寫女性，也必須參與觀察女性內在特質的工作，但另一方面，卻又要刻意漠視性別本身與創作的關連性。因而許多俄國女作家一旦開始寫作，有時就刻意放棄了自我內在的女性特徵，可是這種特徵卻又無法避免在別處顯露。這種故意將性別排除在藝術創作之外的現象，說明了蘇聯時

代對「女性文學」的特殊概念。當代最著名的三位俄國女作家彼得魯捨夫斯卡婭（Людмила С. Петрушевская，1938－）、托克列娃（Виктория С. Токарева，1937－）、托爾斯塔婭（Татьяна Н. Толстая，1951－）以及極具影響力的文學批評家伊凡諾夫娜（Наталья Ивановна）就明確的反對文學以性別來分類。然而，一方面，她們否認依性別分類文學種類的正當性與實用性；另一方面，她們將「女性文學」這種文學種類貶抑為粗糙膚淺的、充滿裝飾性的、過渡描寫的、不懂藝術的、充滿甜蜜語氣和過渡充滿愛情故事的文學。托爾斯塔婭就曾表示，男性也可以寫「女性散文」。對她們來說，女性的柔質和愛情似乎與文學的藝術和思想不相融合；其實，這種想像並非本質性的事實，只是迎合社會的性別價值觀而已。上述的四位女作家都主張：只有好或壞的作品，與性別無關，無需把她們特殊歸類為「女作家」。我們暫且不去討論她們對女性文學在認知上對或錯的問題，這裡只是證明了：在俄羅斯社會裡，性別問題顯然已存在著負面的含意，因而俄國女作家自然而然會極力避免這種性別的標籤，寧可將自己的定位與「女性書寫」分離。

　　儘管如此，二十世紀以來，無論是蘇聯時代或是蘇聯解體後的新俄羅斯時代，女作家小說的出版量已經非常多。這些女作家的作品大多數還是無法避免的會把重心放在女性事物上，強烈關注女性的感情、生活經驗與對社會的心裡感受。社會劣勢往往激發人的反思，這些作品描述各種年齡、社會背景、職業和個性的女性，不僅讓她們在小說中佔有重要地位，而且

一部份作品更企圖藉由她們改變現存環境的缺陷。因此，儘管「女性文學」的名詞在蘇聯時代有著負面的評價，女作家的書寫仍是無可避免的以女性為中心。在現代城市的環境下，女性在尋找自我實現的過程中，產生了許多重複而循環性的主題：愛情、友誼、婚姻、家庭關係、單親、墮胎、母愛、不貞、背叛、離婚、家庭和職業衝突的壓力、以及世代的疏離與對抗等問題；也同時探討人類長期關注的精神性價值問題：誠實、道德、唯物主義、孤獨等；或是更大範圍的社會問題：男性酗酒、社會風氣普遍的墮落、青少年的叛逆、父母親的無責任感、乏善可陳的居住環境、劣質的商品及醫療設施短缺等問題。

在體裁上，俄國女作家偏愛短篇或是中篇小說。她們常會詳細地描寫情節，避開現代主義技巧的風格，深入探究個人的意識或潛意識在行為上的表現，透過直覺的觀點來表達（通常是受限制的女性觀點）。相較之下，俄國的男作家的表達方式和女作家有著顯著的不同。男作家會直接討論政治或哲學的議題，或傾向描述個人內在的複雜思維；女作家通常會運用生活周遭微小的事物，描寫身體和心理的感受。例如：女作家會描寫產房的氣氛或身體所承受的極大痛苦，亦或是墮胎診所的種種，但是這些情節則很少出現在男作家作品中。再者，女作家在面對蘇聯社會的現實生活中特有的現象下，譬如，許多丈夫逃避家庭任務與作為父親的責任，家庭責任與義務的關切也成為她們寫作內容獨有的主題。除此之外，男女作家所描寫的環境也有不同的重點。幼稚園、學校、診所、醫院、

商店與這些場所所涉及的人物：老師、孩子、護士、學生、老人等也成為女性作家專有的書寫內容。顯然女性作家擅長描寫現實的生活面，因此，「日常生活文學」（Литература быта，Literature of everyday life）通常成為女性作家歸類的範疇。從男性作家的眼光來看，這些主題似乎不登大雅之堂，可是它們卻是維繫個人生活和社會生活不可或缺且重要的主題；男人享有了這些價值，卻忽視了它對生存的重要，就如空氣對人類生存的重要一樣，總是認為自然所得，而忽略其存在的價值。

當然，隨著時代的改變，女性小說本身在內涵上也會有所轉變。在蘇聯時代早期的女性作家的作品中，人們可以明顯察覺到蘇聯時代官方定義的性別觀念經過了社會的內化，形成了性別差異的價值觀。到了中間世代時，社會已產生明顯的修正主義精神，開始重視個人的生存空間；而在年輕世代的女性作家作品中，已相對地要求自我價值的實現。這些過程也說明了俄國女作家奮鬥成長的艱辛歷程。

## 二、托克列娃在文學書寫上的轉變路線——
## 自我追尋的道路

維多利亞‧托克列娃代表著二十世紀兩次世界大戰之間成長的蘇聯第二代女作家。1937 年她出生於列寧格勒的一個工程師家庭，1964 至 1969 年間，在蘇聯國立電影學院學習電影創作。托克列娃曾經一度想成為明星，後來發現自己更大的興趣在文學創作上，

就全心投入寫作事業。根據她自己的說法，她在九年級時就開始寫長篇小說。負責教導文學的女老師對她要求非常的嚴格，在那位老師的手下很少有學生能獲得 5 分以上，而托克列娃卻是少之極少的例外。在她 12 歲的時候，母親為了培植她的天分，特別要她研讀契訶夫的《洛西利達的提琴》（*Скрипка Зотшильда*）；這篇作品開啟了托克列娃日後踏上文學之路的鑰匙，她也承認自己的創作深受契訶夫的影響（Новикова，1997：8）。1964 年，她出版了第一部短篇小說《沒有謊言的一天》（*День без вранья*），這部作品引起了廣大讀者和評論家的極大興趣，托克列娃很快成為俄羅斯最受歡迎的女作家之一。

1969 年，托克列娃出版了中短篇小說集《無中生有》（*О том，чего не было*）；並在接下來的五年裡，又先後出版了中篇和短篇的小說集：《沒有什麼特別的》（*Ничего особенного*）、《乍暖時刻》（*Когда стало немножко теплее*）、《飛翔的鞦韆》（*Летающие качели*）、《說－不說》（*Сказать －не сказать*）等。除此之外，托克列娃還是一位出色的電影劇本編劇者；許多部優秀的電影和電視劇是根據她的劇本改編，例如：《文學課》（*Уроки литературы*）、《成功紳士》（*Джентльмены удачи*）、《天地之間》（*Между небом и землей*）等。

托克列娃的作品行文流暢，文筆細膩，深刻地描述了現實生活中人們的感情世界、人與人之間的關係、男人與女人的命運、與個人息息相關的社會問題等。

她的作品主題相當廣泛,大多以人的日常生活為中心;另外,也有相當多的作品集中描寫了 1980－1990 年代的現代女性。托克列娃的作品觸及了家庭、情愛、性、死亡、背叛等議題,擺脫了蘇聯時代社會寫實主義所塑造的理想人物形象,而轉向描繪現實生活中形形色色各種不同個人的不同命運。托克列娃的作品常常把劇中的主角流動於人性價值觀與社會價值觀的中間地帶,讓其在幻想與現實、希望與失望、開始與結束、青年與老年之間徘徊。小說的人物總在生活中「追尋」──追尋夢想的實現、真正的愛情,片刻的解放、物質的享受、家庭的地位、受他人的重視、人格的尊嚴、生活的意義。然而,人性的弱點與環境的缺陷常常無情地衝擊著理想,這種殘酷的生活現實總是讓追尋的結果破滅。另外,在托克列娃的小說中有一個非常突出的特徵:幽默與諷刺。在作品的悲傷氣氛中間常常夾雜著幽默與諷刺,讓劇情的發展在明亮與幻滅中尚存一絲希望。劇情的如此鋪陳轉移了對小說主題裡面不貞、理想破滅、傷害和分離等不快的感覺,沖淡悲傷的氣氛。

　　一般人為了研究的方便,將托克列娃的作品畫分為三個時期:(1)1960－70 年代初期屬於早期的托克列娃;(2)1970 年代則是中期的托克列娃;(3)1980 年代以後則是晚期或改革開放時期的托克列娃。這三個時期的寫作風格在連接上存在部分重疊,比較像是作者進化的過程,而非截然區分的階段。

　　早期作品的主題是以愛情為主，作品中的人物無論是男的還是女的，都處於孤獨的狀態，並且受到對方的冷落或折磨。這些人物在生活中感到沮喪、被拋棄；他／她們必須面對赤裸裸的殘酷現實，釋放痛苦，並設法在生活中實現夢想與希望。這些作品的書寫風格在當時強調國家政策和社會集體成就的「布里茲涅夫停滯時期」的政治氣氛下，顯得格格不入。這個時期的托克列娃刻意避免涉及有關國家、社會或政治上的議題，而強調個人的世界與命運，在當時的氣氛下是相當不容易的。如果從正面來說，這些作品給人耳目一新的感覺；但是，如果從負面來說，這些作品也被人貶為過渡重視個人，小家子氣，沒有深層的思想，只談風花雪月的流行文學。

　　中期的作品依然持續著早期創作的主題與風格，差別在於：此時期作品的敘事主軸比較缺乏對現況的正面描述以及提出如何解決生活的缺陷。

　　在 1980 年代以後的作品中，她對愛情的主題下了更多的心力，並嘗試融入一些對政治與社會的觀察。這個時期的作品深受戈巴契夫改革、開放的影響，試圖將大環境與個人的關係連接起來，觀察大環境改變下的個人生存問題；其重點仍是「個人」，而非「國家與社會」。也正因為「太個人」了，俄國文壇一直無法將她列入嚴肅創作的經典作家，甚至有些評論家嘲諷她的作品過於膚淺。例如：文學批評家威理（Римма Вейли）就聲稱托克列娃的文學作品是寫給家庭主婦看的（Литература домохозяек），並認為她

的小說是為了迎合市場及大眾讀者的需求，所以將她歸類為通俗文學的作家。其實，「女性文學」經常會被歸類為「通俗文學」或「大眾文學」，這也是文學領域慣有的現象。

　　一般對托克列娃作品的評價有褒有貶，暫且不在此討論，將在稍後的章節分析。然而，可以確定的是，蘇聯文壇正統那種社會主義的寫實風格到了此時已漸趨退化為空洞的表面形式，過去蘇聯時期那種吹捧革命、戰爭、建設國家所激化出英雄式的熱情早已冷卻，人還是人，終究要回到現實的生活面。托克列娃代表的就是當時時代氛圍轉變的具體作家，俄羅斯文學經歷了蘇聯時代以社會主義寫實文風扭曲文學表述的歷史終告結束，讓文學重新呈現人性價值的本質，回到了「人本」的問題上來。

## 三、托克列娃的作品分析

　　處於時代轉接的托克列娃，她的作品有其獨特性，它必須在迎合舊時代集體社會主義的主流需求下，接受檢視，又要透過隱約的方式帶出革命性的內容，以銜接或創出未來時代的文學風格和價值內容。她的首當之務就是衝破舊社會的性別枷鎖，找回自我的主體，其次是追尋自我的生活體現。托克列娃是如何將這種時代的變革表現在她的寫作風格上和作品中，就讓我們來進一步分析。

## （一）追尋自我與快樂

　　誠如上節所述，托克列娃在早期和中期的作品裡刻意避開了政治和國家的主題，專注於描寫個人的生存問題。其作品主要是探討人們在面對殘缺的現實環境時，如何掙脫困境，尋找自我，尋找快樂，實現夢想。然而，在多數的作品中，呈現出來的情境卻是，夢想的實現並不盡然得到真正的快樂。在《無中生有》這本小說裡，劇中的主角季馬（Дима）從小就盼望擁有一隻老虎；長大後，為了證實自己是一個有夢想的人，所以不斷地設法到動物園、馬戲團不惜代價的想得到一隻老虎。因為恩格斯說：「悲劇是一種無法實現的願望衝突」。但季馬認為他的一生最重要的目標就是實現這個願望；後來他真的在無意中從友人處得到一隻小老虎。他像寵物一樣地飼養牠，畢竟世界上百分之九十九的人一輩子都無法實現夢想，而他的夢想卻能得以實現。然而，夢想的實現卻沒有帶來真正的快樂。老虎越長越大，在現實生活中製造了新的麻煩，帶來許多意想不到的不便，夢想變成了新的負擔，反而變成了痛苦（Токарева，1997b：264－284）。

　　「就算追尋到夢想，也不一定獲得真正的快樂」，而快樂也經常是短暫的；這對於當代資本家和政治人物何嘗不是一種寫實的景象。這種基調一直貫穿托克列娃大部分的作品，讀者總是無法如想像般期待圓滿的結局。另外在《一盧布六十戈比一不是什麼錢》（Рубль шестьдесят-не деньги）的小說裡，飛機設計員司拉瓦（Слава）認為自己很傑出，一直希望得

到上司的賞識與同事的讚美。在一次偶然的機會，司拉瓦在地鐵車站旁的小攤子無意間買了一頂可以將人隱形的帽子。雖然帽子只要一盧布六十戈比，但卻沒有人要買。他戴上帽子，隱形在每天出入的工作場所，潛入上司的辦公室，隱身在同事周遭，以及家中的妻兒面前；甚至在他們面前脫下帽子恢復原狀，都無法引起他人注意。最後他才發現，原來他在所有人的心中是無足輕重、毫無價值的，他的存在與消失對周遭的人：上司、同儕、甚至於妻子都沒有什麼意義。他終於瞭解為何大家都不買這種帽子的原因，主要是怕瞭解事實真相是如此的殘酷；這一頂讓人隱形的帽子隱喻著人所不斷追求的理想，可能是權力、可能是名聲、也可能是財富，但最後殘酷的事實是這一切都屬虛幻。然而，在悵然的失落中，托克列娃還是極富憐憫心的給了一個良善的結局，她讓司拉瓦沒付錢的看了一場電影，並且發現過去深愛他的女友還在等待他，這也許就是托克列娃的寫作風格（Токарева，1997b：224－243）。

除了殘酷的外在環境，托克列娃作品中大部分的人物還要面臨惡劣的人際關係。小說的劇情中，無論男人或女人都是孤獨的，且受到他人的折磨和虐待。面對這種無情的現實，這些人感到沮喪、被拋棄。因此，在赤裸裸的面對現實，他們試圖擺脫困境，解放自己，並在生活中追求成功，成為其努力的目標。

現實的殘酷往往讓人活在不斷的追尋、等待、最後陷入希望落空的惆悵裡。在《好事多磨》（*Сразу*

*ничего не добьёшься*）的劇情裡，主角費迪金
（Федькин）只不過為了找個油漆粉刷的工作，卻經歷
了各種官僚體系的刁難，最後在希望落空之餘，仍然
繼續處於尋找的過程（Токарева，1997c：<online>）。

在《喜馬拉雅的熊》（*Гималайский медведь*）
中，尼基塔（Никита）的個性保守，習慣於自己的生
活，他不願介入其他人的事物中，以免找麻煩，陷入
困難。不管別人認為他是自私或是懦弱，他總是盡可
能的為自己而活，不關心別人的處境，包括自己的妻
子。有一次，女兒挑戰他的這種性格，故意爬進動物
園內喜馬拉雅熊的籠子裡撫摸熊。尼基塔為了證明自
己的勇敢，爬進了籠子，卻被熊堵住了出口，無法出
去。在他尋求協助被拒絕後，只能與熊待在籠子裡一
天一夜。當尼基塔被困在籠子裡，陷入困境時，才開
始面對自己深思：

> 從一方面來說，喜馬拉雅熊的確非常偉大，大
> 家都像尼基塔一樣來看這隻熊。這隻熊是非常
> 重要的（外國贈與），因為牠代表著兩國緊密
> 的聯繫與合作；而尼基塔是微不足道的。……
> 對於妻子而言，她根本不會注意到他的不存在。
> 因此，事實是尼基塔很容易被取代，而熊是非
> 常不容易被取代的。（Токарева，1997b：319
> －337）

然而，藉由這個機會他才得以與妻子真誠地交談，
深入談論他們彼此毫無生氣、漠不關心的家庭生活。
此時，尼基塔突然發現，自己過去一直只在意保護自

己，一直避免陷入他人的問題，而現在卻讓自己陷入了困境，需要尋求別人的幫助，才能夠生存。故事發展到最後，尼基塔終於也瞭解，生活在共同的社會中，自己對許多人是要負責任的，而熊是不必對人負責任，而負責任才有生存的意義，生命的價值；因此，他的存在的意義還是比熊重要。最後鼓起勇氣，自己奮力走出了獸籠。

　　人在生存中如何尋找快樂，如何實現自我是托克列娃作品中重要的主題。在代表作之一的《生存的法則》（*Закон сохранения*）中，她更進一步審視個人如何看待自己，並如何取得快樂。小說主角吉雅（Гия）是一個魔術師，也在某企業擔任顧客服務部門的工作。許多人來找她，尋求改變現狀，實現夢想。例如：一位英俊的男士希望能出國，變成國際名模，讓民眾都爭先來奉承他出眾的外表；她的一位女同事希望吉雅能改變讓她心儀的男人愛上她，娶她；吉雅的上司希望從現在的五十八歲變成三十歲，因為他愛上一個比他年輕許多的女子。吉雅給上司的建議是一種鋌而走險的方法，叫他吞下一顆藥丸，然後從七樓的窗戶往下跳，讓身體粉碎後再重生。雖然吉雅都滿足了他們的願望，但是沒有一個人從中得到快樂，甚至還被這些朋友指責她是個騙子。在所有的要求中，唯一得到快樂的人是公司的一位秘書，她的要求非常簡單，只是一袋洋蔥皮，來為蘋果樹施肥；她是唯一不為自己尋求美夢但追求成真的人（Токарева，1997d：<online>）。

在早期的作品裡，托克列娃將個人在生存中尋求快樂，尋求成功，尋求願望的實現，以各種方式在劇情中呈現出來。而稍後在中期的作品裡，其書寫內容的中心議題在於呈現：人在缺乏完美人生的生活現實中，如何對待人生缺陷的態度。

快樂是什麼？如何去尋獲？尋獲後又怎樣？在中期的作品《飛翔的秋千》（*Летающие качели*）裡，托克列娃針對這些問題有著象徵式的探討。在這篇小說中，她將在遊樂場裡乘坐飛翔的鞦韆比喻成人對追尋快樂的態度。小說裡有兩個女人帶女兒去遊樂場乘坐遊樂器材。她們排隊等候乘坐飛翔的鞦韆，等候需花兩小時，而乘坐的過程總共才持續四分鐘。兩個女人在等候的過程中討論如何才能得到真正的愛情，找到真正的快樂。小說中的敘述者說道：

> 根據最精細的計算，等待以 30：1 的比例超過樂趣，就像人生，等待和享受愉快的比例也是 30：1。人們常常被習以為常的事消耗殆盡，他們花二小時的排隊只為了擁有四分鐘的快樂。而什麼又是快樂？缺乏習以為常的事？但若你喜愛自己習以為常的事呢？（Токарева，1997f：<online>）

當大人在討論感情話題的過程中，她們的女兒已因等待而感到厭煩、挫折；她們受挫的感覺就好像大人的感情受到挫折一樣。當輪到她們乘坐飛翔的鞦韆時，其中一個小孩抱怨不是她希望的位子而放棄乘坐。而

其餘的人在乘坐的過程就好像人生的經歷，有始有終，有高潮也有低潮。

　　這三個坐上鞦韆的人分別是尤里卡（Юлька）、蓮卡（Ленка）和娜塔莎（Наташа）。尤里卡坐完鞦韆之後，臉色發白，快變成青色，上上下下的刺激讓她感到反感，就好像她對待生活的態度一樣。蓮卡在過程中緊盯著前方一點，下來時，臉上還殘留一絲驚恐。而娜塔莎已經忘了飛翔的鞦韆，她想著去玩摩天輪；她雙臂交叉，有些猶豫，不期待與她們交涉會成功（Токарева，1997f：<online>）。

　　坐完鞦韆後，三個人的反應也大不相同，暗示著每個人對人生、愛和快樂有著不同的態度。就像乘坐飛翔的鞦韆後個人的感受也大不相同：有些人覺得失望，有些人覺得驚險刺激，有些人已開始忙著尋找下一個目標。顯然，在過程與結果中不一定每個人都能找到各自快樂的鑰匙。

## （二）都市化城市的婦女生活

　　托克列娃作品裡另一個重要的主題就是描寫了許多生活在 1980－90 年代的俄羅斯女性（多半是城市裡的現代婦女），以及她們的命運。例如：描寫俄國的惡劣生活環境，官僚主義，毫無效力的政府行政部門，這些對每天必須面對家庭生活柴、米、油、鹽的俄國婦女而言，帶來無盡的煩惱和痛苦，也虛耗她們的生命。在小說《壞心情》（*Плохое настроение*）裡，母親拉麗莎（Лариса）帶著女兒瑪莎（Маша）與

達莎（Даша）去醫院看病，先是面對醫生的冷漠，「兒科醫生維克多・彼得羅維奇（Виктор Петрович）的臉上總是那種表情，彷彿十分鐘前妻子給他打電話，讓他別再回家的那種失落的表情，或者兒童醫院的主治醫師剛把他叫去讓他寫辭職報告似的冷漠」（Токарева，1997e：<online>）。後又因遺失存衣牌的小事與女管理員發生爭執；女管理員刻意刁難，讓她帶著兩個女兒在醫院裡疲於奔命。面對醫院裡所有人的冷漠，一直折騰到晚上醫院關門。最後拉麗莎只好無奈地扮演「女流氓」的角色與醫院的女主任打架，才爭回她們要取走的大衣，離開醫院。

在回家的路上，拉麗莎一直在想，為何像她這樣一個出身良好家庭的年輕女子，是一個副博士，而且是兩個孩子的母親，又懂得文學和音樂，卻忽然被迫打起架來，像一個女流氓，還差一點被送進警察局，這件事令她越想越弄不明白。如果警察真的來了，把她帶進警察局，問她為什麼打架？她真的只能回答，「我感到煩悶」。這是又讓她想起與丈夫的愛情已消失，一切都消失了，但她無路可去。

> 實際上無處可去。即使有地方可去，也沒有衣服可穿。時裝隨時在變化，為了適應這種變化，就得把心思放在這上面。可是有了穿的，有了去處，照樣還是煩悶。心靈得不到安寧，就像孤兒院的孩子。（Токарева，1997e：<online>）

托克列娃善於描寫俄國現代女性的心理，這篇小說道盡了俄國女性無處可去，無處可依靠的心境。

　　另外一篇小說《纖毛蟲─草履蟲》（*Инфузория-туфелька*）也談到妻子面對丈夫外遇，無處可去的主題。劇中有一婦女叫瑪麗安娜（Марьяна）），她的丈夫阿爾卡迪（Аркадий）是一位醫生，外表看來，她似乎有著一個正常的家庭，怎麼說也算是上層社會的人。當他們在高中九年級時就睡在一起了，她愛丈夫，丈夫也愛她，所以她也一直認為她比周圍的女伴幸運。他們有一個七歲的兒子叫柯力卡（Колька），雖然有白血病的症狀，是個難帶的孩子，但還算是正常的成長、上學。維繫著這樣的家庭，瑪麗安娜也算盡力扮好做妻子與母親的角色。她的所有努力就是保護好她的家；家象徵著她的堡壘。在家的房子裡，除了有好的古董家俱，也有一個穩定家庭的生活秩序：煮飯、打掃、帶孩子上下學、等待丈夫回家、看固定的新聞節目，一切都是那麼的井然有序。

　　然而，這個秩序卻在一個第三者的介入後遭到破壞。在一次遠行去參加幼年時期摯友女兒的結婚典禮時，瑪麗安娜無意間發現了丈夫的生活中還有另一個女人阿芙干卡（Афганка）；而且這段暗通款曲的戀情，甚至是在兒子出生前就開始了，已經持續了十六年。丈夫愛另一個女人，但卻可憐她，而讓她蒙在鼓裡。而現實上，她赫然發現自己除了家事外，沒有任何的謀生技能。過去她將過多的精力放在家庭、丈夫與孩子身上，建立了自以為理想的家，忘記自己的存在。

　　丈夫的奸情暴露後，瑪麗安娜深受打擊，無數的念頭湧上心頭；她想過自殺、趕丈夫出門。但一想到

自己所面臨的經濟困境與孩子的處境，她只有打起精
神與另一個女人阿芙干卡戰鬥。瑪麗安娜決定用更好
吃的食物，將房子打掃得更乾淨，表現得更加無助，
像纖毛蟲──草履蟲──一樣的更加依賴，試圖來打
贏這場仗（Токарева，1997a：95－123）。小說中寫
道：「瑪麗安娜準備和那個女人決一死戰」（c.121）、
「而夜晚就像一場戰鬥。在這場戰鬥中瑪麗安娜像士
兵在殊死的侵略戰鬥中為自己的房子搏鬥」（c.122）。

　　托克列娃成功而細微地描述了這種女人的心理狀
態、思維與邏輯，而這些往往是男性作家無法琢磨的。
男人會為國家，為整個城市戰鬥，而女人只會保衛自
己所擁有的空間：家庭和房子。現實生活中，「女性
觀點」也經常在下列的議題中徘徊：丈夫、妻子、孩
子、家庭、忠誠、為愛犧牲、背叛、事業、個人生活
等；就算偶而描寫到國家或社會議題時，也不會是政
治或歷史的層面，而是與切身生活息息相關的領域議
題，例如：在學校、在醫院、在工作職場，甚至於在
街上、在公車上。像瑪麗安娜一直擔心兒子，擔心他
在街上玩耍會受同伴欺負：「孩子們很殘忍，像野獸一
樣。他們用小棍子互戳眼睛」（c.101）。

　　其次，托克列娃也在作品裡諷刺女性的虛榮心，
特別重視自己的外表。在小說《為了一張漂亮的臉》
（Гладкое личико）裡，描述了一個女人依蓮娜
（Елена）為了避免「社會輿論」（三姑六婆的說東道
四）批評她與小她 14 歲的情人不相配，而去做拉皮的
美容手術，結果險些喪命。

在《天地之間》（*Между небом и землей*）這篇小說裡，娜塔莎（Наташа）是一位自認美麗的女人，從年輕時期就一直認為：靠美麗的外表就可以擁有大排長龍的追求者與無盡的愛情。就算在她離婚後，也一直很自信可以很快找到情人，劇情中如此描述著：

> 娜塔莎也以為她很快就可以再度嫁人，只要她走到街上，喊一聲：「我要嫁人啦！」馬上就會聚集一群人，隊伍會排得長長的。但是她太過於天真，太過有自信了。（c.163）

但感情的真正發生並非如此，往往超出理性的估算。

在一次飛往巴庫的旅行中，娜塔莎本來是要去與一位年領稍大的教授情人會面，沒想到飛航途中不平靜，險些喪命。但機緣就是令人無法預測，在這次的意外中，她愛上了一位坐在鄰座的年輕運動員。

這位年輕運動員當時正因為無法承受與他相依為命的母親的逝世，而他們母子相依為命，感情很深，正處於悲痛的心境。而這時的娜塔莎也是處於感情的空窗期，於是她對他表示：他與母親的愛是活著的人與死去的人在兩個世界的相互依賴，那麼，活在同一世界的人更應該彼此真誠相愛和扶持，而非依靠著虛幻的思念。兩人因而觸動了感情，娜塔莎也很珍惜這段感情；兩人在飛航震動的飛機上，介於天與地，處於生與死之間，娜塔莎與鄰座的這位年輕運動員相擁在一起，心連心，感覺到彼此的需要與扶持。這是第一次完全超越了現實的世界，讓她感受到，作為一個

真正的女人，在自我的追尋中，有了真實的感情
（Токарева，1997b：160－175）。

　　其次，自然天性的母子關係是超越國家與社會規
範的，也是托克列娃經常碰觸的女性生活主題。在蘇
聯時代的社會裡，男性除了無法分擔女性的家務外，
更經常逃避作為丈夫與父親的責任。在此社會氛圍下，
俄國的女性經常就必須孤單無助的撫養孩子。在單親
孩子的成長過程中，母子無論在物質上或精神上都必
須相互依賴，孩子經常在不正常的環境過程中成長，
母子關係往往是緊張的、複雜的。

　　在中篇小說《有我・有你・有他》（*Я есть. Ты
есть. Он есть.*）裡，也是作為一個母親的托克列娃，
藉用母親的眼光來看兒子的感情與生活。在這篇小說
裡，劇情中描述著單親家庭的母親安娜（Анна）在等
待成年的兒子阿列克（Олег）下班回家，而阿列克卻
在餐廳裡慶祝他與女友伊琳娜（Ирина）的婚禮。問題
就在安娜與伊琳娜之間並未建立良好的關係，事實上，
母親並不同意他們的婚姻。自從兒子與媳婦再婚後搬
離家已數個月，安娜也有半年多未與兒子見面了。兒
子再現身時，是因為發生事故，伊琳娜變成了殘廢，
這種情況下，阿列克請求母親照顧伊琳娜。

　　然而，未料到卻在這個事故發生之後不久，安娜
與同事彼得拉科娃（Петракова）發生了戀情。正如同
小說的劇名一樣，在我、你、他之間，每個人都為自
己的立場而戰鬥；安娜為保護兒子而戰，兒子為自己
的愛而戰，這個戰場涵蓋了「我、你、他」的感情世

95

界。雖然過去安娜沒有同意和祝福兒子的這件婚姻，但她也不應把伊琳娜「像沾滿灰塵的拖鞋一樣」推入沙發下。

這個時候的思考就顯現出，俄羅斯社會中的女性自我與男性自我的不同。安娜與兒子的關係是：「他們不需要妳,但妳對他們是必要的」(Токарева,1999а：<online>)、「畢竟妳是為了自己愛他，而不是為他自己」（1999a：<online>）。安娜的生存在兒子第一次離開時，似乎頓失生命的意義；然而，命運安排讓阿列克在現實生活中碰到困難，這時才又回到母親的身邊，尋求幫助。安娜接納了兒子，他為阿列克承擔了一切；承擔一切煩擾兒子的瑣事，包括照顧殘廢的媳婦。

安娜為兒子建造了一切有利的環境，但反而讓阿列克掉入另一個愛情的網線中，那就是另一個女孩——彼得拉科娃——的愛情。彼得拉科娃比伊琳娜幸運，她完全得到了阿列克。她讓阿列克覺得是「家裡的上帝」（1999a：<online>）；「她將阿列克百般服從的吞了下去」（1999a：<online>）；安娜終究還是失去了兒子。

或許是因為托克列娃的女性本質，她總是安排劇中的主角在經歷滄桑、折磨的命運之後，總是給予她比較好的結局。由於安娜的善良，在長期照顧伊琳娜的過程中養成了柔順又堅忍的習慣，這個本質和行為也讓她遇到機緣重新建立了一個新家；一個讓她覺得溫暖、明亮的家，一個由安娜、伊琳娜和枸吉恩（Дин）

組合成為新的家庭。顯然，家並不等於那個空蕩蕩的房子，而是要有夫妻和親子的親情價值，這也就是家庭價值（family value）。

## （三）愛情與兩性關係

不管社會如何發展和改變，生理性別總是自然存在的，只不過，生理性別的自然本質並不是為了階級的分立，而是為了相互融合、互助互補，以創造人類繼起的生命──那就是愛情與兩性關係。所以，愛情與兩性關係的主題素來受到文人的青睞，它也貫穿了托克列娃在早、中、晚期的創作。托克列娃寫了許多有關愛情的故事，但是讀者總是難以期待過程的平順，或許有些劇情在最終會保留著圓滿的結局。托克列娃在攸關這個主題的作品中，男女常處於孤寂的狀態，儘管是情侶或夫妻，彼此關係經常是惡劣的，被漠視的、被拋棄的或被對方嚴厲的評判，或許是因為俄羅斯社會在性別價值觀上極端的傳統分類。

在小說《幸福的結局》（Счастливый конец）裡，劇中女主角面對不幸的婚姻，破碎的家庭，卻又不能與真正相愛的人結合，最後無奈地選擇了死亡。接下來的劇情，竟然是她在通往陰間的路上碰到了上帝。上帝問她為何主動離開塵世，她回答：

「我找不到出路。」

「但這就是出路嗎？」

「這樣至少用不著選擇。我為無法選擇感到疲
倦了。」

「但妳不能忍一忍嗎？」

「我既無法安於現狀，可是什麼我也無法改
變。」

最後，儘管女主角已經死去，但在《幸福的結局》小
說裡，托克列娃還是安排了上帝實現了女主角死前的
願望──等到了她想接的電話。

在另一部小說《親密的親戚》（*Глубокие
родственники*）裡，劇情描述兩個男人針對感情生
活的議題進行對話和討論。其中一個人抱怨他的妻子
依兒卡（Ирка），在家裡總是正經八百地穿著褲子，
而且讓他覺得自己像個家庭主婦；這種生活他再也過
不下去了。而另一個女人薇拉（Вера）讓他覺得自己
很特別，這是一個男人該有的感覺。因此，他決定要
離開妻子依兒卡，和薇拉住在一起。然而，這個朋友
卻告訴他，他不需要搬出去，因為，他的妻子依兒卡
已在今天早上搬去與他住在一起了。同樣地，依兒卡
也已經受不了自己先生老是扮演家庭主婦的角色，而
且還要她在家總是穿著褲子，她已受夠了。於是，這
三個人便在一起討論，針對這個情勢，該怎麼解決問
題。討論的結果竟然是，依兒卡還是決定回到丈夫身
邊，而建議那位另一個女人薇拉搬去和丈夫的朋友住
在一起。

　　這樣類似的情節也經常出現在俄國其他女作家的小說情節裡。那位另一個女人薇拉猶豫一下，還是拿起皮箱，跟著那個陌生的男人走了。雖然他們互相不認識對方，更談不上彼此有感情。但是隨著時間的相處，他們會認識對方，會變得親密，成為「親密的親戚」。或許這也是東西方愛情觀的不同：西方人講求愛情是婚姻的基礎，而東方模式傾向透過婚姻培養愛情。

　　從上述的小說劇情中，我們或許發現了，愛情雖然是人的本能，但也需要坦誠的溝通來維繫婚姻，因為婚姻不是自然秩序，而是社會體制中的一環，是人倫秩序。關於男女雙方缺乏溝通，造成夫妻感情交惡，婚姻破裂，夫妻雖然共同生活在一起卻沒有真正的愛。

　　關於這個主題，托克列娃在另一部小說《我們需要溝通》（Нам нужно общение）裡再度顯現。小說是這樣開始的：

　　　　我在 1976 年 9 月 7 日離開家。事情是這樣發生的。我和妻子坐在一起看電視，節目正播放著《動物世界》。音樂響起，一群鴕鳥開始跳舞。我知道此刻若不離開，稍後我會做一些瘋狂的舉動。例如：把電視摔在地上，然後從窗戶跳出去。……我和妻子之間的關係聽起來是頗奇怪的，那種強烈的感覺不是彼此相互的瞭解，而是失落。因為我，她失去了作母親的機會，而且一直為此而憎恨我。而我也因為她，

99

失去了人生冒險的機會，一直停留在現狀。
（Токарева，1999b：<online>）

劇情中，這一對夫妻彼此顯然缺乏坦誠的溝通，因而一直相互仇視。丈夫只好暫時離開，撤離到郊外的別墅。他在那裡碰到一隻會說話的貓（托克列娃的書寫手法喜歡在作品中運用動物，尤其是貓，來闡述人的弱點），牠指點這位丈夫在生活中許多事都必須溝通。後來，別墅的主人希望賣掉別墅，這麼一來，別墅會充滿新屋主和他的親友喋喋不休的說話聲，連建築與主人都需要溝通，更何況是人與人之間。在這隻貓的建議下，他決定回家，而妻子也正準備離開家，離開這個沒有愛的家。

他一面開車，一面準備和妻子做最後的溝通，然而大風雪卻幾乎阻斷了他的路。他這時領悟到任何人不應沒有任何理由，而置他人於危險中；他也想起了貓的建議，要溝通，至少給對方一個理由。本來他希望貓和他一起回去，跟他的妻子溝通，卻被貓婉拒了；貓寧願留在別墅，繼續扮演捉老鼠的角色，各守本分。此時他更體會到：既然貓可以扮演好自己的角色，人更應該各自辦好自己的角色，而不是盲目地讓關係惡化下去，讓自己或其他人甘冒被傷害的危險。

雖然托克列娃作品中的愛情故事多半苦澀，好事難成，總在失望與尋找中編織人生，追求幸福。然而，幸福哪怕是短暫的，也是值得活下去的理由。因此，儘管作品中人物的人生、境遇、事業或感情不盡完美；在絕望中仍會透露著一線光明，仍有一絲溫柔的樂觀。

劇情總是在冷酷犀利的敘述下，「仍流露出能消融一
切痛苦和煩惱的寬容與慈愛」（陳新宇，2006：201－
204）。

在另一篇小說《安東，穿上鞋吧！》（*Антон，
надень ботинки!*），托克列娃勉勵女性在人生的價
值上要自我選擇，追求自我實現，不要受外在社會和
國家的限制，脫下鞋子是一種生活態度（對生活不滿），
及時穿上鞋子也是另一種生活態度。為了自我的幸福，
該脫下鞋，就脫下鞋，同時也鼓勵那些戀愛中受挫的
女性：穿上鞋吧！赤足走在雪地裡會凍出病來的，不
要和生活慪氣，善待自己，珍惜自己，繼續走好人生
的路。確實，托克列娃的作品裡充滿了生活的哲學，
能給人們很多的啟發，值得深深的體會。

## （四）社會價值的轉變

1980 年代後半期，托克列娃的作品對愛情方面的
探討下了更多的心力；然而，與過去大不相同的是作
品中加入了許多對社會和政治的觀察。這段期間，適
值戈巴契夫推動了改革、開放的政策，對社會產生了
重大的影響，進而帶動了社會價值觀的改變，也促使
人與人之間的關係產生了變化。社會解放了，女人是
否也解放了呢？托克列娃漸漸以中篇小說的作品問
世，情節涵蓋的層面也較過去複雜了。

1995 年，托克列娃在《新世界》（*Новый мир*）
雜誌第十期發表了中篇小說〈雪崩〉（*Лавина*），該
小說可以視為她在這段時期的代表作。這部中篇作品

表面上看來是描寫一般生活中性的「外遇」問題，但是其意涵也觸動了許多時代的意義、道德與各種價值的轉變和判斷。另外，這篇作品亦有強烈的女性主義傾向，表達了俄國社會「男權中心思想」正走向崩潰與瓦解；在女性自我覺醒的過程中，男性透過社會文化和體制對女性的支配力將逐漸減弱。

這篇小說的主角是鋼琴家緬夏采夫（Игорь Николаевич Месяцев）：劇情中這位鋼琴家就是男性中心主義的代表人物，經常出國做巡迴演奏。他一生汲汲營營都在為尋求自身的發展而努力，音樂就成了他的一切。而他的妻子伊琳娜（Ирина）也是個鋼琴教師，但是在緬夏采夫的心中，妻子與家是一體的，她的存在就有如空氣一樣，必要但卻不被感覺（Токарева，1995：41－87）。

接下來，再來看伊琳娜的境遇，她和丈夫一樣是學音樂的，為了丈夫，她自音樂學院畢業後就犧牲自我實現的成就追求，全心投入協助丈夫。小說的情節中，伊琳娜代表著典型的俄羅斯女性，承續著俄羅斯的傳統觀念，以男性、丈夫為中心，其他皆可放棄。緬夏采夫與伊琳娜生有一男一女，在其家庭生活中，各成員都有其不同的命運。女兒阿尼婭（Аня）美麗溫順，成長的過程一切正常，從未讓他們擔心。但是，兒子阿力克（Алик）卻是一場可怕的夢，是他們夫妻心中的痛。

阿力克從小體弱多病，因此，也特別驕縱，家裡的錢幾乎都用到他的身上。勉強高中畢業後，入伍服

役，阿力克卻對軍中生活完全無法適應，竟然還落得
軍法處置。伊琳娜只好付了大筆的錢才讓兒子免於牢
獄之苦。總而言之，一家人就是那麼不同。

> 妻子恰似一個高尚的奴僕；女兒好比喜氣洋洋
> 的節日；兒子像似一堆殘酷無情的篝火；丈母
> 娘（莉吉雅・蓋奧爾吉耶芙娜 Лидия
> Георгиевна）則客觀公正的像個寒暑表。他們
> 大家就像一顆顆小行星，圍著他（緬夏采夫），
> 如同圍著太陽轉，吸取著他的光和熱。（c.43）

這種情節代表著傳統俄國社會的男性中心處境與心
態；緬夏采夫儼然被捧為太陽，他被視為施予家裡其
他人的「光與熱」。

　　然而，社會是進化的，價值觀解放了，生活自然
也會呈現多元且複雜，小說情節的發展突然有了轉折。
緬夏采夫有一回住進療養院（俄國的療養院等於是台
灣的渡假中心），無意中認識了一名女子柳麗婭
（Люля），兩人因而發生了肉體關係。之後，緬夏采
夫沈浸於與柳麗婭的性愛與慾望，竟然決定拋棄家庭，
追求性愛。然而，社會文化會變、價值觀會變，但是
人性的基本價值不會變，拋棄家庭、背棄責任終究不
可能得到幸福和幸運的結局。

　　最後，緬夏采夫還是落得一身孤單：兒子因吸毒
過量而死，本身的音樂天賦更因年紀衰老而漸漸褪去，
與柳麗婭的愛情也告無疾而終。走到這樣的境地，他

的最愛：音樂、兒子、愛情都離他而去，他只能發出嗟嘆，行屍走肉般的活著，等待上帝的召見。

托克列娃借用男性的視角，從反向展現了俄國「男性中心」的社會心理，反映其結局的孤寂，極富諷刺意味。緬夏采夫在「男權中心主義」的思想框架下，一直以為家庭只是他生命的一個點，一個靈魂與肉體的棲息地，隨時可以移地而棲。他從未將家庭融入生命的境遇中，更未能認知家庭的價值在於成員的共生，也因而不能感受到在家庭的共生網絡中妻子本身應該也有其自我存在的價值。傳統男權中心主義將妻子視為財產及供給衣食的現實生活空間，就如同維持其身體機能的外在物質，而不是其生命機能的熱與能。他需要聽到她的聲音，只因為那聲音象徵著「和平的秩序」（傅星寰，1997：27-29）。在「妻子物化」的理念中，外遇後的緬夏采夫自然會天真地認為：一切都將保持原來的樣子，只是外加一個柳麗婭而已，事實證明他是錯的。

小說情節的另一個男性中心就是緬夏采夫的兒子阿力克。全家在他的成長過程中，勞師動眾，大家把錢與精力全放在他的身上，而在他與同儕安德烈（Андрей）的身上，讀者同時感受到俄國在改革開放後的社會，其新一代的男性正走向墮落、衰敗和滅亡。阿力克在萬般呵護下終究因吸毒過量而走向死亡，讀者也可以感受到托克列娃的用心與警告，正視社會變遷後新秩序的重建問題。

　　另一方面再從女性的角度來看，丈母娘莉吉雅‧蓋奧爾吉耶芙娜、妻子伊琳娜與女兒阿尼婭呈現著俄國婦女從過去到二十世紀 90 年代的成長過程。作為一位俄國傳統的女性，伊琳娜雖然支撐著整個家庭，但是在現實的家庭生活中，沒有自我價值的中心思想，她卻只能是一個從不抱怨的「高尚奴僕」。在男性為中心的社會文化裡，她除了「壓抑自我、克服傲慢」外，別無選擇。她放棄個人利益、自我的實現，向親人施愛；但她的自我命運卻在愛情的競爭與母子的關係中敗陣下來。

　　經歷三十年的婚姻生活，伊琳娜已把丈夫緬夏采夫認定是她精神上皈依的「神」；獨立與自主對她而言是一個掙扎的概念。命運注定在失去自我的同時，伊琳娜也喪失了生存的意義和幸福的機會。因此，在發生變故的婚姻裡，也只能用「忍耐」、「自誠」與「等待」的態度來面對破碎的婚姻與家庭（傅星寰，1997：27－29）。

　　再配合女兒與丈母娘的加入，整個情節更加強與豐富了「俄國傳統意識」的女性形象。這代表著三代的女性在男性中心思想的陰影下，戀愛、結婚、或是家庭經營，都無法走出男權主導的社會價值；極具諷刺意義的是，作品中唯一能走出自我的路，不受男性控制的女性，反而卻是介入別人家庭的第三者--柳麗婭，而不是被拋棄的妻子。托克列娃似乎想要傳輸一個重要的訊息，儘管政治推行了改革開放，到了二十世紀末，這個世界的統治者仍舊是男人，根本原因就

在於女性在追求自我的思想上普遍沒有能夠解放。思想不能解放，社會文化與體制就很難改變和轉移，新的性別價值觀也無法建構。

這個介入別人家庭的第三者柳麗姫是一位美麗、成熟、性感、充滿魅力的女人，是文學作品中經常出現的那種「致命的女人」（Femme fatale），也是傳統俄羅斯文化中「厭女情結」的典型女性。她們美艷，但冷酷，常引起男人的好奇心，又給予「致命」的打擊。

劇情中，這個「殘酷的女人」讓緬夏采夫一改沈穩、莊重的「男子」風範，像狗一樣地匍匐在女人的「洞穴」和冷艷之下，但是柳麗姫讓他平淡乏味的生活增添了浪漫的色彩。托克列娃這樣描述這位失控的男人：「他突然被一種瘋狂的慾望所控制，如同春天從板棚裡被放到碧綠草地上的一條公牛」（c.54）。終究，托克列娃採取對男人這樣的描述，已經改變過去一味歸責「惡女」的書寫模式。

扮演著「殘酷美人」的柳麗姫從不主動追求，她不被男人「占有」，男人卻成為她的「工具」。她懂得善用自己的美麗外表，懂得如何確立「自我存在」的價值：她選擇男人，利用男人，卻不依附男人。

小說的結尾，為了鼓勵俄國女性追求自我的實現，或許是托克列娃刻意的安排，柳麗姫竟能尋得獨立自主的生活之路。但其實這種破壞另一個女人的自我價值，是否合乎人性價值的自我實現，不無疑慮，或許

這就是「矯枉難免過正」吧？但托克列娃的小說劇情就是這樣鋪陳的。

拜改革、開放之賜，柳麗姬與嫁給美國人的女友尼娜，在美國合開了一間商店，長期在美國住了下來，賺的是外匯，她的財政狀況也長驅直上。托克列娃運用柳麗姬的角色，除了表達對傳統女性倫理的反叛外，更反應俄國社會在資本主義影響下的急遽變化，其劇情極具諷刺的意味。

總體而言，這篇小說的標題「雪崩」代表著多層的象徵意涵：它代表著緬夏采夫在倫理道德觀的迷失，他的家庭和家人關係的瓦解，更代表著俄國社會「男性中心主義」與社會價值觀的崩潰。

> 據說，雪崩在塌陷前的剎那會出現一段特別的寂靜。這麼看來，大自然在完成自己的行動前也是屏住呼吸的，也可能是在沈思。它思量著：值得嗎？然後，毅然決定道：值得。便勇往直前了。（c.59）

> 雪崩坍塌著，加快了速度。它已經吞噬了他的房子，埋葬了他身上富有生氣的東西。接著會發生什麼？

> 通常接下來會發生什麼？雪崩向下滑動著，逐漸減速，最後停了下來。那時倖免於難的人們爬出來，隨即秩序井然。然後就掘出活的，掩埋死的。豎起電線杆並拉上電線。家裡又重新

> 溫暖明亮起來。又開始了生活，就像什麼也沒
> 發生一樣……只是應當熬過去……。（c.67）

　　然而，正如托克列娃一貫的作風，悲劇中總給人
一綫希望。在小說的結尾，托克列娃還是安排了一絲
溫馨。

> 院子裡，大家正往車子裡坐。尤拉（女婿）開
> 車，伊琳娜抱著孩子——阿尼婭和莉吉雅——
> 坐在前面·蓋奧爾·吉耶芙娜坐在後面。緬夏
> 采夫滿可以擠進後座，儘管費點兒事。「你去
> 嗎？」伊琳娜問道。

> 大家的目光在等待著緬夏采夫。他走過去，擠
> 進了車。因為，他們在看著他，也等待著他。
> （c.87）

　　在「雪崩」之後，一切會是什麼景象？會像什麼也沒
發生過嗎？或是重新爬出來，勇敢地活下去。外孫的
出生代表著崩塌的一切重新再來，妻子伊琳娜邀緬夏
采夫去醫院接外孫，象徵著邀請他重新回到家庭生活
的軌道，但在女性們自我實現的覺醒中，緬夏采夫已
經無法重回「太陽」的地位了。

# 四、結論

　　俄羅斯女性文學的發展可以說是一路艱辛，走走、
停停，倍感吃力。二十世紀初，一些女性作家，如薇
爾碧芝卡雅、柯隆泰、黛菲（Тэффи，1872－1952）、

阿赫瑪托娃、茨維塔耶娃等人，始終奮力想打破傳統
社會文化的枷鎖，開始在俄國文壇展露頭角，展翅高
歌，表現自我的獨立創作風格。可惜，好景不常，蘇
聯政權底定後，這些女作家由於與當時的政治文化不
能融合，女性文學始終無法在俄國社會正常發展。蘇
聯政權所建立的文化特質在於從根本上消滅私人個體
的獨特性，當然也包括女性的自我實現也必須剷除；
他們所強調的是，大眾的幸福只有在每個人的個性都
消滅後才能獲得。所以，必須採取全國一致的規範：
每個家庭裡都是同樣的粗糙家俱，同樣的史達林肖像，
每間房舍都是另一個房舍的翻版，集體農莊的所有人
員就這樣與人同樂。他們的房間只是一個睡覺之處，
他們生活的全部育樂都必須在文化宮、俱樂部，在一
切的集體場所（何云波、彭亞靜，2003：242－246）。
整個國家就要像文學作品《鋼鐵是如何煉成的》（*Как
закалялась сталь*）劇中的男主角，忘記個人，忘記
自我，只知道「我們」：我們的軍團，我們的騎兵連，
我們的旅，我們的祖國，我們的人民。蘇聯文學比傳
統俄羅斯文學還嚴厲地打擊個人的自我，高舉著理想
主義的激情。在現狀尚未變好之前，一切的缺點、悲
劇、生活與社會的陰暗面就把它們遮蓋起來。因此，
當革命完成後，史達林要的不是真實，而是歌功頌德。
要的是馴服，是附和，而不是批評。不要個人的自我
價值，只要每個人從內心的盲從。

　　然而，儘管如此，強調表達自我觀點的文學還是
一直在「地下」暗潮洶湧地進行著。就在蘇聯時期，

仍有一批生在 1940 年代前後的新生代文學創作者，主動放棄了傳統文學那種過於神聖的使命感和責任感，轉而用一種更平實、更超然的態度來面對生活和文學。他們所關注的對象不再是英雄，而是普通的人，描述著社會寫實的生活景象。他們也不再關注文學的教育功能，而更願意藉由文學來展現政治現實的壓抑、命運的無常和存在的荒誕（劉文飛，2004：3－23）。這些文學作品在 70 年代逐漸湧現出台面，迅速地發展。這股新的文學浪潮特別強調尋求新穎的藝術表現形式，「女性散文」也就趁著這股文學浪潮出現，並急速的發展。托克列娃的作品也就在這段時期的文化氣氛中脫穎而出。

　　托克列娃針對小人物敘事的創作成了女性文學的特色。她描寫各式各樣的小人物，主題也是包羅萬象，涵蓋了許多「日常生活」的主題，但劇情中又隱含著生活哲學。她用作家敏銳細膩的觸感描寫了一般人生活中的酸甜苦辣。小說中的人物在現實生活中經常是受到挫折與折磨的一群，進而洗鍊出自我的醒悟和情感。她尤其關心女性一生命運的體驗；從小學生寫到年老的女人，描寫她們在尋求自我實現的現代生活與人生道路上所碰到的各種狀況、命運、心情、人際關係與價值觀。在托克列娃的筆下，劇情中的各種人物常給人一種印象，就是人生總是處在人性善惡、悲喜命運的中間地帶徘徊。她們在面對殘酷的現實與人性的弱點時，境遇常常是事與願違。

　　其次，小說中的人物總在生活中「追尋」與「等待」，等來的也許是一場夢，然而，這也許就是人生，一種期許中的幸福。那怕這種幸福是短暫的，也提供了值得活下去的理由。因為有追尋就有希望，有希望才能活下去，活下去就有等待的幸福。因此，儘管劇情中沒有都是令人滿意的結局，托克列娃還是喜歡在作品的結尾給人一種樂觀的態度，在絕望中仍可看見一綫光明。另外，在她的作品中總流露出一絲女性的寬容與慈愛，一種人文的關懷，這也是女性自我本質的善良面向。托克列娃的作品裡總是迴盪著這樣的聲音：「生活是美好的，儘管它匆匆易逝，儘管它有時乏味、殘酷，儘管……」，終究還是要收拾心情，努力活下去。

　　在托克列娃的早、中、晚期的作品裡，我們可以看到這位女性作家的成長過程，從單純故事情節的描寫，到主、客觀環境與心理的分析，到加入政治、社會、文化與價值觀改變的時代脈動與思考，其作品的深度與廣度不斷的擴大，呈現一位女作家在俄國社會中追求自我實現的艱辛道路。除了小說的取材外，作品中的語言表達與藝術手法（尤其在政治意識形態的壓制下，隱喻、象徵手法的運用是必要的技巧）也是俄國文學在傳統社會文化的限制下尋求發展的重要課題。再從其作品的蛻變與成長過程來檢視，我們也可以感受到俄國女性文學發展的艱辛歷程。

# 本章參考文獻

## 中文：

1. 何云波、彭亞靜。《對話：文化視野中的文學》。
   安徽：安徽文藝，2003。
2. 劉文飛。《文學魔方：二十世紀的俄羅斯文學》。
   北京：中國社會科學，2004。
3. 陳新宇。〈當代俄羅斯文壇女性作家三劍客〉。
   《譯林》，No. 127（2006.04）：201－204。
4. 傅星寰。〈兩性世界的沖撞—淺析托卡列娃《雪崩》
   中的女權主義傾向〉。《俄羅斯文藝》，No. 2
   （1997）：27－29。
5. 維多利亞・托卡列娃。李錚譯。〈為了一張漂亮
   的臉〉。《譯林》，No. 127（2006.04）：177－
   180。

## 英文：

6. Cixous, H. and Clement, C. *The Newly Born Woman.*
   Minneapolis: University of Minnesota Press,1986.
7. Goscilo, H. *Women writers in Russian literature.*
   Connecticut: Greenwood Press, 1994.

## 俄文：

8. Березина, А.М. ред. *Русская литература XX
   века.* СПб.: LOGOS, 2002.

9. Токарева, В. *Сентиментальное путешествие*. Москва: ЭКСМО-ПРЕСС, 1997a.

10. _____. *Между небом и землей*. Москва: АСТ-ЛТД, 1997b.

11. Новикова, Л. "Виктория Токарева: разговор без вранья." *Аргументы и факты*. No.11（Mar. 1997）: 8.

12. Токарева, В. "Лавина." *Новый мир*. No.10 （1995）: 41－87.

網絡資料：

13. Вейли, Римма. "Мир, где состарились сказки.....социокультурный генезис прозы В. Токаревой. "*Литературное обозрение*, No. 7 （1993）.
http://www.ref.by/refs/44/9182/1.html/ （2006.04.25）.

14. МКР. *Женская проза*. （2002）.
http://www.library.by/shpargalka/belarus/006/540.htm/（2005.05.09）

15. Токарева, В. *Сразу ничего не добьёшься.*（1997c）.
http://www.lgz.ru/archives/html_arch/lg192006/Polosy/16_4.htm/ （2006.06.12）

16. _____. *Закон сохранения*. （1997d）.
http://www.aldebaran.ru/rproz/tokar/tokar4/
（2006.06.12）

17. _____. *Плохое настроение*. （1997e）.
http://www.aldebaran.ru/rproz/tokar/tokar20/
（2006.06.12）

18. _____. *Летающие качели*. （1997f）.
http://www.aldebaran.ru/rproz/tokar/tokar27/
（2006.06.12）

19. _____. *Глубокие родственники*. （1997g）.
http://www.aldebaran.ru/rproz/tokar/tokar28/
（2006.06.12）

20. _____. *Счастливый конец*. （1997h）.
http://www.aldebaran.ru/rproz/tokar/tokar31/
（2006.06.12）

21. _____. *Я есть. Ты есть. Он есть.* （1999a.）
http://www.litportal.ru/genre22/author170/read/pag
e/0/book827.html/（2006.06.12）

22. _____. *Нам нужно общение*. （1999b）.
http://www.aldebaran.ru/rproz/tokar/tokar17/
（2006.06.12）

# 第四章
# 烏麗茨卡雅作品中的神話形象
# 與女性意識

本章擬探討俄國女作家柳德蜜拉‧烏麗茨卡雅
（Людмила Е. Улицкая，1943－）的早期作品——《索
涅奇卡》以及《美狄亞與她的孩子們》——中所建構
的新神話，劇情描述兩個平凡婦女的神話形象與象徵
意義。

另外，本章亦將深入研究作品中的女性意識與各
個角色間的情感糾葛，以便讓更多讀者了解這位俄國
二十世紀晚期的新銳女作家，探索她的女性自我意識
與新神話的形象建構。

　　柳德蜜拉‧烏麗茨卡雅在 1943 年生於莫斯科，成
長於猶太知識份子的家庭。她是一位生物學博士，尤
其在遺傳學上有所專精。早年雖然從事遺傳學工作，
但無意中涉及了朋友的政治事件，因而被迫除去職務；
在其專業的出路被關閉後，上帝為她開了另一扇門，
讓她全心轉向寫作。她的初期創作以兒童文學為主，
後來又涵蓋小說、散文、編劇等。

　　嚴格來說，烏麗茨卡雅是一位業餘的文學作家，
其創作是一點一滴的努力所累積出來的。初期，讀者
對她的作品反應平平，1992 年俄羅斯頗具影響的文學
雜誌《新世界》刊登了她的小說《索涅奇卡》
（ *Сонечка* ），令她一舉成名；這篇作品同時也讓她
獲得了法國梅迪西獎的「外國小說獎」。隨後，相繼
問世的作品有《美狄亞與她的孩子們》（ *Медея и её*
*дети* ）（以下簡稱《美狄亞……》）、《快樂的葬禮》
（ *Весёлые похороны,* ）等中篇小說，以及《奧爾洛
夫─索科洛夫一家》（ *Орловы-Соколовы* ）、《親
愛的》（ *Голубчик* ）、《野獸》（ *Зверь* ）等短篇作
品。其中《索涅奇卡》與《美狄亞……》曾分別於 1993
年與 1997 年入圍俄國布克獎的決選。經過二次入圍
而未獲獎後，終於在 2001 年以《庫科茨基醫生的病
案》（ *Казус Кукоцкого* ）獲得了俄國布克獎。

　　烏麗茨卡雅來自猶太傳統家庭，因此作品中時常
反映出猶太文化的傳統思想，這也成為她作品的特色。
猶太文化特別重視家庭與家族的傳統與聯繫，因此，
她的作品主題經常圍繞在家庭成員的悲歡離合與錯綜
複雜的家族關係與家庭紀事。在寫作模式上，她進一
步再將這些個人、家庭與家族放大到所處的時代，反

映了各個時代的歷史背景、社會問題與價值觀。另外，
身為女作家，她對女性人物的刻畫以及女性心理的分
析更顯細膩與深刻。

在晚期幾年的作品中，烏麗茨卡雅更嘗試進入人
的潛意識與夢境的探索。她在劇情的鋪陳上常將這些
意識、潛意識、幻想交錯放在現實中的過去、現在與
未來的時空中，創造了一幅光怪陸離的後現代的畫面
與情境。仔細思考之後，人們會發現這種特殊的書寫
模式多少與她的醫學專業背景有關，而劇情的型塑亦
受到近代後現代主義的流行趨勢所影響。

讀者經常可以發現烏麗茨卡雅的小說在劇情之間
有著某種聯繫或是延續性的關係，有時短篇作品乃是
日後中、長篇作品的練習作。本文將探討的《索涅奇
卡》與《美狄亞與她的孩子們》二部作品就是明顯的
例子。雖然是兩篇單獨的作品，卻可以發現《索涅奇
卡》中的女主角似乎走進了《美狄亞……》中篇小說
裡的情境，讓其角色發展得更為完整，我們也不難發
現這兩篇作品中女主角的共通性。以下將分析這兩篇
作品中女主角的神話形象，並探討劇情中所表現的女
性意識、兩性角色的定位、以及角色間錯綜複雜的情
慾關係。

## 一、《索涅奇卡》、《美狄亞與她的孩子們》二篇小說的劇情背景與女性意識

二十世紀七〇年代俄國文壇出現了一股「新浪潮」
（Новая волна）的文學走向。這股新浪潮（the New

Wave）來自法國電影的新運動。它的產生有著特殊的
歷史背景，主要是第二次世界大戰之後，制度長期僵
化的社會造成了青年一代的幻想破滅。首先，隨著歐
洲法西斯政權的垮台，以及一群政客受到歷史性的審
判，國際上的左派勢力因而受到嚴重的打擊。其後，
史達林去世，赫魯雪夫對他重新評價，又使得左派勢
力陷入茫然，加上不名譽的阿爾及利亞戰爭和越南戰
爭，更使廣大的社會群眾開始感到失望。這時，整整
一代的青年人視政治為「滑稽的把戲」。當時的文藝
作品也開始注意這些迷惘的年輕人，描寫這些人的想
法和行為。

　　這個背景成為這一時期文學藝術的特殊現象：在
美國，稱這些年輕人為「垮掉的一代」；在英國，則
稱他們是「憤怒的青年」；在法國，則稱之為「世紀
的痛苦」或「新浪潮」。因此，在「新浪潮」的影片
中，從主題到情節，從風格到表現方法都帶著這種時
代的印記。這股浪潮後來也席捲至蘇聯解體後的俄國，
在電影、文學、繪畫等的表現手法也受到極大的影響，
展現出與過去截然不同的主題以及表現手法。

　　這股文學新浪潮的形式種類繁多，每種形式都企
圖追求新的藝術表達方式。其中「女性散文」（женская
проза）的出現，為俄國文壇創造了另一種新的氣象，
有愈來愈多的女作家加入了這個行列。例如：托克列
娃（Виктория С. Токарева，1937－）、彼得魯捨夫斯
卡婭（Людмила С. Петрушевская，1938－）、謝爾芭
科娃（Галина Н. Щербакова，1932－2010）、托爾斯

塔婭（Татьяна Н. Толстая，1951－）、烏麗茨卡雅
（Людмила Е. Улицкая，1943－）等。每位女作家皆
嘗試以新手法來突顯自己的風格。

　　從文學發展史來看，俄國古典文學素來皆以男性
作家為主，一直到二十世紀初女性作家才開始展露頭
角，真正大顯身手的時期是蘇聯解體後十年才開始。
一般而言，女作家的出現會讓人直覺聯想到「女性主
義作家」，其作品表現主要是追求女性自主意識的反
男性中心論。其實，許多女作家並不歡迎這種特殊的
封號，主張不要因為她們是女人，就將她們與「女性
主義」放在一起；她們極力撇清與「女性」相關的批
評，堅稱她們有自己獨立的創作風格，總是不希望在
日後被讀者冠上「婆娘文學」作家或「家庭主婦文學」
作家的封號，典型的代表就是女作家烏麗茨卡雅。

　　儘管不希望自己被冠上女性作家的封號，我們還
是可以發現烏麗茨卡雅的作品中有著強烈企圖想顛覆
傳統文學以男性主導的概念，同時也突顯女性獨立自
主的意識。

　　男性視野下的女性與女性視野下的女性有著不同
的觀點、不同的取角，這是烏麗茨卡雅在作品中想要
突顯的特點之一。烏麗茨卡雅跳脫一般男性作家筆下
描述女性情感、生活模式和想法的書寫方式；在她的
小說劇情中，女性不再是那些才子佳人模式中依附男
人的陳庸話題；也不是誘姦故事模式中女性需要慈悲
保護，施恩的羔羊；更不是被醜化的追求自我意識的
解放女性。烏麗茨卡雅在以下的兩篇小說敘述了兩個

平凡女性的一生，沒有驚濤駭浪的故事情節，只有細火慢燉的家庭紀事與兒女情感的糾葛。

《索涅奇卡》這篇小說是以寫實的手法平鋪直敘地描述了一個普通的俄羅斯猶太婦女的一生。索涅奇卡（Сонечка）有著高度的近視，平凡甚至有點醜的外表。她上中學時經歷了一場初戀的挫折後，更將自己埋進無邊無盡的書海裡，真的是嗜書如命。在偶然的機會裡，結識了從外國回來的畫家－－羅伯特‧維克多羅維奇（Роберт Викторович）。由於身處蘇聯擴大肅反時代，維克多羅維奇被打成了「人民之敵」，他與索涅奇卡認識時，正處於流放期。

索涅奇卡與羅伯特的婚姻沒有動人的愛情故事，只有相互的需求與扶持。隨著「解凍」[1]時期的來臨，他們的家境也逐漸好轉，丈夫的事業漸漸成功，女兒也長大成人。

未料，平地起了波浪，他們女兒的一位同學亞霞（Яся），闖入了他們原本平靜的家。首先是這位女孩成為索涅奇卡名符其實的「養女」，而這個養女卻是

---

[1] 40 年代下半期到 50 年代初，蘇聯當局為了加強思想控制，曾在知識界連續進行了幾次較大的思想批判運動，這些運動觸及了不少人。這個時期重犯了 30 年代肅反擴大化的錯誤，造成了許多冤獄，致使人人自危。史達林死後，情況開始漸漸好轉，有的作家敏銳地感覺到社會政治生活中發生的變化，壓抑漸得舒緩。因此，1954 年蘇聯作家艾倫堡（Илья Эренбург）發表了中篇小說《解凍》（Оттепель），透過小說的主人公表達了「嚴冬即將過去」，「已到解凍時節」，「春天就在眼前」等說法。作者用這些具有象徵意義的話來表達「嚴冬」的史達林時代正在過去，被稱為「春天」的新時代即將來臨。

一個善於利用男人改變自身命運的妙齡女子，且又與
丈夫羅伯特發生不倫之戀。

年邁體衰的羅伯特在晚年除了有索涅奇卡的不棄
不離之外，又有年輕貌美的女性作伴，竟然激發了他
的創作靈感，使其生命在晚年又綻放了短暫的光芒，
沒想到會猝然離世。遭此巨變後的索涅奇卡，也值晚
年，拒絕了女兒與養女的邀請，堅持留在莫斯科自己
的居住處所，重新再回到與書相伴的日子，將自己沈
浸在俄羅斯古典文學美妙的境界中。

接下來，我們把眼光轉移到另一篇作品——《美
狄亞與她的孩子們》；這篇小說的書寫持續著《索涅
奇卡》的創作風格，描寫了一位一生歷盡滄桑的女性。
美狄亞·西譜諾里（Медея Синопли）是出生於克里米
亞的希臘後裔，來自小康家庭；她性格堅強、心地善
良，一生飽經憂患。

在 16 歲時，美狄亞的父母雙亡，撫養弟弟和妹妹
的責任就落在她一人的肩上。她犧牲了自己的青春，
含辛茹苦地把弟、妹撫養長大成人。美狄亞耽誤了青
春，在年近 30 時，才嫁給一位患有癲癇病的猶太醫生
薩穆伊爾·門捷思（Самуил Мендес）。

美狄亞一生忠貞不渝，丈夫晚年罹患癌症，她一
直不離不棄在旁細心照料，直到為他送終。事後，她
在偶然的機會裡，猛然發現丈夫與自己的妹妹發生了
私情，且有了私生女——尼卡（Ника）。儘管如此，
美狄亞仍將痛苦與委屈埋藏在心裡，誠心接納了尼卡。

　　丈夫死後，美狄亞就一直住在克里米亞海岸的山上，雖然自己沒有生小孩，但是她的侄孫後輩卻每年都輪流來到她的處所作客，住上一段時間，將美狄亞視為他們自己的至親。美狄亞從與他們的來往中，發現了這些年輕一代的情感糾葛；她目睹了他們感情和婚姻的聚散離合，以及過程中不斷發生的感情變化。儘管她實在難以理解時代的變遷對年輕人造成紛亂的人倫關係，但美狄亞從不干涉或指責這些子女的隱私。美狄亞死後，侄子格奧爾吉（Георгий）搬到了美狄亞的家，家族成員也愈來愈多，而且分居世界各地，但是他們還是維持這個傳統——經常團聚或造訪美狄亞居住的處所。

　　烏麗茨卡雅基於女性自主的意識，對兩部作品的女主角索涅奇卡與美狄亞的外表並無太多的著墨，完全顛覆俄羅斯男作家筆下美女的傳統描寫，例如：屠格涅夫筆下的女主角，多半是 17、18 歲的少女，白淨的臉蛋、清秀的細眉、光潔的額頭、黑亮的眼睛，挺直的鼻樑、唇邊一抹淡淡的微笑、苗條的身材、削瘦的雙肩、細腰、嬌小的身軀等。而像索涅奇卡與美狄亞這樣的女人，男作家不會有興趣，更不會細心觀察和描述，尤其是其貌不揚的中、老年婦女。

　　（索涅奇卡）鼻子長得鼓鼓地，像個大鴨梨。細高個子、寬肩膀、乾瘦的雙腿、坐平的扁屁股，唯一的長處是農婦般的大乳房早早地就凸顯出來了，但與她扁瘦的身體又不相配，像是個外來物。索涅奇卡總愛聳拉著肩膀，把後背駝起，用寬寬鬆鬆的衣裳遮掩體型，為自己上

身那毫無用處的富態和下身令人沮喪的扁臀而
感到害羞。（Улицкая，1992：61）

至於美狄亞，她在丈夫死後守寡多年，沒有改嫁，不
事打扮，常常是一襲黑衣的寡婦形象。

頭十年，她上上下下穿的全是黑色衣裳，後來
放寬了一些，允許有一些小白花或白點，但依
然以黑色做底。頭上裹的是黑色頭巾，式樣不
像俄羅斯族，也不像農村婦女，是繫著兩個大
結，其中一個緊緊地貼在右邊的太陽穴上。長
長的一角仿照古希臘的式樣，成細折一直垂到
肩上，蓋住了她已經起皺的頸子。她那棕色的
眼睛清澈、乾燥、黝黑的臉上佈滿了細細的皺
紋。（Улицкая，2004：3－4）

　　烏麗茨卡雅以美狄亞的皺紋象徵著經歷歲月的痕
跡。這兩篇作品的女人都是歷經滄桑的平凡婦女形象，
她們自少女起就無法吸引男性。對一個 14 歲情竇初
開的少女而言，索涅奇卡有著失敗的初戀經驗，又被
暗戀的對象狠揍了兩下屁股作為教訓，可說是可怕的
奇恥大辱。而全校有名的美人卻也因為同一個男孩，
落得在教室上吊自殺，這件事使她痛苦不已，也因而
有了自我的覺醒。

（索涅奇卡）痛苦地認識到作為女人的經歷已
到此結束，沒有什麼期盼了。因此，再也不想
去討人喜歡、吸引和迷惑男人了。對那些成功
的同齡女伴，她既沒有產生毀滅性的嫉妒，也
沒有感到心煩意亂的厭惡，她又投身於使她陶

醉的狂熱的愛好中，回頭去看書了。(Улицкая，1992：64)

另外，美狄亞在情場上也是一無所獲。「她那聖像一樣的面容，早早就繫上圍巾的小頭，在費奧多西的男人審美觀來看胸平削瘦，沒有吸引追求者」（c.86）、「對於婚姻，美狄亞始終保持無動於衷的心態。她已是 29 歲的老姑娘，多年來一直以輕蔑的態度拒絕男人們各式各樣的要求」（c.61）。

這兩個女人在男女的情慾上是冷淡的、被動的，無形中解脫了傳統社會女性為男性而活的潛規則。傳統社會一直以來是由男性所主導，強調女人的美貌以施展引誘男人的性慾，致男人誤入歧途；這二篇小說所呈現的劇情完全不同於這種男性中心的論調。[2]烏麗茨卡雅要突顯的是女人的生命可以突破社會性別的枷鎖，並非只有男女情愛，女人的感情是可以超越這種刻板的社會功能，可以化為更大、更深遠的愛。

另外，在這兩部作品裡，烏麗茨卡雅刻意強調她對「性別」的看法。故事中的男性角色經常有著女性陰柔、軟弱、瑣碎的一面，而女性角色則有著男性剛毅、堅強的一面。她要強調的是每個男人都有著「女性潛傾」，而女人則有著「男性潛傾」的特質。[3]事實上，當代的生物基因學和人類學也已證明了這個論點。

---

[2] David D. Gilmore 著，何雯琪譯，《厭女現象》，台北：書林，2005。

[3] 有關「男性潛傾」與「女性潛傾」可參考蔡源煌所著《從浪漫主義到後現代主義》（台北：雅典，1998）一書中之〈文學中男人如何看女人〉一節。

烏麗茨卡雅在她的作品中對於兩性的定位及行為似乎
認定傳統的社會性別是對本質性別的錯置，其劇情幾
乎顛覆了傳統的性別觀。

在傳統文學或是男性作家的作品裡，例如：托爾
斯泰的《家庭幸福》（ *Семейное счастье* ），女性被置
於次於男性的地位，甚至是處於屬從的地位，連在社
會理性的思考上女性需時時經由男性的引導，才能明
白事理，才能了解生活。《家庭幸福》劇中的女主角
瑪莎（Маша），在托爾斯泰的筆下，她被描述為需要
丈夫的引領才能迷途知返的女性，才會做好稱職的家
庭主婦。然而，烏麗茨卡雅改變了這種男尊女卑的論
調，她筆下的男性經常是軟弱的，女性反而是堅強的。

索涅奇卡的丈夫羅伯特在還沒有遇到索涅奇卡之
前，他正處於喪失生活慾望的黑暗時刻，遇到了索涅
奇卡。他才找到了依靠、找到了避風港。

> 他預感到，若娶她為妻，她會伸出脆弱的雙臂
> 來扶持他那日益虛弱、伏在地上的生命，同時
> 又覺得對從來沒有家庭負擔的他來說，這個女
> 人會是個可愛的負擔。他生來倔強，卻又怯懦，
> 一直迴避做父親的艱難、對妻兒的義務……。
> （ Улицкая 1992：65 ）

在《美狄亞與她的孩子們》的劇情中，美狄亞的
好友依蓮娜‧斯捷潘拿（Елена Степанян）羨慕美狄
亞有著克制、獨立性、男子般的膽量，而美狄亞的先
生薩穆伊爾（Самуил）卻是一個需要女性支持的男性。

他需要女性的扶持，無論是肉體的扶持，或是精神上的扶持，才能尋求自身的價值。作者是這樣描述薩穆伊爾：

> 爾後，他居然變成一個普普通通的人，對生活沒有任何崇高的追求了，變成一個只有見到體格豐滿的女人們才能恢復一些活力的牙科大夫。
>
> 美狄亞突然產生一個念頭，覺得這個快活的、笑嘻嘻的大夫好像是缺乏安全感男人。（c.55）
>
> 薩穆伊爾坐在後排座位上，渾身抽動著，眼睛環顧四方。美狄亞坐在他旁邊，斜眼觀察著他這種莫名其妙的緊張狀態。大夫注意到她的眼光，便狂熱地抓她的手，湊到耳邊，呼呼說道：「我要發言……我我一定要發言……。」
>
> 「您不必這麼緊張，薩穆伊爾・雅科夫列維奇。想發言，就發言吧。」美狄亞想慢慢地掙脫他那緊抓不放的手指，把自己的手抽回去。（c.56）
>
> 「您知道嗎，我是 1912 年入黨的老黨員……我必須發言。」他的臉色發白，但不是那種高貴的蠟白色，而是像膽小鬼那樣面如土色。（c.56）
>
> 大夫抓著美狄亞的手，漸漸地平靜下來。他抽動著臉、掀動著嘴唇，一直堅持到最後。一系列大聲講演結束，開始散會，他還是緊握著她的手不放。

> 「可怕的一天！您相信嗎？這真是可怕的一天
> 呀。請您不要離開我。」他懇求著說。他那雙
> 淡褐色的眼睛裡流露出女性般的央求神態。「好
> 吧！」美狄亞居然輕鬆地答應了他。（c.56－57）

從上述的描繪，薩穆伊爾似乎變成了女人，在公開
的場合，無法理性地發言，只能內心激動地錯過發言機
會。

劇情中一再提到的「手」，在這兩部作品中有著
共同的象徵意義。一般都認為女人需要依靠男人的手
作為依靠，才有安全感。而在這兩部作品裡完全顛覆
了這種觀念，扶持男人的卻是女人強而有力的手。

> 當您拉住我的手，美狄亞·格奧爾吉也夫娜，
> 不，對不起，是我拉住了您的手的時候，我就
> 感到，只要和您在一起，就不會有恐懼感了。
> （Улицкая，2004：56－57）

> 薩穆伊爾陪送她回家。腳下的路面微微發亮。
> 這部分城郊當時很偏僻，沒有多少房屋，遍地
> 是雜草。要走三、四公里，才能到美狄亞的家。
> 平時口若懸河的薩穆伊爾半路突然沈默下
> 來。……美狄亞也默不作聲。薩穆伊爾用細瘦
> 卻有力氣的手攙扶著她，但她的感覺似乎是她
> 在扶著他向前走……。（c.63）

另外，在《美狄亞與她的孩子們》劇情中，美狄
亞的侄子格奧爾吉（Георгий）也有類似男女性格錯置
的描寫。格奧爾吉喜歡購物，喜歡在廚房裡整理買回

來的東西。他把買回來的東西擺在桌上，琳琅滿目，實在叫他高興。他喜歡「購物」、喜歡「挑貨」、「尋貨」、「討價還價」等諸如此類的遊戲。每次外出他總要買回一大堆無用的東西，佔據了家裡和別墅中很多地方。他的這些舉動老是惹他老婆卓婭（Зоя）生氣。而卓婭是經濟師，在市商業局工作，她認為「買東西要動腦筋，要斟酌，絕不能沒頭沒腦地去買」（c.63）。

從這段描述中，人們可以發現，格奧爾吉有著女人性格的特質，而他的太太卻有著男人性格的特質。性格與行為上男性與女性突破了在傳統觀念上的配置，這是烏麗茨卡雅在這兩部作品裡所呈現的性別特色。而在作品中，關於情慾的描寫與男女間的情感糾葛，劇情也充滿了女性自主的意識，將在下一節加以分析。

## 二、女性的情慾追求與男女的三角糾葛關係

烏麗茨卡婭在處理男女情感的糾葛關係上，改變過去傳統男女情愛的雙向關係，通常她會將這些男女角色放在三角互動的範疇裡：兩個女人和一個男人的關係或圍繞一個男人的三女關係（不一定都是性愛關係），而這個三角的關係也不是固定不變的等邊三角形，他們之間呈現一種流動關係，三角形的三個點代表不同的男女；有時這兩點人物間的關係靠近一些，有時那兩點人物間的關係靠近些。例如：《索涅奇卡》中的索尼亞、羅伯特與養女亞霞（Яся）之間的男女三

角關係：女兒塔妮亞（Таня）、男友阿廖沙（Алёша）
與亞霞三個人間的關係。《美狄亞與她的孩子們》中
美狄亞、妹妹亞歷山德拉（Александра）與丈夫薩穆
伊爾；美狄亞的下一代外甥女尼卡（Ника——亞歷山
德拉與丈夫晚生的私生女）、外甥孫女瑪莎（Маша—
—亞歷山德拉的大孫女）與瓦列里、布托諾夫
（Валерий Бутонов——舊時的馬戲團明星，後來成為
醫療師）；侄子格奧爾吉、妻子卓婭與美狄亞的鄰居
諾拉（Нора）；甚至在其侄孫輩之間也有著複雜的三
角或三角中的兩角關係。

在這些錯綜複雜的男女關係上，烏麗茨卡雅有著
她獨到的見解。第一，女人的感情對象並不一定非是
男女之間的性愛關係，女人之間亦可能有情愛的糾葛
（並非所謂的同性戀），也就是說同性間亦可相互欣
賞，相互喜愛，相互競爭。

譬如，在《索涅奇卡》劇情中，索尼亞女兒塔妮
亞與養女亞霞兩個女人之間就有著微妙的關係。塔妮
亞因為升不到九年級，只有轉到夜校學習，在夜校認
識了 18 歲的清潔工，也是她的同班同學亞霞。波蘭裔
的亞霞有著複雜的成長背景，自幼被送進孤兒院，表
現出非同一般的生命力，她是靠著善於充分利用現有
條件的本事生存下來的。

> 她那灰色的大眼、高高挑起的眉毛和貓咪般溫
> 柔的小嘴，像是在乞求著庇護。庇護者果然不
> 乏其人，其中有男也有女，而她，因天生酷愛
> 獨立，通常更喜歡男的，她很早就掌握了報答
> 他們的廉價方法。（Улицкая，1992：75－76）

就是這種令人憐愛的模樣，讓塔妮亞成為她「狂熱戀慕」的對象。塔妮亞「塊頭大」、「動作幅度也大」、而亞霞則是「像小葯瓶一樣透明」、「清潔」，兩個人是截然的天壤之別。

> 動作幅度大而猛烈的塔妮亞，行動起來聲音很響，像匹無拘無束的馬。……亞霞起身時，則輕輕地掀開桌蓋，柔順地滑動著胯骨，從狹窄的通道走向黑板。……那柔軟的腰身也與眾不同，身體的每個部位都有自己特殊的動作。乳房微微起伏，胯骨左右擺動，腳腕來回扭轉，這一切絕不是賣弄風騷，而是一種引人注目、令人讚嘆的女人形體的音樂。(Улицкая，1992：77）

塔妮亞想要模仿這種步態，試圖用自己的膝蓋、胯骨和肩膀奏出和亞霞一樣的節奏。她覺得亞霞簡直就是「花仙子」。事實上，塔妮亞不乏男性的追求者，她的音樂伙伴，來自彼得堡的阿廖沙瘋狂地追求著她，她卻一心向著亞霞，好像男人欣賞女人一樣。她在元旦前夜把亞霞帶回家慶祝元旦，她看到亞霞美麗地出現在家門，「頓時滿臉生輝，幸福無比。塔妮亞直到最後一分鐘還不能肯定亞霞是否會來，現在她為亞霞的美而感到自豪，彷彿這是她刻意塑造的傑作」（c.78）。

　　同樣在《美狄亞與她的孩子們》的劇情中，美狄亞的嫂子依蓮娜與美狄亞是中學的好友，她們的友誼維持了六十多年。兩個女人互相欣賞著對方。「兩個女孩子都認為對方是完美無缺的，美狄亞高度欣賞依

蓮娜的天真、高尚和迷人的善良，依蓮娜則崇拜美狄亞的克制、獨立性、男子般的膽量和女子特有的手指靈巧」（c.24）。

如同上節所敘述，在烏麗茨卡雅的筆下，每個男人的內心深處都有或多或少的「女性潛傾」；同樣地，每個女人的內心深處也有著「男性潛傾」。這些男性、女性的特質是可以相互欣賞、羨慕與喜愛的。因此，女人間的情感可以超越男女間的性愛，可以相互讚賞自己所欠缺的特質，可以像愛情一樣的迷戀，也可以同時愛戀與相互競爭。

另外，再來看《美狄亞與她的孩子們》中，姑侄關係的尼卡與瑪莎。尼卡是亞歷山德拉在晚年生的小女兒，瑪莎則是亞歷山德拉的大孫女，姑姑和侄女兩人的年齡相差不大。兩個女人都已婚，並育有兒女。然而，這兩人的情感是複雜的。瑪莎有著痛苦的童年記憶，外婆將其父母的車禍死亡歸咎於瑪莎，甚至將她視為兇手，並折磨她的心靈，讓她經常做惡夢，驚魂不定。因此，祖母亞歷山德拉把她帶回了家。尼卡當時只有 13 歲，但很能幹，已掌握了女性的各種技能，能夠獨當一面，她把瑪莎當成真實的洋娃娃，長時期以來，自我想像扮演著照顧洋娃娃的母親角色，並把母親全部的原始之情都獻給了侄女。

> 尼卡體驗到了令人激動不安的鍾愛，體驗到了內心對另一個人的完全接受，這是她對自己的子女從來未有過的。尤其是第一年，尼卡懷著對不幸瑪莎的同情，整夜整夜地拉著她的手，天天早晨給她梳理辮子，放學後領著她在斯特

> 拉斯諾伊林蔭道散步。尼卡在瑪莎的生活中佔
> 據著十分重要但又很難確定的位置：是心愛的
> 女朋友？還是那方面都非常好，那方面都很理
> 想的大姐姐？（Улицкая，2004：151－152）

其次，姑侄兩人有著共同的偏好，不喜歡「玫瑰紅和
天藍色」，不喜歡「縫皺邊和帶細褶的衣服」，稍稍
長大一點之後，「她倆開始穿牛仔服和男式襯衫」。
兩人感情深厚，無所不談，瑪莎更是把自己內心的所
有掏給尼卡。當瓦列里‧布諾夫出現時，兩人看上的
都是同一個男人，兩人之間的關係又變成了相互競爭
的對手。顯然，烏麗茨卡雅對女人感情世界的描述幾
乎跳脫了社會倫理的想像和規範。

　　更為特別的，烏麗茨卡雅在男女情感關係上要突
顯的是，女性在情慾的追求上並不一定是被動的，經
常是採取主動的行為。

　　《索涅奇卡》中的養女亞霞很早就懂得運用自己
有利的條件，捕獲男性獵物，達到自己的目的。在塔
妮亞邀請她到家裡來共渡除夕時，

> 她早已既強烈又模糊地預感到一個新的、前途
> 無量的空間即將出現在她面前。所以，她像決
> 戰前的統帥一樣，暗地裡做著周密的準備，把
> 處無飄渺的希望都寄託在這次來訪上。……她
> 尚未看清這些大人的臉孔，心裡卻已經歡欣雀
> 躍起來，深知自己終於打中了期待已久的靶子。
> 她所需要的正是他們這些成熟、獨立的男子，
> 有了他們，她才能快步起飛，才能爭取完全、
> 徹底的勝利。（Улицкая，1992：78）

第二天早上，亞霞主動且成功地投入了羅伯特的懷中，「幹一次，快一點兒」（c.82）！這個務實的小女人從不調情，她自己也弄不清楚自己的動機，也許是「出自對這一家的感恩之情吧」（c.82）。

他們之間的戀愛是狂熱而又出奇地默默無言。她發現對手羅伯特在欣賞她，她不由得得意起來。

> 女人狹小的虛榮心使她陶醉，愉快地享受著自己至高無上的權威，因為她知道，只須她用孩子般的無恥的口吻說一聲：「想來一次嗎？」他就會點頭，把她抱到用舊地毯鋪蓋的矮矮的沙發床上。如果不說，他就會繼續這樣瞪眼看著她。真是可憐蟲，小傻瓜……。（Улицкая，1992：82）

在傳統男性作家的作品裡，女性是被觀看的對象，是被男人搜索、捕捉的獵物，如何下手，如何引她們上鉤，如何獵取芳心，肉體或心靈的征服代表著男人的勝利象徵。一般在男作家的筆下，愛情與性的追逐遊戲中，主導的是男性觀點，劇情是隨著男性的眼光，引導著故事的發展。然而，在烏麗茨卡雅的這兩篇作品裡，女性在情慾上變成了追求者而且是占著支配的角色，她掌握了主控權。在《美狄亞與她的孩子們》中，瓦列里·布托諾夫這個體格健壯，舉止灑脫，偶然才出現的外來者，卻是尼卡和瑪莎姑侄兩人搜索和競爭的獵物。尼卡「像獵人那樣嗅著愛情的獵物」，對她而言，誘惑男人是她最喜歡的事，這是一種近於「精神糧食的內心需要」，「沒有任何時刻能夠比得上尼卡以她自身內在的生命，來掌握男人通常特有的

思慮，而把他們的注意力吸引過來。四周擺上小小的誘餌，下好套索再慢慢拉緊繩子，拉向自己」（c.120－121）。然而，尼卡與瑪莎同時看上了瓦列里·布托諾夫，這不是秘密，二個人都明白自己看上了同一個男人，展開了彼此間小小的競爭。

　　按照尼卡的性格，從小到大不知有多少男人被她征服，在征服感的滿足下，尼卡有一種說不出來的得意與自信，對布托諾夫的征服更是自信滿滿，使出渾身解數來誘惑布托諾夫。然而，一切都沒有按照尼卡的計劃進展；後來，尼卡心裡才明白布托諾夫感興趣的女人不是她，而是瑪莎。

　　女人與女人之間爭奪男人的小競爭有時會結束長年累積的姊妹情誼。征服無數男人的尼卡不會特別在意一個布托諾夫，但是，她與瑪莎的關係是微妙的，尼卡與瑪莎之間是姑侄？是母女？是姊妹？是情敵？很難一下子說清楚。

　　相對來看，瑪莎是個感情細膩的女人，詩句創作是她的精神依靠。當她對生命有所感動，就會提筆寫詩，讀給尼卡聽或是讀給丈夫阿列克（Олег）聽。她對布托諾夫有著更多的期望，肉體的和情感的期望，靈與肉的結合。她毫不掩飾地告訴尼卡對布托諾夫的感情和慾望。尼卡無法對兩人怨恨、氣憤，只能對瑪莎說：「把他拿下」（c.157）！瑪莎因而受到鼓勵，和布托諾夫激情時，喊著：「尼卡、尼卡，我占有了」（c.163）！在肉體上，此時女人變成了支配的角色，「拿下了」，一句「我占有了」表示著女人征服男人的勝利。

　　最後，烏麗茨卡雅在男女情感關係上要表達的是：無論是兩人或三角男女情感糾葛，最後都會有人因而受傷。譬如，《索涅奇卡》中的索尼亞在發現丈夫與亞霞之間的戀情後，意識到自己 17 年來的美滿婚姻已經結束，她一無所有了。塔妮亞發現自己父親與亞霞的姦情後，既痛苦又驚訝，她本以為她和亞霞的關係比任何戀情都重要。在《美狄亞與她的孩子們》的劇情中，美狄亞在丈夫死後，發現丈夫與妹妹的姦情與私生女尼卡後，心靈重創。當瑪莎必須在丈夫與布托諾夫之間作抉擇時，不堪精神的壓力，最後走向自殺之路。烏麗茨卡雅最終想要強調的是，自私的兒女私情，男女情慾糾葛，總是會使人傷害，把人推向痛苦的深淵。那麼，什麼才是永恆的價值？

## 三、《索涅奇卡》與《美狄亞與她的孩子們》中的新神話

　　在另一方面，烏麗茨卡雅又極力想為女性的本質塑造東正教的聖母（Богородица）形象；在這兩部作品中，她似乎將兩位女性過於理想化，塑造了有如神話的形象，劇情展現她們吃苦耐勞，任勞任怨地接受命運的折磨，不斷的奉獻與付出，堅守以和諧、安詳的精神維持家庭的關係及生活態度，讓人感受到悲天憫人的博大胸懷。

　　東正教的聖母形象及其在信徒心中的地位與西方的聖母是有所不同，尤其在俄國人的心中有時更超越耶穌基督，甚至是上帝。東正教聖母的愛是仁慈的、

無止盡的；她永遠也不會放棄人子，不像上帝總會作出最後的審判，人無論犯了什麼錯，她總能寬容、原諒與接納。

《索涅奇卡》劇情中的索尼亞一生奉獻給她週邊的親人和朋友，她感謝生命給她的一切而說道：「上帝啊，上帝啊，我不配有這種福氣」（c.72）？「給予」而非「索取」是烏麗茨卡雅在這篇小說所要傳達的主要概念。

在傳統對男女情感的描寫上，希臘神話中的美狄亞身陷男女私人情慾，不能自拔，傷害了所有身邊的人，也傷害了自己。自私的情愛可以頓時轉變成毀滅一切的怨恨，是何等的可怕！然而烏麗茨卡雅作品中的「索涅奇卡」與「美狄亞」在遭受情感的背叛後，仍能包容一切：索涅奇卡接受了丈夫、自己、亞霞三人同進同出的尷尬情況與外人的非議，仍如同母親般地照顧亞霞，而等到索尼亞的丈夫羅伯特死後，亞霞又像是孤兒般地抓著索尼亞的手不放，把她當成自己的母親。美狄亞在知道丈夫與妹妹的隱私之後，把痛苦和委屈深埋在心底，對丈夫敬愛如故，並誠心地寬待他的私生——侄女尼卡。在那個時代的人倫關係與價值觀是混亂、骯髒與邪惡的，然而，在索尼亞與美狄亞的身上，轉化了混亂與邪惡成為和諧，賦予傳統神話新生命，建構了新的神話（С.И. Тимина, Под ред. В.И.Березина，2002：253－254）。

烏麗茨卡雅在《美狄亞與她的孩子們》的作品中，特別在外型上也建構了美狄亞的聖母形象。美狄亞有著聖母的面容：黝黑的臉頰，清澈的雙眼流露出悲憫

的目光，黑色的衣裳與頭巾包裹著瘦小的驅體，讓人
想起了俄國喀山聖母像（Казанская икона
Богородицы）。[4]而她的愛超越了男女的情愛，她的愛
是無私的，是包羅萬物的大愛。因此，膝下無子嗣的
美狄亞將這些侄甥兒姪女當成自己的孩子，大家都是
美狄亞的孩子。

> 緘默寡言、膝下無子女的美狄亞習慣於夏季的
> 熱鬧，心中卻經常納悶，她這座被烈日烤糊、
> 被海風吹透的住房為什麼會這樣吸引不同民族
> 及形形色色的人們，使他們從立陶宛、從格魯
> 吉亞、乃至中亞紛紛來到此地。（Улицкая，
> 2004：45）

美狄亞的愛更超越了種族仇恨；一個正直、善良
的人是不分民族、不分膚色的，她們都屬於美狄亞的
大家庭。種族、政治之間的仇恨、迫害與鬥爭在美狄
亞的生命裡完全沒有任何意義。在《美狄亞與她的孩
子們》第一部的第 8 節中，格奧爾吉反駁瑪莎對美狄
亞的認知，說道：

> 妳真傻，瑪莎。妳們把蘇聯政府看成是萬惡之
> 源，可是在她（美狄亞）那裡，一個哥哥被紅
> 軍打死，另一個哥哥被白軍打死，二次大戰期
> 間又是一個弟弟被法西斯殺害，另一個弟弟被

---

4 俄國境內東正教教堂約有 269 尊聖母像，各自有著不同的奇蹟
顯現。其中 1579 年 7 月 8 日在喀山城顯神蹟的聖母聖像最受
俄國人民敬愛，代表著使異教徒精神覺醒的象徵。聖母的形象
在俄國有著俄國大地的保護者的意義，尤其受到信徒的愛戴與
景仰。一般認為聖母透過喀山聖母像傳達庇護給西伯利亞與遠
東地區的子民。她的聖像有希臘女聖者的形象。

共產黨迫害致死。對她來說，所有政權都一樣。
我的外祖父斯捷帕尼揚是貴族、是保皇派，但
是他拿出最後的家底，匯錢救援了舉目無親的
小姑娘美狄亞。我的父親是熱情洋溢的革命者，
但他單憑美狄亞的一句話：「救救蓮娜吧！」，
就和我母親結了婚……美狄亞才不在乎什麼當
局，她是虔誠的信徒，所服從的完全是另一種
權勢。（Улицкая，2004：46）

　　美狄亞的哲學就像東正教的聖母，如同大地的母
親般包容了一切，包容了宇宙萬物的一草一木，容忍
一切的善與惡、愛與恨，這也是近代西方在物質主義
覺醒後所倡議的「超越二元對立」。就像小說一開始
的敘述，「克里米亞的大地對美狄亞向來說是慷慨款
待的，把自己的稀有財寶統統拿出來贈送給她。美狄
亞懂得感恩，牢記著她每次收穫的時間、地點及當時
自己的內心感受」（c.5）。她對待世俗與兒女間是是
非非的糾葛，就像聖母的哲學一樣，容忍並包容一切。
她雖然無法苟同戰後年輕一代對婚姻缺乏責任感的生
活態度，但她也不會加以指責或干涉，只是默默地用
自己的美德與智慧影響他們。

　　就是這份包容，美狄亞的孩子愈來愈多，她的子
孫在她過世後仍不斷地來到小鎮造訪她的住所，真誠
地緬懷她。劇情在最後寫道：

迄今為止，美狄亞的後裔們從各——俄羅斯、
立陶宛、格魯吉亞、朝鮮——不斷來到小鎮。
我的丈夫也幻想如果明年錢夠用的話，帶著我
們的小孫女來這裡。她是我們大兒媳——海地

的美籍黑人——生的。這裡有一種說不出的愜
意——屬於美狄亞的家，屬於這麼大的家族，
甚至無法記住全家人的面孔。成員們消逝在往
昔、今日和未來。（Улицкая，2004：87）

顯然，作者企圖超越各個民族的藩籬與界線，希
望用人道精神包容宇宙的一切。這樣民胞物與的世界
觀與胸懷讓人由衷敬佩，正是當代世界處於物慾洪流
現象下的新聖母形象。

# 四、結論

男作家與女作家在生活體驗上或許不同，同時也
延伸其生命觀點的差異，因而在文學作品的表述也會
有許多不同的視角與模式。女作家對日常生活的點點
滴滴、人際之間的關係、人的心裡變化，相較於男作
家，有時更能細微地體察而直接深入到生活的真實面。

烏麗茨卡雅的兩篇早期作品，《索涅奇卡》、《美
狄亞與她的孩子們》，跳脫社會或國家的大人物或英
雄的崇拜，反而以兩個平凡的女性為劇情的中心，娓
娓道來發生在她們周圍的家庭紀事，點點滴滴的男女
愛恨情仇，時代變遷與這些人物的命運變化，拉近了
讀者的生活與感情的距離，容易產生共鳴。從微小的
個人生命，擴展到古往今來的歷史事件與包容萬物的
宇宙大地，這些歷史和宇宙似乎就在讀者可觸及的世
界中。

　　另外,烏麗茨卡雅與其他女性作家不同之處在於:
她除了突顯與傳統不同的女性意識外,更提供了女性
主義作家解決男權、女權的爭論問題。不論男人或女
人,除了自然的器官構造不同外,男人或女人在成長
的文化、社會養成下,或多或少都擁有另一性的特質;
也就是說,男人身上擁有女性的基因和特質,女人身
上也同時會有男人基因和特質,那麼,又何來性別的
優劣,以及所延伸出來的社會性別階級呢?我們不應
去刻意劃分男女之間的性別不同,就像不應劃分人種,
是猶太人、是俄羅斯人、是法國人還是中國人一樣,
應該將不同的男女個體放到做為一個「人」的價值去
看,這時男女都會發現最重要的價值就是恆久不變的
人道精神、理性價值與道德標準。這些不變的規律包
容了宇宙萬事萬物,各民族與族群,它所散發出的悲
憫與關愛讓宇宙得以運行萬年,好像美狄亞看待大地
的聖母哲學一樣,「原先那種充滿柔情、模糊不清的
自然景象已蕩然無存,她所站立的那個地方又似乎變
成了宇宙、星球、白雲、羊群等萬物圍繞運轉的固定
中心」(c.39)。

　　總結來說,烏麗茨卡雅運用了簡單的日常生活小
事物,讓人體會到廣大的宇宙奧秘與慈悲,超越狹隘
的性別差異,她的努力實在值得人們的讚賞,相信在
日後的創作更能找回女性自我實現的本質與價值,發
揮女性所長,展現自己特有的風格。

# 本章參考文獻

## 中文：

1. Gilmore, David D.。何雯琪譯。《厭女現象》。台北：書林，2005。
2. 李輝凡、張捷。《20世紀俄羅斯文學史》。青島：青島出版社，1991。
3. 劉慧英。《走出男權傳統的樊籬》。北京：三聯書店，1995。
4. 蔡源煌。《從浪漫主義到後現代主義》。台北：雅典，1998。

## 英文：

5. Heldt, Barbara. *Terrible Perfection: Women and Russian Literature*. Bloomington: Indiana UP, 1987.
6. Hubbs, Joanna. *Mother Russia: The Feminine Myth in Russian Culture*. Bloomington: Indiana UP, 1988.

## 俄文：

7. Березина, А.М. ред. *Русская литература XX века*. СПб: LOGOS, 2002.
8. Колядич, Т. М. ред. *Русская проза конца XX века*. Москва: АСАД ЕМА, 2005.

9. Левкиевская, Е. *Мифы русского народа*. Москва: Астрель, АСТ，2000.

10. Огрызко, В. *Лексикон:Русские писатели. Современная Эпоха*. Москва: Литературная Россия, 2004.

11. Улицкая, Л. *Медея и её дети*. Москва: ЭКСМО, 2004.

12. _____. "Сонечка." *Новый Мир*. Москва: Известия, No.7（1992）.

**網絡資料：**

13. Rancour-Laferriere, Daniel. "Psychoanalytic Remarks on Russian Icons of the Mother of God." Psychomedia-Journal of European Psychoanalysis. 12-13（2001）.
http://www.psychomedia.it/jep/number12-13/rancour.htm（2005.11.12）

14. 作者不詳。"Главный придел, посвященный Казанской иконе Божьей Матери."
http://www.chita/eparhia.ru/enapx/xpam/blago1/d/kafedsobor/pride1/bogomater/（2005.10.25）

15. Демин, Валерий. *Тайны русского народа*. Москва: Издательство "Вече", 1997.
http://lib.ru/DEMIN/tajny.txt（2005.11.03）

# 第五章

# 異樣女性：彼得魯捨夫斯卡婭作品中
# 的典範解構

在俄國後現代學派的作家裡，彼得魯捨夫斯卡婭
（Людмила С. Петрушевская，1938－）可以說是展露
「惡」的美學最具代表性的作家。她以日常生活為題
材，多半描寫女性的生存鬥爭。她的筆鋒犀利、冷靜，
創作的主題、人物類型、寫作方式與俄國傳統創作大
相逕庭；她的作品中充滿了罪惡、殘酷、荒誕與絕望。

彼得魯捨夫斯卡婭的創作最大的特色就是對傳
統舊典範的「解構」：解構傳統的男女形象；解構傳
統的美與醜、善與惡概念；解構母愛；解構文學的指
導性功能等等。

本章就是要探討彼得魯捨夫斯卡婭作品中的解
構特色，特別以解構傳統典範女性與母親的形象為
例，研究作者如何解構傳統的敘述者角色，以及如何
展現她寫作的獨特視角與遊戲規則。

# 一、二十世紀八〇年代的俄國後現代學派的 文學

　　二十世紀 80 年代中期，俄羅斯文學創作的環境發生了顯著的變化，在那個時代的文學作品出現了種種新的形式。文學批評界也賦予這種文學的走向許多不同的稱號。例如：邱普里寧（Чупринин）稱之為「異樣散文」（大陸學者翻譯為「別樣文學」）（другая проза）；波塔波夫（Потапов）稱之為「地下文學」（подпольная литература）；伊凡諾娃（Иванова）稱之為「新浪文學」（новая волна）等等。這個學派主要是指一批出生在 40 年代前後的作家，他們主動放棄了傳統文學那種過於神聖的使命感與責任感，轉而用一種更平實、更超然的態度來面對生活和文學。他們所關注的對象不再是傳統式的英雄描述，而是普通人的平實生活和人生。他們不再執著於文學的教育功能，而更願意藉由文學來展示現實環境的壓抑、命運的無常與存在的荒誕。這種文學新浪潮的發展主要還是受到蘇聯解體前社會所瀰漫的迷惘情緒和西方現代主義學派的文學思潮所影響。

　　這股情緒所帶動的思潮一直延續到蘇聯解體後的轉型社會更加明顯，最主要的原因還是在於蘇聯帝國竟在一夕之間分崩瓦解。過去，政黨、政府、國家三位一體所建構的整個社會結構和價值體系在一瞬間崩潰了，前景迷網，一切都要重新開始。面對大環境的巨變，承受著社會、經濟與文化的衝擊，至少出現了

兩個面向逼使一批作家去反省和思考。一方面，作家們終於可以卸下從傳統俄羅斯文學到蘇聯文學在意識形態上一直所背負的沈重包袱，輕鬆地展開一場文化的狂歡活動，盡情地釋放思想和文學「解構」的願望；另一方面，卻也必須面對新秩序重建的問題，也就是，如何重建新的道德觀、倫理觀和價值觀的問題。因此，在當時處於虛無、真空和過渡的狀態下，許多知識份子就採取了短暫的盡情狂歡與享樂，解構與顛覆的迷惘態度。

後現代學派文學（литература постмодерна）的創作也就是針對這一階段失序、混沌的社會景象，回歸平實生活的描述且進行反思和摸索，這樣醞釀出來的文學思潮。俄國文學的研究學者阿格諾索夫（Владимир В. Агеносов）為後現代學派作家的寫作立場勾畫出一個輪廓：

> 後現代主義者向當代人建議應具有（但不是強加的責任）以下一些思想特徵：有獨立的批判性見解、不懷成見、具寬容與坦率的精神、喜歡審美的靈活開朗、善於諷刺和自嘲，並以此來取代一成不變的世界觀（頑固的空想世界觀和神話世界觀）。後現代主義認為靈活地相互作用或保持禮貌的中立，要比任何一種鬥爭都好。無拘無束的、沒有任何負擔的對話比爭論要好。（阿格諾索夫，2001：643）

就當代俄羅斯文學而言，既然可以不懷任何成見，也沒有固定堅持的見解，那麼，「後現代學派」就不具

有某種概念上的完整與標準性，也無法用統一而有限
的概念來賦予它的特徵。

　　根據這樣的定義，每個後現代學派的作家在審美
價值與藝術的表現形式上，都各具特色，而且彼此差
距又甚遠。在她們所描述的劇情中，其主角的行徑皆
打破傳統的價值規範，常常是價值衝突的雙面性特質。
例如：維涅季克特‧葉羅菲耶夫（Венедикт В. Ерофеев，
1938－1990）的《從莫斯科到佩圖什基》（Москва-
Петушки），劇中的男主角是個智力發達的酒鬼；他
乘坐電氣列車從莫斯科（象徵黑暗）去佩圖什基（象
徵光明）尋找「享樂」。又如，彼得魯捨夫斯卡婭的
作品所描寫的社會「邊緣人」，是對「陰暗」、「殘
酷」的解構，呈現另一種特色。另外，還有像維‧皮
耶楚赫（Вячеслав А. Пьецух，1946－）這一類作家，
喜歡在自己的作品中引入大量的文化與文學似曾相似
物。例如：在《新的莫斯科哲學》（Новая московская
философия）的劇情中引用杜斯妥耶夫斯基的《罪與
罰》；在其他作品中也運用諷刺的對照，將崇高與低
下融合在一起。凡此種種。其表達模式使得俄羅斯的
經典與理想在後現代的審美觀上受到重新的評價。儘
管如此，俄國評論界還是試圖從多元、混沌的面向中，
提出對該流派作家都能適用的標誌性特徵。

　　首先，這些後現代學派文學作品的主角形象，所
呈現的特質對原來的價值體系而言都具有挑戰性。他
/她 們都是一些「小人物」，但是這些「小人物」與過
去經典文學中被社會鄙棄的小人物不同。其相異之處

在於過去的小人物身心扭曲、變異，主要來自於社會的病態，因此，還有希望去改善、拯救。而後現代學派所描述的人物大多是社會的「邊緣人」，除了來自社會的病源外，更加上人性本身的「惡」，展現出墮落與罪惡的一面，因此，難以拯救。他們經常是來自於社會後院和污水坑的居民、社會底層的無業遊民，多半是一些卑微的、倒霉的、殘缺的、受爭議的人物；他們個性變異、性格異常、患有精神衰竭症，凸顯性格本身的天生缺陷或者受環境因素的扭曲而磨損、變形。

其次，相較於傳統文學，後現代學派作家的書寫模式發生實質性的改變。作者將自己的身份與立場隱藏起來，喬裝成敘事者，直接表達作者對劇情角色的觀察，取消了作者與作品角色之間的距離。兩者的聲音經常交融在一起，避開了經典文學的道德評價；從傳統「指導者」、「導師」的角色轉變為「冷漠的年鑑編纂者」或「不介入事件過程的新聞編輯角色」。

最後，批評家認為後現代學派作家所創造出來的現實景象，喪失了「地心引力和事物的基礎秩序」（博利舍夫、瓦西里耶娃，陸肇明譯，2003：24），只看到由地心引力解放的天空自由，卻缺乏「實地」的感受。他們筆下的現實是非邏輯的，無秩序的，時間與空間都失去了座標，過去、現在、未來的時空界線也被消失了，呈現一種混沌的狀態。在這種狀態下所有事物是平等的，沒有高低，沒有倫理秩序，也沒有真假、美醜的分別。為了解構古典主義與現實主義的價

值標準或規範，後現代學派所描述的現實沒有穩定的
輪廓，沒有支點；其作品特別強調存在的悲劇、災難
與荒誕，因而對周圍現實的評價已不再是健全的理性
與思考，而是懷疑與絕望。

概論起來，後現代學派的作品具有以下特點：異
常的主角形象、失去獨立性的作者、魔幻式的荒誕現
實，這些特點給人偏離規範，失去重心的感覺。然而，
這種現象正是後現代學派的世界觀、宇宙觀；也因此，
他/她們在創作的藝術手法上，「其範圍沒有邊界，其
組合沒有止境」（博利舍夫、瓦西里耶娃，陸肇明譯，
2003：24）。

## 二、彼得魯捨夫斯卡婭的作品解構女性的傳統典範

在後現代學派文學的語境中，彼得魯捨夫斯卡婭
的創作佔有特殊的地位。她在 1938 年出生於莫斯科，
1961 年畢業於莫斯科大學新聞系，曾經擔任雜誌社的
編輯。1960 年代中期開始寫小說，1972 年調任蘇聯中
央電視台，也是擔任編輯的職務，70 年代後開始創作
劇本，其中有許多優秀的作品在舞台演出。

彼得魯捨夫斯卡婭的劇本取材於日常生活，場景
簡單，經常是獨幕劇，表現非常真實的生活劇情。她
常常運用口語化的對白，巧妙地表露生活的本質。其
作品如《音樂課》（*Уроки музыки*）、《樓梯的籠

子》（*Лестничная клетка*）、《愛情》（*Любовь*）、
《三個穿藍衣的女人》（*Три девушки в голубом*）
等，都是膾炙人口的文學作品。她的劇本經常描寫女
性角色在日常生活的殘酷競爭下所受的精神折磨，與
生存鬥爭的過程。另外，她還有許多短篇小說也相當
豐富。例如：《不朽的愛情》（*Бессмертная любовь*）、
《可愛的女人》（*Милая дама*）等，這些小說也持
續其一貫的劇本創作，描寫了許多女性在沈重的日常
生活中所承受的嚴酷鬥爭。她在 1988 年發表的中篇
小說《自己的圈子》（*Свой круг*）與 1992 年發表的
中篇小說《夜晚時分》（*Время ночь*），曾經在當時
的社會引發熱烈的討論。關於公開獲得的文學成就獎，
她於 1991 年獲得第二屆德國漢堡托普費爾基金會設
立的普希金文學獎；接著於 1992 年，其中篇小說《夜
晚時分》被評為俄羅斯年度最佳作品之一，並獲得首
屆英國俄語布克獎候選作品。

　　彼得魯捨夫斯卡婭的作品以描寫當代俄國人民日
常生活的陰暗面、人際關係的衝突、以及生存鬥爭的
社會背景為主；大多數的作品內容都充滿著「陰暗」、
「殘酷」、「沈重」。例如：《孩子》（*Дитя*）描寫
棄嬰的主題；《流行性感冒》（*Грипп*）敘述自殺的
情境；《不朽的愛情》（*Бессмертная любовь*）描
寫精神病的景象；《克謝尼亞的女兒》（*Дочь Ксени*）
寫賣淫的環境壓迫；《地獄的音樂》寫關於同性戀的
議題；《幸福的晚年》述說女性在生活空間上的侷限。
另外還有一些作品刻畫人與人之間的極度冷漠、不幸

的家庭生活、絕望的卑鄙行為、命運的乖舛、人的生存無奈等等，它們都充滿了末世的恐怖景象。

其次，她作品的主角都是一些不幸的小人物：畸形、病態、貧苦、被遺棄的孤獨人。這些小人物承受了生活的折磨，接受命運的捉弄，受盡環境的壓迫，最後還不被人們所理解，也不受人愛；他們被迫生活在遲鈍與麻醉的狀態中，沒有情感。中國大陸俄國文學研究學者陳方女士做出這樣的觀察：

> 彼得魯捨夫斯卡婭總是把日常生活中的骯髒、恐怖、兇惡、擔憂和痛苦放在自己作品的第一層面。……
>
> 作家不是在一種特定的環境下展示這些醜陋，而是在平常的生活中放大它們。
>
> 她的小說體現了極度的自然主義風格，日常生活的荒蠻和瘋狂在她的創作中得到了無情的、毫不吝嗇展示，沒有一絲虛偽的掩飾，也沒有一絲矯情的美化。

（陳方，2003：13）

彼得魯捨夫斯卡婭總是在其作品的劇情中展現殘酷的生存鬥爭，然而，她卻經常只是觀察和表現殘酷無情的精神狀態，既不解釋原因，也不指出解決的出路。也因此，彼得魯捨夫斯卡婭常被稱為「冷酷無情的作家」；而這正是她書寫的風格，也呈現其世界觀，和她與眾不同的創作手法。

## （一）解構傳統的女性典範

　　彼得魯捨夫斯卡婭筆下所描寫的人物多半是女性，她們軟弱而不幸，在冷酷無情的世界裡受盡折磨，這種命運漸漸地使她們自己也變得冷酷無情。她們經常是處在孤獨無依的狀態，被生活拋棄，致使身心與生活失調。換言之，彼得魯捨夫斯卡婭特別喜歡描寫女性內心的黑暗面；這與俄國經典文學中女性角色的形象是截然不同的。

　　在十九世紀的俄國傳統文學裡，女性經常扮演著彌補「多餘人」（лишний человек）的角色，特別是彌補男性缺點的形象，進而讓男人體現人格的「完整性」（цельность）。例如：在普希金的作品《葉夫蓋尼·奧涅金》中的女主角塔琪雅娜，就是典型來補足男主角奧涅金的人格缺陷；屠格涅夫的作品《羅亭》中的女主角娜塔麗雅，其角色是在凸顯男主角羅亭的懦弱。這種看來似乎是女強人的形象到了二十世紀成為社會主義寫實主義裡的女英雄典範，強調自我犧牲與奉獻，要求不僅在家庭中履行妻子、母親、家庭主婦的責任，在職場上也要盡心盡力，盡到一位蘇聯公民應履行的義務。

　　然而在現實的生活環境中，這種社會性別的觀念不僅壓抑著女性本質的自我意識，也使得社會整體的生產力無法解放。這個現象在娜塔麗雅·巴蘭斯卡雅的作品《日復一日》）（Неделя как неделя）裡的女主角奧麗加·尼古拉耶夫娜（Ольга Николаевна）就是典型的例子，她在家庭與工作的雙重壓力下疲於

奔命，結果兩個角色都無法扮演好。巴蘭斯卡雅主要
是要在小說裡表達蘇聯社會要求婦女的雙重標準，將
導致婦女處於「蠟燭兩頭燒」的艱難處境，結果會變
成兩頭都做不好。在該小說中，另一個年長的俄國女
性瑪麗亞·梅特維耶夫娜（Мария Метвеевна）所扮演
的角色和行為正是代表著當時蘇聯社會傳統女性的要
求標準，依此標準，她就批評當時年輕一代的女性，
指出年輕女性在自我實現中無法承受雙重壓力的懦弱
行為。

　　然而，在彼得魯捨夫斯卡婭的作品中，傳統典範
的女性特質與社會使命已徹底瓦解，為國家奉獻與自
我犧牲已是神話，職業任務已不再是一種自我實現的
方法；工作的團體與同儕對真正自我實現的價值追求
也沒有任何的幫助；家庭不再是女性的庇護所，男人
只是累贅的附屬品，孩子是唯一的責任，但也無法期
待任何的回饋。

　　在彼得魯捨夫斯卡婭的小說裡，男性與女性的傳
統形象徹底的瓦解，傳統審美的角度也完全被顛覆，
反而是以一種醜陋的姿態被呈現。男性的形象已不再
是勇敢、堅強，而是懦弱、自私、貪婪、不負責任。
她在《幸福的晚年》的劇情中描述一位退休的丈夫，
整天只會在家「咧著大嘴，又喊又叫」；在《自己的
圈子》中刻劃一位從監獄回來的兒子，仍靠著母親過
日子，卻經常用下三爛的言語辱罵她；在《夜晚時分》
中，敘述著一位經營照相館的丈夫，整天習慣在他暗
房的紅色光線下，過著一種附屬的生活；在《魂斷藍

橋》的劇情中，男人表現得軟弱無能，只能寄居在女
人的屋簷下，或是拋棄女人。

　　概括來看，在彼得魯捨夫斯卡婭的筆下，男性變
得不值得去愛，也沒有能力去愛。在此情境下，女人
必須獨立生存，面對環境的殘酷鬥爭。因而，她們自
然也將失去傳統的溫柔、隱忍、忠貞、自我犧牲的特
質，呈現出一種猙獰的模樣，鐵石心腸，人格受到扭
曲而變形。在這樣的劇情鋪陳下，女人成了「被欺凌
與被侮辱的一群」，是受害者，但生存的鬥爭也迫使
她們變成罪犯或劊子手。例如：她在小說《孩子》的
劇情裡，一個女人自行在河邊分娩後，準備拋棄剛出
生的嬰兒。在關鍵時刻，她被民警發現，帶到警察局
時，身邊還帶著錐子，讓人不得不懷疑她要用錐子殺
死剛產下的嬰兒。

　　在小說《幸福的晚年》裡，彼得魯捨夫斯卡婭描
寫了一位已婚的老女人受困於空間侷限的問題。波琳
娜（Полина）是一位退休的女人在無意間從過世的姨
媽處獲得了一筆遺產──N城的一套小房子。在現實
的生活中，波琳娜的兒子瓦季克（Вадик）自從結婚後，
對太太言聽計從，一心只想要得到父母親的房子。另
外，她最疼愛的孫子尼古拉（Николай），長大後也越
來越叛逆。最糟的是她的老伴謝苗（Семён），也是退
休的老人，只會在家裡大吼大叫，到了外面花天酒地，
染上了性病，不僅傳染給波琳娜，還反誣波琳娜把性
病傳染給他，而且常藉口許多小事指責波琳娜。波琳
娜處此情境下，實在無法在這樣的「家」，過正常的
日子。她只好退到姨媽遺留下來的房子去避難；這個

避難所是她偷偷隱藏的私人空間，沒有讓家人知道，也不願與他們分享。小說中，這樣描述著：

> 波琳娜什麼也沒有說，她像是很快活，很輕鬆，因為她有了秘密。世界突然變得可愛了，天花板上似乎有個通道，向上延伸，那裡有自己的空洞，沒有第二個人能找到。（柳‧彼特魯舍夫斯卡婭著，段京華譯，1997：143）

另外，生活的困頓、競爭，人際關係的惡劣經常讓女性變得自私，甚至是冷酷、殘忍。彼得魯捨夫斯卡婭在另一部小說《這樣的女孩，世界的良心》（*Такая девочка, совесть мира*）的劇情中，透過兩個女人之間的友誼故事及不同的生活型態，來講述生活環境如何改變女人的性格。

在故事裡，女主角以第一人稱「我」來敘述她與鄰居，一個有韃靼血統的女人拉薏莎‧拉薇拉（Раиса Равиля）之間的友誼故事。劇中的主角描述拉薏莎的生活狀態，她沒有工作，沒有孩子，把家事都留給丈夫謝瓦（Сева）去做。在主角的敘述裡，拉薏莎甚至無法完成一個正常女人該做的日常工作，包括照顧自己。相對地，劇中主角自認為她的作為符合了所有「女強人」的要求；無論在家庭，在職場，她都盡了女人的家庭義務與社會責任。她愛丈夫，愛孩子，認為自己是女性的典範。以下是小說主角所描述的兩人生活型態：

> 我們這樣坐了兩個小時，聊了世界上的各種問題——關於生活，關於人。我平靜地坐著，聊

> 著天。我是一個好家庭主婦。我在早上已經把
> 所有的家事做完了，午餐也準備好了。午餐過
> 後，我已到學院裡跑了一趟，執行我的第二個
> 輪班工作。而她（拉薏莎）沒有工作，在家裡
> 什麼也不做，好像她不是謝瓦的妻子。他（謝
> 瓦）又要工作，又要去商店買東西，像瘋子一
> 樣飛奔回家，好像家裡的小嬰兒哭鬧了，急著
> 回家照顧。他趕著回家，整理家裡，儘管拉薏
> 莎除了家裡的灰塵外，沒有做任何家事，自然
> 也不會製造任何一點垃圾，她甚至也沒弄髒一
> 個盤子。謝瓦回家後把湯做好，留在鍋子裡，
> 並在平底鍋裡留了第二道菜；然而，她連瞧都
> 沒瞧一眼，甚至連湯匙也沒攪一下。
> （Петрушевская，2003：16）

在劇中女主角的敘述中，「拉薏莎是軟弱的，而我（女主角）是強大的，拉薏莎像狗一樣的緊抓住我的腳，反覆地說著：『讓我們在一起，讓我們在一起，等等我！』」。

其次，在文本不連貫的上下文中，女主角透露了一些線索，讓讀者更多地認識拉薏莎；她是個妓女，幾乎和所有碰到的男人上床。其實，拉薏莎的遭遇也值得同情，她年輕的時候曾受到性虐待，因此，身心受到重創，完全沒有自理生活的能力，隨時有自殺的傾向。拉薏莎經常穿著一件長衫，在家裡呆坐，或是在商店裡閒逛，白天不進食，身體已經虛弱地靠打針維生，夜裡常睡不著覺，莫名其妙地像個小孩子一樣，總是害怕什麼，而且經常在深夜敲女主角的門，顫抖

著，哭著向女主角要煙抽。處於這樣的身體狀況，她對性已失去任何樂趣，男人戲謔地形容她「像塊木板」。另一方面，拉薏莎又像個天真的小孩子，生氣時連罵人也不會，她只能把女主角視為唯一可依靠的對象。而女主角雖然憐憫她，經常在與三姑六婆面前閒聊時提起她，敘述她的狀況，但卻從來也沒有用言語安慰她。

　　儘管在女主角的敘述裡，她們彼此將互相扶持地活下去。然而，情節的持續發展卻透露了另一種與女主角的敘述相反的狀況。事實上，女主角的丈夫彼得（Пётр）一直想離開女主角，離開家裡，卻一直缺乏勇氣作決定。女主角深知丈夫的不忠，卻沈著、鎮靜的應付。如果進一步觀察將可以發現女主角不離婚的動機純粹是為了可以得到更大的，擁有兩個房間的公寓。當最後彼得決定與她離婚，帶走孩子時，女主角敘述道：「不僅是我的公寓、也是我的夢想，倒塌了！」此時，她請求拉薏莎幫她打電話給彼得，尋求緩頰，讓他至少偶爾回家，以便維持表面的家庭狀況，讓她得到公寓。

　　爾後，事情的發展似乎不像人們的想像，她竟然發現彼得卻利用了這個機會侵犯了拉薏莎。然而，她卻沒有站在拉薏莎這一邊，譴責彼得；而是為了保護她的巢，她的王國，毫不猶豫地站在犯罪男人的這一邊。她反而覺得是拉薏莎背叛了她，女主角這樣敘述道，「從此以後，對我而言，她（拉薏莎）已不存在，好像她已經死了」。

　　彼得魯捨夫斯卡婭用「這樣的女孩，世界的良
心？」這樣的言詞，諷刺小說中的女主角（敘述者）。
表面上，在現實的世界裡劇中女主角似乎是女性的典
範，無論在家庭，在職場，她都盡了女人的家庭義務
與社會責任；但是在潛藏的內心裡，在人們看不到的
世界裡，她是齷齪、骯髒、殘酷的，甚至是犯罪者，
或是共謀者。

　　生存的鬥爭經常會使人類的善良本性變質，變得
殘酷無情，甚至於變成罪惡。彼得魯捨夫斯卡婭又在
小說《生活的陰影》（Тень жизни）中，有意地借著
女主角任妮雅（Женя）的敘事，說出所悟出的道理：
「人的生活不是那麼簡單，生活裡還有許多隱藏的，
醜陋的東西，那裡集中了可惡的，極惡劣，醜陋的東
西。……她有可能陷入生活的這個陰影之中，多少人
在那裡斷送了性命，……或者讓人，尤其是讓女人喪
失了善良的本質。」從這段話中，彼得魯捨夫斯卡婭
似乎隱喻著，女人還是有著善良的本質，只是在命運
和環境的折磨下，喪失了這個本質。

## （二）解構女人天性中的母愛

　　「母愛」是女人的天性，一方面是彼得魯捨夫斯
卡婭喜歡描寫的主題，也是想透過小說的劇情解構的
主題之一。這種變異的寫作對信奉東正教的俄國人來
說是一種很奇特的主題；信奉東正教的俄國文化傳統
素來崇拜聖母瑪利亞，所以對母愛的解構也是相當敏
感的議題。

　　在俄羅斯這樣一個農業大國的人民心中，土地是神聖的，是她們的庇護者，而與土地最相關連的是母性、母親；這跟中國神話中女媧的角色有著類似的意涵，雖然盤古開天，卻還需要女媧補天。因此，作為生養聖子的聖母瑪利亞在俄羅斯人民的宗教信仰與文化生活中佔有極重要的地位。聖母的地位有時甚至排在「三位一體」[1]之前，她被視為人類的代言人，女保護者。這種聖母崇拜深入到俄國人的心理，以致於不少文學名著中的正面女性形象多少帶有這種神聖的母性特質。例如：俄國文學大師高爾基筆下的《母親》（*Мать*）就帶有這種神聖的色彩。

　　彼得魯捨夫斯卡婭作為一個女性家，筆下的母愛有兩種表達方式：一種是傳統正面的母愛，多以成人的童話故事方式呈現，例如：《圓白菜母親》（*Матушка—капуста*）和《手錶的故事》（*Сказка о часах*）；在這些小說中，母親是天使，保護神，充滿了愛，為孩子犧牲一切。另一種是變形的母愛，透過扭曲的方式呈現。例如：《克謝尼亞的女兒》的劇情中，作為母親的克謝尼亞，雖淪為妓女，極度不希望女兒陷入她同樣的境遇，希望女兒能夠上學和努力學習，實現她不能實現的夢想。然而，現實上事與願違，最後仍是無法避免女兒重複她賣淫的人生道路。命運作弄，母女兩人竟然在同一屋簷下賣淫，共同受盡男人的凌辱。

　　另外在《國家》（*Страна*）這篇小說裡，劇情探討了單親母親與孩子如何生活在孤立無助的隔絕狀

---

[1] 即聖父、聖子、聖靈。

態。母子倆人擠在只有一個房間的公寓裡，在寂寞的
夜裡，她只能用酒精來麻醉自己。在她們的生活中，
一天唯一的快樂時間就是酒醉的睡眠時刻；她可以逃
避到一個非現實的世界，一個她與小女兒躲避的世界，
一個可以過得較好的世界，她甚至希望可以永遠不要
清醒過來。

　　在關於變形的母愛主題裡，最令人震撼的是彼得
魯捨夫斯卡婭的兩篇中篇小說：《自己的圈子》與《夜
晚時分》。這兩部作品企圖以「壞母親」的形象來挑
戰社會公認的「好母親」的形象，劇情中的母愛是用
一種極端的方式表現，令人印象深刻。

　　在《自己的圈子》這篇小說中，彼得魯捨夫斯卡
婭描寫了一群失敗婚姻與失敗為人父母的莫斯科科技
知識份子（這是俄國年輕知識份子的代表）的生活狀
況。這篇作品是以女主角用諷刺而透視的眼光來敘述
她們「這群朋友」以及彼此之間的複雜關係，其中包
括：性實驗、不貞、虐童、酗酒、偷竊、亂倫、賣淫、
狂歡、性遊戲等等負面的行為和關係。他們經常在一
起聚會，形成了一個自己的小圈子，每到星期五晚上，
就聚集在社群中兩人（Мариша и Серж）的住處，通
宵飲酒作樂，嘗試性遊戲，其中也包括女主角的不負
責任、已離婚的丈夫柯列（Коля）。這樣的聚會持續
了幾年。女主角生有獨子阿列夏（Алёша），由外祖
父母照顧。當女主角的父母相繼過世，而自己也發現
來自母親遺傳的腎臟病有惡化的徵兆，她不得不為幼
小、孤苦無依的阿列夏安排後續的依靠。因此，就在
這群朋友的面前聲稱她要把兒子送到育幼院，並藉由

一點小事上演了一齣痛揍兒子的戲碼，逼著前夫柯列帶走阿列夏。

> 我（女主角）跳了起來，把他（兒子阿列夏）舉起來，用粗野的叫聲喊著：「你幹嘛，到哪裡去了！」一巴掌朝他的臉打了下去，以致於他的臉上流下了鮮血。他還沒有睡醒，上氣不接下氣地喘著，我開始痛打他，但撲了一空。他們朝我猛撲過來，縛住我，把我推進門裡，關上門。當我努力掙扎時，其中一個人頂住門。可以聽到娜嘉大哭的尖叫聲：「對！我用手拉住她！天啊！這個女惡棍！」柯列一邊下樓，一邊喊道：「阿列夏！阿列夏！就這樣！我帶走！就這樣！隨便去那裡，哪個媽都好！就是不要在這裡！這個廢物！」。（Петрушевская, 1999：<online>）

　　根據女主角自己的陳述，她很聰明，很瞭解事情的始末，她深知這群朋友的弱點，儘管他們虛榮、自私、雜亂交往、不忠、自欺，但是她瞭解這些人的特性。她設法與這群朋友展開一場「遊戲」，設法引發他們的同情心，安排她的兒子暫時受到庇護。

> 我鎖上了門。我的盤算是正確的。他們所有的人都一樣，無法眼睜睜看到孩子流血，他們彼此可以傷害對方，但就不能是孩子，孩子對他們而言是神聖的東西。

她知道兒子不負責任的父親和這群朋友會照顧這個已成為半孤兒的兒子；她安排讓他們來她擁有三個房間

的公寓來照顧他，而不是讓兒子去依靠他們。到時，
有人會安排生活，有人會帶他出去玩，甚至有人會付
學費送他上學。等到八年以後，阿列夏已具備求生能
力，可以獨立生存了，那時照顧他已不是那麼重要了。
女主角透過這樣的安排，很自豪的說，「我用了非常
便宜的代價安排阿列夏的命運。……有一天他會瞭解
我的用心。」同時，女主角也很有自信地這樣敘述：
「他（兒子）會在復活節的第一天來到我的墳上，……
他會原諒我沒有與他告別，原諒我沒有為他祝福，而
是給了他一個耳光」。

　　對彼得魯捨夫斯卡婭來說，母愛的表達已不再是
一般所期待的慈愛與安慰，也不是給人溫暖，而是富
有攻擊性，以殘酷的方式表達；這種另類的寫法，實
在令人震撼。

　　其次，《夜晚時分》是彼得魯捨夫斯卡婭的作品
中最長的一篇小說。小說的敘述者是 57 歲的女詩人
安娜·安得琳安諾夫娜（Анна Андриановна），這篇
小說的劇情是她在桌邊上寫的札記，它是由許多寫滿
了字的紙片、學生練習簿、甚至於打電報的紙片所組
合而成的手稿。

　　這部札記是安娜的女兒在母親死後發表的，希望
母親有機會可以發聲，讓人們公開討論。表面上，它
是敘述安娜在精神上和經濟上維繫家庭成員的努力；
這當中包括了母親希瑪（Сима），兒子安得烈
（Андрей），女兒阿蓮娜（Алена）與被女兒拋棄的
兒子──孫子季馬其卡（Тимочка）的艱辛、掙扎與痛

苦的告白。彼得魯捨夫斯卡婭在這四代人的身上濃縮了他們為生存而進行可怕，殘酷的所有鬥爭。

安娜的母親希瑪患有精神分裂症，這個年邁的女人站著等候車時，會不自覺的尿失禁，因此安娜將她送進了精神病醫院。其次，兒子安得烈因為替別人承擔罪行，進了監牢。出獄後，無所事事，不是向母親要錢就是製造各種麻煩。在獄中被迫從事同性戀行徑，為了證明自己的男子氣概，他從街上帶回兩個女人，在母親從門縫的窺視下，在母親房間裡進行性交。另外，安得烈也是個酒鬼，甚至常常偷母親的錢買醉。結果因與妻子吵架，從二樓窗戶跳下樓，而成了終身殘廢。最後，女兒阿蓮娜狠心拋棄與前夫所生的兒子季馬其卡，把他丟給母親安娜撫養，而自己又與已婚的副主管同居，兩人已經生了一個孩子，現在又懷孕了。安娜偷窺了女兒的日記，上面還描述了與前夫性交的過程。在不幸命運的影響下，孫子季馬其卡因為心靈重創，面部經常不自覺的抽搐。在如此惡劣的命運作弄下，安娜懷著自憐、蔑視、折磨、怨恨的複雜心境，終日以淚洗面。安娜在生活貧困、家人的相互憎恨與猜忌的不幸遭遇，證實了俄國大文豪托爾斯泰在名著《安娜‧卡列寧娜》中的名言：「每個不幸福的家庭都有自己的不幸」。

可是，出人意料之外的，安娜卻自命不凡，自詡是個在貧困、道德淪喪的環境下一個了不起的鬥士和女性模範；她自認像耶穌一樣自我犧牲，背負了子女的罪。儘管一家人大部分都在飢餓當中度日，她猶以朗誦詩歌極微薄的津貼來維持一家的生計。對孩子付

出一切的安娜，得來的卻只有孩子的不屑與嘲諷；家人們常常把安娜餓著肚子貢獻出來的口糧吃個精光，卻不懷一絲感激。其次，安娜做盡所有的家事：煮飯、洗衣、整理家務；並且克檢自己的生活，來供給兒女所需。平心而論，安娜對孩子的愛是無盡的，在任何的困境下都沒有拋棄他們；對她而言，對孩子的愛可以讓她忘卻黑夜的寒冷與孤寂，是她生命的泉源。然而，在另一方面，生活的困境與鬥爭卻也讓她變得鐵石心腸。在她的敘述中，子女像一些可怕的吸血鬼，不斷地吸食著她的血肉。

> 當安得烈從管訓營裡回來時,他吃了我的鯡魚、我的馬鈴薯、我的黑麵包,喝了我的茶,又像從前一樣吃我的髓,喝我的血。他整個身體靠我的食物維生。這個黃色、骯髒、極度疲憊的軀體。……
>
> 「給我錢！」
>
> 「什麼錢！」我大叫起來──「還有什麼錢？我要養三個人！」
>
> 「對！還有我自己第四個人！所有這些都是從我的血,我的髓來的！」

安娜用了極可怕的字眼來描述自己的兒子，好像把成年的安得烈當成在子宮的胎兒，依賴著母親的骨血汲取營養，對他是充滿了鄙視與怨恨。然而，在另外的情況，她又寫到對孩子的愛是「盲目到似一種沒有理智的熱情」，認為「只有她才是唯一可以拯救兒子免於毀滅」。

　　如果再進一步觀察，讀者可以發現，安娜的愛在現實的折磨下已經扭曲成愛恨交織的情感，也讓她呈現出分裂的人格特質。一方面她宣稱，她的自我克制、自我犧牲都是為了愛，因為，「這是生命中最重要的東西」；另一方面，她又呈現出「前伊底帕斯情節」（pre-Oedipal）的母親特徵，一個企圖全權控制兒女的強勢母親。或許是恨鐵不成鋼的激憤，她為子女所付出的一切都無法得到合理的回報；也因此，安娜由愛生恨，變成了尖酸刻薄。在安娜的敘述裡，兒子罵她是「母狗（сука）」，而她回應兒子的卻是「我生命的太陽」；她稱對她惡言相向的女兒是「我的小女兒，我美麗的阿蓮娜，我安靜的小窩，在我和安得烈之間產生風暴時，給我溫暖的小窩」。對於孫子季馬其卡，她用大寫的「祂」（Он）來稱呼，是表示聖嬰（Святой младенец）的意思，或者「我的星星，我的小心肝」。但是另一方面的情緒卻是背離了這樣的情感，她罵自己的女兒是「免費的女孩」，能吃的「鯊魚」，「希特勒的女兒」，又稱孩子是「糾纏不清的壞東西」。

　　整個劇情的情感交錯著矛盾，安娜又戲劇化地將自己的角色定位成「為真理而戰」的烈士；用眼淚、受苦來博取同情，用她的「仁慈」來勒索，以便獲得精神上代價：預期取得無盡的讚美。她自稱「瞭解孩子的心」，認為自己作為詩人的角色，是一種高於真理，振奮人心的聲音。

　　　　應該為這些愚昧的民眾，擁擠的群眾帶來教化，以及法律的光輝！由我口中道出了人們黑色良心的化身，我好像變得不是我自己，我像是預

> 言家，揭示預言。聽了我的思想的孩子，無論
> 是在學校、在夏令營、在俱樂部，孩子們踡縮
> 在一起顫抖，但他們永遠記得我的箴言！

> 我又救了一個孩子，我用一生的時間拯救所有
> 的人！我是整個城市在我們社區裡唯一在夜裡
> 傾聽的人，傾聽會不會有那個孩子哭了起來。

在這樣的自我意識中,安娜顯然將自己神聖化了,自認具有類似基督的同情、寬恕、自我克制、忍受痛苦、自我犧牲的特質。然而,基督精神是透過「愛」來認知世界,寬待人類的罪孽;而安娜是從「恨」來看待她所認知的罪惡,兩者之間顯然有著極大的區別。她用完全否定的主觀意識去看待身邊的事物,但卻認為自己是聖人,是人類行為的仲裁者。

彼得魯捨夫斯卡婭透過小說的劇情安排,讓安娜以敘述者的身份,將自己的心聲吐露出來。敘述者的角色本來在小說的文本裡就佔有優越的地位,任由自己的意志來操控讀者的認知與觀點。在文本中,安娜不斷地強調自己在各方面的優越條件,例如:「沒有人能說出我的年齡（意指自己的外觀看起來比實際年紀輕）。」、「所有的太太認為我的想法是有意義的。」、「我有好品味和莊嚴的儀態,像英國女皇。」、「我在任何的情況下也不會昏了頭。」……等等。安娜甚至將自己與著名的女詩人安娜·安得烈耶娃·阿赫瑪托娃（Анна Андреевна Ахматова）相提並論。後來,安娜也聯想到托爾斯泰小說《安娜·卡列寧娜》中的女主角安娜·卡列寧娜,讓自己「自我感覺良好」。

然而，在其專斷的自我告白中，卻不自覺的透露了破綻，顯露了她內心的黑暗面。彼得魯捨夫斯卡婭書寫的慣有作風就是在一篇小說中讓兩種以上的聲音進行交互對話與作用。在這篇小說裡，她讓敘述者（主角）的話語裡自行透露了另一種聲音——安娜壓抑的精神潛意識，這個被壓抑下的聲音連敘述者自己也未察覺。

　　這個聲音來自於安娜內心深處，壓抑、隱藏的陰暗面，透露了她精神的失衡。首先是小說的劇情讓讀者對安娜創作詩歌能力的懷疑，因為，文本中顯示出她朗誦詩歌的聽眾大部分是小孩子。另外，安娜一開始刻意隱瞞自己為何被解僱，失去工作，並暗示自己遭遇政治陰謀。事實上，在文本裡的後續情節中，她自己暴露了被解僱的真相是因為和一位有三個孩子的有婦之夫有染。而冥冥中自有因果循環，她女兒阿蓮娜的婚姻狀況也正是從她身上複製來的結果。安娜雖然吹噓自己有著寬大的胸懷，而實際上，當孩子的父親（一個未與她結婚的男人），在離開她家的時候，她想從窗戶跳出去懲罰他。其次，像托爾斯泰小說《安娜‧卡列寧娜》的情節一樣，男主角卡列寧拒絕妻子安娜探望兒子；相對應的，安娜則拒絕女兒阿蓮娜探望孫子季馬其卡，在季馬其卡大叫著向她抗議時，安娜用身體阻擋了季馬其卡為自己的母親開門。另外，她又是一個偷窺狂，經常從門縫偷窺兒女的行徑。她對季馬其卡有佔有的慾望，甚至於有些戀童傾向。小說劇情是這樣描述著：

　　　　我在肉體上熱烈地愛著他（指季馬其卡），享
　　　受抓著他那纖細的、輕輕的小手，看著他又圓

> 又藍的眼睛和這樣的睫毛，……一般來說，父
> 母親，特別是祖父母愛小孩子的肉體。這種愛
> 取代了其它的一切，這是罪惡的愛。它讓孩子
> 冷酷而放縱，好像他知道這種愛有不純淨的成
> 分在內。

更有甚者，安娜誇張地用抒情的詞語來形容季馬其卡的尿聞起來有洋柑橘的香味，他沒洗的頭髮有夾竹桃的氣味。在一次回憶裡，安娜稱自己是季馬其卡的媽媽，無意間流露她非份的掠奪慾望，讓讀者看到她內心的黑暗面，壓抑與幻想交織在一起的內在邪念。

最後，彼得魯捨夫斯卡婭更安排安娜在其主導的敘述過程中暴露出她暴君式的作風。她除了偷看女兒的日記，像沙皇的檢查制度一樣，更過分的是她在女兒日記的記事下面還用一種挖苦、諷刺的口吻，像編輯一樣加上自己的評註，介入阿蓮娜對讀者敘述的直接聲音。例如：阿蓮娜描述丈夫沙夏（Саша）的生活習慣，「他喝茶。……」，而安娜在這句話的後面用括號加註說明：「（打嗝，撒尿，挖鼻孔。——A.A.（安娜的簽字））」。另外又如，阿蓮娜將與已婚的副主管交往的創傷與當年父親離家時的創痛做類比時，安娜也在後面加上自己的評註。阿蓮娜在日記上寫道：

> 他幫我穿上衣服，用吹風機把我的頭髮吹乾，
> 而我又開始痛哭，此情此景就好像父親離開家
> 時，我和他告別的時候一樣；我緊抱著他的膝
> 蓋，而母親將我瘋狂地拉開，冷笑著說：「怎

167

> 麼，小女孩，妳是在誰面前這樣（指他值得妳
> 這樣嗎），而你，給我滾出去，別想再踏進門
> 一步！」。

安娜在後面也無情地加註寫道：「找到誰可以比較了，
自己的父親和這個……私生女卡佳（Катя）的父親」。

　　安娜自稱完全是在自我批判與完全客觀的狀況下
描寫這些情景，但是，比較起來，女兒阿蓮娜無言地
將母親的手記公開發行，更凸顯安娜的專斷和獨裁。

　　這篇小說讓人想起杜斯托耶夫斯基筆下描寫的一
些精神分裂的角色。同樣地，彼得魯捨夫斯卡婭刻畫
了安娜這個母親身上交織著天使與魔鬼的混合體。母
愛在折磨與仇恨下變形，徹底解構了傳統母愛的神聖
典範，像是一片打破的鏡子，在不同的光線與稜角下，
看到母親角色的多種面貌。

# 三、結論：彼得魯捨夫斯卡婭與作品敘述者的對話關係

　　作者與劇情主角之間的「遊戲特性」代表後現代
學派文學的藝術特色之一，這一個特點在彼得魯捨夫
斯卡婭作品裡的敘述者角色可以說發揮到淋漓盡致，
也是她構築自己文本的一大特色。

　　根據博利舍夫、瓦西里耶娃（2003：29）的研究，
從作者的立場以及其對材料的處理態度、人物的佈局、
到敘述者的表達與修辭，「彼得魯捨夫斯卡婭『遊戲』

著文學，又在文學中『遊戲』」。這種書寫的模式與
傳統經典文學的書寫明顯不同，經典文學的敘述者經
常就是代表作品的作者，以第三者道德權威的立場，
主導讀者的喜、怒、哀、樂與價值判斷。敘述者是處
於作品與讀者間的中介者和輔助者，試圖指導讀者在
是非、善惡上的判斷，尤其在古典作家托爾斯泰的作
品裡表現得更為明顯。然而，在彼得魯捨夫斯卡婭的
作品裡，這種權威視角已徹底被顛覆、瓦解、解構。
她把作者隱藏起來，不具任何立場；而敘述者經常具
有雙重性格，帶出兩個以上的說話聲音，也不具備任
何權威性，而且在敘述的過程中經常令人感覺敘述者
觀點的矛盾，並懷疑其可信度。

　　彼得魯捨夫斯卡婭通常不像一般作家的手法，她
並不注重在描寫人物的性格，交代他們的背景、以及
衝突情節的原因等等。在彼得魯捨夫斯卡婭的文本中，
幾乎沒有一個人物有前史，也不具有任何獨特的性格。
她的作品中許多劇情人物只是一群圖騰形式的符號，
「只提供關於符號內容的表象，卻不做事先交代，不
提供其形成的根據和條件」（博利舍夫、瓦西里耶娃，
2003：29）。作者所勾畫的人物總是表現他／她對所
處環境與狀況下的直接、具體的反應。也因為如此，
她從來不設定一種模式，在故事的過程中，只有交疊
在一起的生活事件，沒有固定的時間、空間、以及事
件的先後順序。而故事的描述也經常是在事件發生之
後開始，沒有清楚的背景，相關情節也不是連貫性的
展開，而是集合了圍繞那個事件的許多插曲交織而成；
作品的事實描述是由各個插曲拼湊出來的，看不出邏

輯的連貫和組織。作品的文學意義並不隨著事件的發生而產生，而是產生於作者或敘述者片段的話語，人物話語中的失言、評論、獨白和插句。彼得魯捨夫斯卡婭就以作者的身份在這些話語中遊戲，讓作品本身產生多種聲音，使得讀者與作品之間形成多種而非特定的對話，造就了作品無限的張力。

例如：在《孩子》這篇極短篇小說裡，一名懷孕的婦女不願透露自己懷孕的消息，到了孩子出生時，自行在河邊進行分娩，且試圖將嬰兒殺害並棄置。小說對事件敘述的開始是從這名婦女的行徑暴露後，她被當成女犯人帶到監獄，由一位老太婆帶領她的另外兩個孩子和女犯人的瞎子父親來探監。接下來，全篇小說都是由事件的局外人來呈現：醫院的護士、發現棄嬰的司機路人、民警、旁人的據說等多重視角來陳述這樣一個小事件。

在整個事件過程中，讀者聽不見事件的主角女犯人的任何聲音，但透過其他人的敘述與評價拼湊出足以提供讀者探索的資訊。顯然，她的三個孩子的父親都不同，而且已不知去向，她在一家食堂裡當清潔工，微薄的工資必須養活瞎眼的父親和兩個小孩。因此，只好在河邊將剛分娩的嬰兒丟棄。民警在河邊發現她和帶在身邊的小皮箱，裡面有棉花與一把錐子。帶著這把錐子的用意引起了多方的揣測，讓讀者自行去解讀，到底是為了切斷臍帶，還是準備殺死嬰兒？這些模糊的問題顯然是作者有意為小說留下了伏筆。從女犯人對另外兩個孩子的態度和她仔細用石塊覆蓋嬰兒的無意識行徑看來，她本意應該是不願傷害嬰兒，而

且是一位愛孩子的母親；但是她拒絕用母奶餵嗷嗷待哺的嬰兒，又顯得非常殘酷，這是生活的無奈嗎？每個讀者皆可由自己的認知來解讀事件，類似新聞報導的寫作手法。

在另一篇小說《這樣的女孩，世界的良心》裡，彼得魯捨夫斯卡婭有意挑戰既有社會的道德標準；她是以「妓女」為敘述主題，探討對女性的性暴力，以及性暴力對女性心靈的殘害，這些相關的社會議題應該用何種道德標準去看待。作者沒有預設任何觀點與立場，她讓讀者自由的去選擇；最重要的是，作者有意讓作品中的敘述者喪失對讀者產生指導的功能。只是在她的敘述過程中，卻還是失言地透露了自己內心的黑暗面。同樣的情況也發生在作品《自己的圈子》與《夜晚時分》裡，敘述者「我」在不自覺的自我陳述中，暴露了自己的非正當性。

彼得魯捨夫斯卡婭在文本中將這方面的技巧發揮到顛峰，成為文學中的特色。這種方式的目的，最重要的是解構了過去的文學（尤其是社會主義寫實主義）所極力主張的，認為文學對社會需具有指導性原則，讓大家站在與事物平等的立場，還原事物的「本性」，增加彼此間相互瞭解、體諒的討論空間。

總結來說，崛起於二十世紀七〇年代俄國文壇的女作家彼得魯捨夫斯卡婭可以說是一位敢於探討「惡」的美學的代表作家。她的作品充分展現了俄羅斯當代的懷疑主義精神，懷疑人性、懷疑信仰、懷疑文化、懷疑宗教、懷疑美、懷疑母性、懷疑一切。作品的主

題集中了所有的罪惡：孤獨、自殺、兇殺、強姦、誘騙、拋棄、墮胎，幾乎將所有世間的惡，世間的悲劇濃縮於每篇小說裡，充滿了混亂、恐怖的末世景象，讓人讀起來甚有狐疑之感。另外，彼得魯捨夫斯卡婭作為女性作家特別選擇了女性為寫作對象，描寫她們在日常生存的殘酷鬥爭下所呈現的人格扭曲、變形與黑暗面，徹底顛覆了傳統女性典範的正面形象，讓人深感毛骨悚然，徹底絕望。

也因此，彼得魯捨夫斯卡婭也經常遭受許多不友善的批評，認為她的作品過於冷酷、殘忍，讓人萬念俱灰，無法激起一些積極的正向信念。然而，根據作者自己的陳述，「可怕與駭人的東西被展示得越完美和諧，那麼他們所能喚起的淨化作用就越大」，這也正是悲劇本身最重要的正面意義。也就是說，如果罪惡可以喚醒人類的反省，激化人的憐憫之心，那麼也達到了正面積極的意義。彼得魯捨夫斯卡婭作為人性本惡的警惕者，故意游走在「罪惡」與「悲劇」之間，以顛覆傳統典範規則的模式，在懷疑與不確定中建構了自己獨特的美學。

# 本章參考文獻

## 中文：

1. 彼得魯捨夫斯卡婭，段京華譯。《瑪利亞，你不要哭——新俄羅斯短篇小說精選》。北京：崑崙出版社，1999。

2. 阿格諾索夫。《20 世紀俄羅斯文學》。北京：中國人民大學出版社，2001。

3. 梁工主編。《基督教文學》。北京：宗教文化出版社，2001。

4. 劉文飛。《文學魔方：二十世紀的俄羅斯文學》。北京：中國社會科學出版社，2004。

5. 亞‧博利舍夫、奧‧瓦西里耶娃，陸肇明摘譯。〈二十世紀俄羅斯後現代派文學概觀〉。《俄羅斯文藝》，3（2003）：23－38。

6. 陳方。〈彼得魯捨夫斯卡婭小說的「別樣」主題和「解構」特徵〉。《俄羅斯文藝》，4（2003）：13－17。

7. 陳新宇。〈當代俄羅斯文壇女性作家三劍客〉。《譯林》，4（Jun. 2006）：201－204。

## 英文：

8. Goscilo, Helena. *Women Writers In Russian Literature*. Connecticut: Greenwood Press, 1994.

9. Gascilo, Helena, ed. *Fruits of Her Plume*. Armonk: M.E. Sharpe, 1993.

10. Hoisington, Sona Stephan, ed. *A Plot of Her Own*. Evanston, Illinois: Northwestern UP, 1995.

11. Rosalind, Marsh, ed. *Women And Russian Culture*. New York: Berghahn Books, 1998.

俄文：

12. Березина, А.М. ред. *Русская литература ХХ века*. СПб.: LOGOS, 2002.

13. Большев, А. и Васильева О. *Современная русская литература 1970-1900-ые годы*. СПб.: Филологический факультет Санкт-петербурского государственного университета, 2000.

14. Петрушевская, Л. *Милая дама*. Москва: Вагриус, 2003.

15. _____. *Собрание сочинений в пяти томах*. Москва: ТКО АСТ, 1996.

網絡資料：

16. Петрушевская, Л. "Свой круг." *Дом девушек: Рассказы и повести*. Москва: Вагриус, 1999. http://www.kulichki.com/moshkow/PROZA/PETR USHEWSKAYA/swoj_krug.txt（2007.01.29）

# 第六章

# 托爾斯塔婭的異想世界：文字符號的
# 魔術

　　　塔琪雅娜‧托爾斯塔婭（Татьяна Н. Толстая，1951
－）出身於文學世家，其祖父母和外祖父都是俄羅斯
有名的文學家或詩人。她也是一位後現代學派的女性
作家，崛起於二十世紀 80 年代的俄國文壇，尤其擅
長於文字的運用技巧。

　　　托爾斯塔婭的作品專門選擇一群被上帝遺棄，處
於社會邊緣的小人物為主角，描述他們在後現代社會
的生活點滴，並刻畫他們的性格與內心世界，以印證
後現代主義生活的無中心特質。

　　　特殊的情境孕育特殊的描述風格，也造就了托爾
斯塔婭的文學特質。文字在托爾斯塔婭的妙筆運作
下，變成了具有生命力的符號連接，情境變化萬千。

175

托爾斯塔婭以大膽的書寫技巧，配合多樣化的文學體材來豐富作品的情節。她一改過去一般文學作品裡人物與對話的單調表述，也因而豐富了小說作品的表現形式。托爾斯塔婭的小說大量運用比喻、隱喻、暗示、感嘆句和符號，交錯營造著音樂、畫面和氣氛，呈現出魔幻般的異想世界。

本章將探討托爾斯塔婭如何透過文字對主題的描繪，以展現其獨特的創作風格。在論述方法上，主要是以其早期發表的兩篇小說《索妮亞》（*Соня*）及《親愛的舒拉》（*Милая Шура*）作為文獻依據，來呈現出托爾斯塔婭所建構的奇幻世界。

　　出身於文學世家的塔琪雅娜・托爾斯塔婭
（Татьяна Н. Толстая）崛起於二十世紀 80 年代的俄
國文壇。她的祖父是有名的俄國作家亞立克謝・托爾
斯泰（Алексей Н.Толстой，1882－1946），祖母是女
詩人，外祖父是翻譯家。

　　1974 年，托爾斯塔婭畢業於列寧格勒大學的古典
語文學系，畢業後移居莫斯科，並任職於文化基金會。
初入文學界的成名之作是她在 1983 年發表於雜誌《阿
芙羅拉》（Аврора）的小說《坐在金色的台階上》（На
золотом крыльце сидели）。隨後又在 1992 年、
1997 年及 1999 年陸續發表了《霧中夢遊者》
（Сомнамбула в тумане）、《無論你愛不愛》
（Любишь-не любишь），及《奧克維里河》（Река
Оккервиль）。她的作品雖然不多，但是創作的過程
有如慢火細燉，每篇作品都如精緻的藝術品，展現出
作者獨特的語言造詣與創作的風格。

　　除了文學創作之外，托爾斯塔婭也曾於 1989－
2000 年間任教於美國的大學，講授俄國文學及主要文
學大師的經典作品等課程。就在這段期間，托爾斯塔
婭也撰寫了許多文學評論與隨筆散文，並將之收錄在
《白晝》（День）、《黑夜》（Ночь）、《葡萄乾》
（Изюм）等書集中。

　　托爾斯塔婭大部分的作品雖然都發表於俄羅斯有
名的文學雜誌《新世界》與《十月》（Октябрь），
文學批評界是在 90 年代以後才開始注意到她。90 年
代以後，儘管她已經比較定期的發表作品，學術界或

文學評論界依然還未將她列入二十世紀的俄國作家，這當中只有文學批評家娜塔麗雅·伊凡諾夫娜對她的作品撰寫了專論。其中最主要的原因，還是因為她的年齡輕，相較於其他的俄國作家，她的作品還不夠多，無法歸納出她個人的世界觀與創作風格。

事實上，她的成名還真要歸功於她長期旅居美國，精通英語，使得她的作品擁有許多美國的讀者，甚至連著名的性別研究學者勾錫羅（Helena Goscilo）也出版專書《*The Explosive World of Tatyana N.*》（已有俄文版）特別研究她的作品。

讓托爾斯塔婭一舉成名的著作應該算是發表於 2000 年的長篇小說《克斯》（*Кысь*，中國大陸貴州省社科院研究員陳訓明將書名譯為《野貓精》）。該書在當時曾經引發極大的迴響，並且一版再版，接連獲得凱旋獎和圖書奧斯卡獎，同時也被譯成多種文字在各國發行。這部作品運用了許多作者最擅長的隱喻手法，拆解文字符號，並融合後現代的寫作風格，尤其對俄國知識份子與大眾文化毫不留情的諷刺，留給讀者大眾極深刻的印象與討論。

這部普受爭議的作品，其內容充分表現了托爾斯塔婭孤傲不馴的性格與大膽的作風。也因為她個人的率直性格與天賦，文學評論家對她的評論呈現出兩極化，有些人認為這就是她的天賦，但有人卻受不了她誇張玩弄文字的作風，有些甚至故意不去討論她。事實上，具有古典語文專業的托爾斯塔婭，很難不在文字符號間創造奇妙的藝術世界，相對來說，這也正是

她每篇作品的精華之處。如果進一步觀察，一般讀者也能發現托爾斯塔婭的寫作深受布寧（Иван А. Бунин，1870－1933）與納博科夫（Владимир В. Набоков，1899－1977）二人作品的影響；這倆人運用文字的技巧可以說妙筆生花，其造詣已經達到顛峰，很少人可以超越。也因為如此，托爾斯塔婭對於文學作品裡那些低層次或直白的文字運用，就認為是空虛而無趣的符號累積（Roll，1998：100）。

在傳統的觀念裡，一般刻板的印象中總是認為語言能力的靈活運用應該是專屬男性的特長，而托爾斯塔婭卻能徹底顛覆了這一個觀點。托爾斯塔婭認定創作的原動力來自於語言的表達藝術，因此，她的小說會儘量使用最少的情節，配合大量詩性的語言描述，穿插於無邏輯的文本、短暫的畫面或相關人物的思想，型塑成一個語言表達的意思網絡。所以，創作的風格、文字技巧與表達手法成為她最重視的部分。

托爾斯塔婭將語言與文字視為具有生命的有機體，是一個既定系統的動態狀態，應該做不固定或打破僵化的有機連接與安排；顯然，她已經向著打破語言既定系統的路途邁進。也就是說，在表達方式上，托爾斯塔婭力圖利用語言的不同組合或多樣性安排，創造出不同的文字世界。另一方面，從閱讀的視角投射，她對文字的解讀，也採取不同的角度，賦予它們新的語言意義。總而言之，對於文字的運用，托爾斯塔婭採取與其他作家不同的方式，建構自己的文字世界，並從中獲得藝術的樂趣。

179

　　在寫作的成長過程中，托爾斯塔婭認為文字的韻律、語法、結構與敘事方式原本就是作家個人獨特風格的體現；相對來說，在她的詮釋和創作下，文字也同時獲得了新的生命。在這樣的文字藝術體系，一個作家應能超越現實的生活，比一般人更能看到、體驗到那些存在於文字、音樂或某種特定心靈狀態的深層事物。因此，托爾斯塔婭認為寫作應該不只是像當代俄國作家索羅金（Владимир Г. Сорокин，1955－）所說的：「單純的文字遊戲」。文學的寫作就應該像擦亮一根火柴，不只是意味著一個將火柴棒與砂紙表面摩擦的動作或物質現象，它除了認知火花的表象之外，還應該被體驗出另一個深層的意識——「火焰的光華」（Roll，1998：102）；在火焰的照耀下，將會展現一個短暫而華麗的奇妙世界。就算是日常生活中瑣碎而微小的事物，在火焰閃爍的光暈下，事物的詩意光輝也會逐漸展現，而這個詩意的世界是動態的、變化萬千的；這正是托爾斯塔婭的特長。托爾斯塔婭筆下所描寫的，雖然都是一群微不足道的小人物，但是，由於詩性的表現手法，每篇作品的人物都變成了精緻美麗的藝術品，展現出他們不平凡的風采。

　　另外，托爾斯塔婭對女性主義的態度也成為許多人討論的話題。她曾不止一次坦率地在公開的場合中嚴厲地批判西方的女性主義：她痛恨文學的性別分類，或者是將西方的女性主義觀點硬套用在俄國文學的批評上。[1]她認為作品只分好壞，任何運用在作家與作品

---

[1] 這種文學批評方式曾在二十世紀 70－80 年代的美國學術界甚為流行。

的分類法都是毫無意義的。托爾斯塔婭也曾公開宣稱：男人也可以把女人描寫得入木三分。例如：十九世紀的俄國大文豪托爾斯泰在《安娜‧卡列寧娜》的作品裡，將安娜的內心刻畫得極為生動，就連女作家也自嘆弗如。

但是，出人意料地，許多女性主義者卻刻意在托爾斯塔婭的作品中尋找她反對性別偏見的證明，以便將她納入支持女性主義的陣營。事實上，托爾斯塔婭作品中的女性角色，通常不是傳統概念或女性主義思想中的女性典範，而經常是誘惑男人的女人、跋扈的潑婦、年老或沒腦袋的女人；所以，托爾斯塔婭應該談不上是女性主義者。只不過，在她的作品中，托爾斯塔婭的文字表達方式常常粉碎了男作家對於性別身體特徵的公式化描述，以及對女人與家庭結構的理想化陳述；也因為這樣，女性主義者得以找到論點的註腳，而將她納入女性主義行列。然而，這樣的作法卻忽略了在她的小說中對於男性小人物的描寫，如果以女性主義的觀點切入，很容易誤解其作品的真正意涵，反而會令人啼笑皆非。

本章將論述托爾斯塔婭的創作主題，並將在第三節以作者早期發表的兩篇描述女人的小說《索妮亞》（Соня）及《親愛的舒拉》（Милая Шура）作為代表，來探討托爾斯塔婭的文字奇幻世界與創作手法，進而證明其作品事實上並不影射任何「性別」的意涵，而只在於呈現女性自我的追尋。

# 一、托爾斯塔婭創作的後現代風格：
## 回憶與幻想

　　托爾斯塔婭的作品基本上是在緬懷過去的氣氛中鋪陳其情節和建構其文字世界。在十九世紀末到二十世紀初的俄國社會，俄國人民對於革命的渴望和期待是很明顯的：他們渴望著農奴得到解放、沙皇政權的倒台、無產階級革命的成功，期待著社會一下子沒有階級了，大家都平等了，進而期待一個新國家的誕生。儘管處於這樣的社會氛圍，托爾斯塔婭並沒有受到迷惑。她不僅沒有被無產階級眼中的幸福遠景所吸引，相反地，在二十世紀初這段時局動盪的期間，其祖父母被迫流亡到歐洲，幾經波折後又回到蘇聯。這一個家族流亡的歷程讓她體認到：「無論去到哪兒，終究還是得回來，妳無法擺脫生命的戲劇」（Roll，1998：98），這種宿命感充分反映在托爾斯塔婭的作品中。

　　關於這個情境的陳述，托爾斯塔婭在《霧中夢遊者》這本小說中，透過對其主角丹尼索夫（Денисов）的描述反映了她的一部份心境。丹尼索夫是個中年人，塵世的人生已經過了一大半，通篇小說貫穿主角對痛苦過去的回憶以及對人生的沈思。在劇情中有這樣的陳述：「唯一的真實是過去。就算是扭曲的過去，它還是存在那裡；過去的記憶是某種可看見到、可觸摸到的真實。就因為可看得到、可觸摸到，有些人喜歡追憶過去，就像有些人喜歡夢想未來是一樣的」（Roll，1998：99）。顯然地，這篇小說其實是反映托爾斯塔婭的心境：她試圖透過對過去的緬懷，去追尋未來的

真實。所以，托爾斯塔婭在承認很想回到過去的衝動時，同時強調了「過去就是未來」（Roll，1998：99）。另外，這篇小說的結局還是提供了一幅美好的未來藍圖，托爾斯塔婭自認為那是俄國人的性格使然，其實也是她的心境；她認為自己和其他俄國作家一樣，都受到俄國經典文學的影響，而經典文學中「緬懷過去」與「夢想未來」是普遍俄國人的性格表現。

當代有許多現代學派的俄國作家，如索羅金、葉若菲耶夫（Венедикт В. Ерофеев，1938－1990），在他們的作品中都對過去的痛苦，尤其是對蘇聯時代的痛楚，抱持著憎恨與諷刺的態度。不盡相同地，托爾斯塔婭對過去則抱持著淡淡的嘲弄態度，甚至將之詩性化。譬如下面這一段敘述：「因為過去的恐懼、痛苦都已發生了，它們曾經存在過，這是改變不了的事實，而現在隔著一層距離去看它，理解它，歷史事件會變成很有詩意的東西」（Roll，1998：103）。這種情境的描述就好像那些過去曾經是蘇聯時代的異議份子，現在偶爾還會哼哼蘇聯時代的流行曲作為一種嘲諷；很多印有列寧肖像、史達林肖像、鐮刀、斧頭標誌的 T 恤卻成為俄羅斯社會的熱賣商品；蘇聯的紅軍歌曲反而成為劇院安排的節目。凡此種種，有些人認為是「後現代」的潮流，倒不如說是一種懷舊的諷刺情懷；這也正是托爾斯塔婭作品的嘲弄態度。

其次，與一般小說情節不同之處，托爾斯塔婭的作品中沒有一般作品所注重的英雄人物，而且也沒有充滿樂觀與激情的、傾向光明面的劇情。她筆下所描述的主角多半是一些在生活中「不順遂的小人物」，

例如：愛幻想的小孩（《與小鳥約會》（*Свидание с птицей*）、《無論你愛不愛》（*Любишь-не любишь*））；喜好權力、愛發號施令的潑婦（《坐在金色的台階上》）；頭腦簡單的老處女（《索妮亞》）；住在列寧格勒公共公寓被人遺忘的大嬸（《親愛的舒拉》）；言語表達障礙的失意者（《彼得斯》（*Петерс*））；好思考的中年人（《霧中夢遊者》）等等。

綜觀而言，這些人是夢想家、古怪的人、自我犧牲者、失敗者、現實主義者與厭世者，都是處在無法實現的渴望與殘忍的現實中搖擺的人。或許是個人人生觀的反映，或許是與時代的背景有關（指蘇聯解體），托爾斯塔婭小說中的主角都是缺乏積極人生態度的小人物，他／她們對未來抱持著懷疑的態度。她曾說：「俄羅斯人對未來的進步不抱任何希望，因為他們害怕被自己愚弄。俄國人對事情的態度總是『事情不太壞』就可以了」（Roll，1998：97）；這個心態與當前台灣新世代普遍存在的「小確幸」一樣。根據托爾斯塔婭的觀點，這種悲觀或「得過且過」的態度應該是根源於俄羅斯傳統社會的文化心理特質。

如果再進一步檢視托爾斯塔婭的大部分作品，其作品所描述的小人物，與其說是她手中的「戲偶」，倒不如說是情節構畫中的一些虛線、草圖、發黃的舊照片。在其文字世界裡，讀者常常看不清楚這些人物的背景、情節與結局，好像是蒙上一層薄紗；托爾斯塔婭對人物的描寫總是陪襯著「夢」、「霧」、「鏡」、「隧道」等象徵性的東西，似真又非真。然而，不管情節如何陰暗，背後總是隱喻著一種不變的內涵，那

就是托爾斯塔婭嚮往「光明」的人道精神。在她作品裡的人物總是渴望著「解脫」和「逃遁」，希望獲得「覺醒」和「啟發」（博利舍夫、瓦西里耶娃，陸肇明摘譯，2003：31-32）。

　　關於這個論點，我們可以舉托爾斯塔婭的小說《索妮亞》為例子來說明。該小說所描述的主角是一位傻大姊，也就是索妮亞，沒有人知道她的背景，但大家只知道她的行為好像總是跟不上世俗的節拍。索妮亞常會把記憶中的情緒發洩在不對應的現實場景中而不自覺，令人啼笑皆非。譬如，她會在守靈夜的場合，歡聲高叫「乾杯！」，那準是她還在過著人家昨日的生日宴。而在參加婚禮時向人敬酒時，卻會散放昨日葬禮的憂鬱氣息（Толстая，2006a：374）。

　　但是，從另一方面來看，索妮亞很會燒菜，尤其是牛羊的五臟六腑。因此常有人開她玩笑說：「我嘛，可迷上妳那『豬』腦子」。而她也會微笑著回答說「是牛腦」。顯然，她聽不懂話中話，逗得大家開心得不得了。除此之外，索妮亞的性格質樸，喜愛小孩，周圍的人卻利用了她的憨傻，創造了一個虛擬的書信情人，讓索妮亞付出了所有的愛，包括自己的生命。整篇小說就是運用幾張舊照片勾畫了索妮亞這個不起眼的女人，透過聯結周遭人的片段記憶與敘述者的想像，拼貼出索妮亞的模糊影像。

　　托爾斯塔婭的另外一本作品《親愛的舒拉》，也是採取相似的描述手法，憑著敘事者的拼貼，勾勒出一位孤獨的老女人——舒拉——的過去。舒拉有過風

光的過去，雖然結過三次婚，但是還有個叫伊凡‧尼古拉耶維奇（Иван Николаевич）的情人在南方的克里米亞等她。在那個戰亂的年代，舒拉一直無法決定要不要去南方找她的愛，當然也是人生的際遇作弄，每次車票買好了，行李收拾好了，卻又被其他事給耽擱了；而使得伊凡‧尼古拉耶維奇只能伸長脖子站在火車月台上持續地等著、等著……。這篇小說也展現出托爾斯塔婭寫作的一貫作風，同樣的沒有前言，沒有結局，只有片段的回憶剪影；情節由詩境般的氣氛所烘托，像火柴棒擦出的異想世界，光華耀眼，如夢如幻，似真非真，微妙而奇幻。

　　這些被人遺忘的小人物缺乏明確的人生目標與自我定位，往往被世人所遺忘，托爾斯塔婭透過文學作品替這些小人物向世人發聲。小說的劇情正表現了人生如浮萍的寫照，這也反映了托爾斯塔婭對人生的態度。事實上，在後現代的科技社會，一切都變幻得太快，一個人生活於這種快速變動的環境下，根本很難抓住確定的東西和方向；托爾斯塔婭的想法或許認為，與其為人生設定目標、尋求定位，倒不如隨世飄浮，擺脫社會網絡的枷鎖，過著「無中心」的生活，反而比較容易生存，也更自在。

　　托爾斯塔婭曾經在一次接受訪問中也承認，她筆下的這些小人物有些自我的反射；她認為自己在人生的道路上並不成功，不擅長與人溝通，一直懷疑自己的人生定位，甚至還懷疑過自己是否要從事作家的工作（Roll，1998：106）。顯然，對現實與未來的不確定感造就了托爾斯塔婭筆下的人物，這些小說中的人

物在她書寫的操弄下，既然都沒有走出「無定型」的
現狀和「無中心」的生活，也就談不上是否會有個快
樂或悲傷的結局了。托爾斯塔婭帶著微微的的嘲諷、
憐憫看待這些小人物與他們情感的執著，也許這正是
她所看待的世界——後現代主義思維的生活世界。

## 二、托爾斯塔婭的文字魔術

　　從人類文明進化的理論來看，語言和文字只不過
是人類形成社群的符號工具；它們真正所指涉的對象
主要仍為人類所感受或認知的現象世界，透過語言符
號的系統彼此溝通與了解，進而追求共生與繁榮，這
才是它們的內涵和目的。如果語言或文字的編碼阻礙
了人類對現象世界的感情表達，那麼它們也就失去了
其精神內涵，有如缺乏靈魂或人性特質的軀殼一般，
只是一堆符號而已。簡單而言，只要我們把語言當作
一種孤立的現象，就絕不可能達到對語言的真正理解。
在後現代社會的發展趨勢下，由於現象世界的變遷太
過於快速，各社會領域的界面產生模糊，整個社會體
系顯現出混沌而無中心的現象，舊的、傳統的語言編
碼和結構對當前現象世界的指涉能力常有捉襟見肘的
困難；於是乎，對於現象世界的情境以及失落飄浮的
情感，語言對現象的指涉就會呈現出拙於表達之苦。

　　也因此，後現代主義的文學家總是需要絞盡腦汁
去創構文字和語言的奇幻世界，才得以描述後現代社
會的情感意境。這種由混沌意境所帶動出來的文字世
界，猶如原始社會的人類從混沌認知到文字符號建構

187

的進化過程一樣，需要有共同的現象認知，又需要超越現實的創意。十九世紀比較語法學的學者就堅信：只有巫術咒詞才能打開理解人類文明史的大門。由此可以瞭解到，當前一般通用的語法結構常常難以明確描述後現代社會的混沌現象及無中心的感性世界。

　　不管如何，人們依然確信，語言與現象世界應該有著共同的根源，但絕不意味著它們會有共同的結構。語言總是向人們展現出一種嚴格的邏輯特徵，而後現代的現象世界則似乎排斥著理性的邏輯規則，它是非連貫的、變幻莫測的和非理性的體系。俄國這位後現代主義女作家托爾斯塔婭就強烈主張，文學就是應該讓語言和文字的表述具有流動性，回到現象世界的情感意識；讓文學的表達能夠恢復語言和文字的有機生命；讓文學也能跳脫文字編碼的桎梏，隨著現象世界的情境活躍起來；這也正是這位後現代主義作家創構文字奇幻世界的思想動力。

　　托爾斯塔婭擅長於文字的運用，文字在她的筆下，似乎變成了具有生命力的符號連接，變化萬千。她運用大膽的書寫技巧與多樣化的體裁來豐富作品的情節、改變作品裡人物的刻板印象以及對話的單調表述。如此的書寫也豐富了小說作品的表現形式：它呈現著交互流動和拼湊的時間與空間，在詩性的描述中又交雜著諷刺韻味，敘事者角度也隨著情境的轉換而跳躍，讓口語、流行語和崇高用語交替運用；在這樣的書寫技巧下，托爾斯塔婭的小說內容交錯營造著音樂、畫面和氣氛，大量運用比喻、隱喻、暗示、感嘆句和符號，而讀者常被其大膽獨創的比喻所吸引，更勝過簡單的情節。

　　具備文字運用的造詣，托爾斯塔婭在敘述事物上觀察精緻細膩，用詞貼切，常有出人意料的詞組搭配，細節既具體又有形象，尤其引人注意的是她善於運用豐富的形容詞，跟名詞組成離奇的搭配：它們大量地匯集、擁擠、互相緊貼、但有時又彼此矛盾，如此激盪著讀者的感性世界。例如：在小說《親愛的舒拉》裡，托爾斯塔婭如此描寫著主角舒拉：「她全身抹上一層莫斯科粉紅的陽光」（Толстая，2006b：144），這種描述頓時讓人也同時感受到莫斯科慵懶的陽光；「可是頭上那頂帽子！（注意作者使用的驚嘆號）……淺淺的草帽編上了春、夏、秋、冬——山榮花、百合花、櫻桃、伏牛花子……」（c.144）；「圈著大大的弧度，挪動她革命前出生的雙腿」（c.144）。短短的二句，隱隱暗示了舒拉出生於俄國革命前，以及她所成長的時代背景：「再後來，在尼科次基城門，她捲在噴火冒煙的車流之中，迷失了方向。她緊抓著我的手臂，漂流出來，上了安全的岸邊」（c.145），描寫著車流的馬路以及年老的舒拉走過這條馬路的驚險。

　　再來看看托爾斯塔婭對場地和物品的描寫手法也非常特別；她儼然將一些名詞活化了，表現出描述活動景象的形容詞效應。例如：「廚房乾淨得死氣沈沈，叫人難受」、「在一個爐子上，有人燒了一鍋白菜湯，嘩啵自語」（c.148）。另外對氣味的描寫也非常傳神，例如：「木櫃兩邊冒出了麵包、餅乾味。別出來，怪味道！抓住了，關上刻花的玻璃門，給擠回去。呆在那兒，呆在鑰匙後面」（c.149）。另外，對於光陰飛逝的描述更為傳神，例如：

> 時光如飛，年代無形的表層越積越厚，時光軌
> 道生了銹，道路叢草蔓生，峽谷野草越長越高。
> 時光流逝，甜姐兒舒拉的船底上下顛簸，濺起
> 條條皺紋，留在她舉世無雙的臉頰上。（c.151）

劇情中寫到舒拉的男友伊凡・尼古拉耶維奇的等待，
有如下的描繪：

> 幾千年，幾千個日子，半透不透明的天幕，從
> 天空放下了幾千次，逐漸濃化，變成堅實的牆
> 壁，擋住去路，阻止亞歷山得拉・埃爾涅斯托
> 夫娜（舒拉）前去會見愛人。他消失在時光隧
> 道裡，他停留在時間的另一面，獨守南部沙塵
> 滾滾的火車站，在灑了一地向日葵子的月台上
> 徘徊；他看錶，舉起腳尖踢開骯髒的玉米梗，
> 不耐煩的撕裂柏樹藍灰色的樹皮，他等了又等，
> 等待蒸汽火車頭在炙熱的早晨，遠遠駛來。
> （c.150）

另外，她在描寫相簿裡的照片時，卻能點綴出照片的
生命力：「請打開塵封多年的棕色絨面相簿——讓那
些體操女孩呼吸新鮮空氣，讓八字鬍的男士伸伸他們
的肌肉，讓勇敢的伊凡・尼古拉耶維奇笑一笑」
（c.150）。這樣景象的描寫，頓時讓沒有生命的舊照
片走出了塵封的相簿，呈現出懷念的心境。

　　令人訝異的，有時候托爾斯塔婭故意用錯成語、
俚語、諺語，讓這些文字和用詞從字典裡活躍了起來，
而不是死死地躺在那裡。例如：「要捕捉你們，簡直
就像用鐵鍬追逐蝴蝶」（Толстая，2006b：84），托
爾斯塔婭顯然是故意將「網子」說成「鐵鍬」，表達

了「不可能」的意涵，又帶有幽默、嘲弄的口吻。另外如：本來是要描繪一隻公貓抓到麻雀卻故意說成是公貓「糟蹋」（портит）麻雀。用詞雖不正確，但這正是托爾斯塔婭使用語境的特長。從另一較深層的意義來看，還真難找到另一個用詞能比這種不正確更正確，因為，在這個詞的背後既能讓人讀出公貓的形象：餵食得飽飽的，又肥又懶，抓鳥不是出於飢餓，而是出於無聊；另外，又能傳神地描繪出現實的場景：被陽光與安寧弄得嬌慵困倦、睡思昏昏的別墅生活（博利舍夫、瓦西里耶娃著，陸肇明摘譯，2003：31）。

更奇特的，托爾斯塔婭也善於利用文字創造出音樂的效果。例如：「水壺開了。我來泡壺濃茶。廚房響起一曲簡單的木琴曲：蓋子、蓋子、湯匙、蓋子、抹布、蓋子、抹布、抹布、湯匙、把手、把手」（Толстая，2006b：149）。此處托爾斯塔婭以俄語的特殊暱稱法，運用韻律，創造出泡茶的音律聲。

托爾斯塔婭也嘗試運用攝影與電影拍攝的技巧，將平凡的事物烘托出詩意的氣氛。例如：她在小說《索妮亞》的一開始，就運用電影藝術中的蒙太奇手法，將不同情境中的話語剪貼、拼湊成斷裂式、沒有連慣性的回憶。

> 有那麼一個人，她活過──她死了，只留下名字──索妮亞。「記得嗎，索妮亞常說……」「像索妮亞做的衣服……」「你老撐鼻子，就像索妮亞……」，而說這一類話的人也都死了。她在我腦中，只留下那麼一絲聲音，無形的，

191

像是從電話聽筒黑色的嘴巴傳來的聲音。或是
像一張鮮明的照片變成了實體——眼前突然出
現了一間光亮的房間，一桌人笑聲盈室，桌布
上花瓶裡的風信子，似乎也圈上了捲捲的粉紅
色微笑。快看，否則就消失了。那是誰？有你
要找的那一位嗎？可是明亮的房間抖了抖，褪
了色，坐著的人群，背脊半透明，薄如抽紗，
笑聲破成碎片，遠去，遠去，速度驚人——要
是抓得住，快給抓住了。

等等，別動，讓我看看。坐著別動，一個個報
上名來。可是用笨拙的手去捕捉回憶，那裡捕
捉得到。笑聲愉快的人物一下就變成一個粗製
濫造的大布娃娃，不給扶好，還會掉下椅子去。
沒有表情的前額，膠水從破布般的假髮上一滴
滴淌下，藍色的玻璃眼珠在空洞的頭骨裡，給
連接在鉛珠上保持平衡。看那死老太婆！看她
那副模樣，裝得自己好似活生生，一副受人愛
戴的樣子。這群嘻哈談笑的人飛上天去，飛走
了，違反空間和時間的鐵律，喋喋絮語，消失
在某個不可及的角落裡，永不消滅，快樂逍遙，
永生不死。而說不定，還會在那個街角，一轉
又出現——總是在最不合時宜的時刻，而事先
當然是一點跡象也沒有。（Толстая，2006a：
83）

整個畫面是由單調的聲音帶領，突然在眼前出現一間
陽光閃耀的房間，好像就在播放家庭電影；所有的人
物在光線的照耀下，顯得脆弱易碎，半透明的影像猶

192

如蒙了一層紗，如此帶領著讀者進入三度空間的奇幻世界。

除了靈活運用文字，描繪各種事物，創造各種情境的氛圍外，托爾斯塔婭更擅長運用文字符號的隱喻，傳達所欲影射的意涵。例如：在《索妮亞》的小說裡，托爾斯塔婭為了情節，創造出艾達·阿得理佛夫娜（Ада Адольфовна）這一號人物，專門為索妮亞虛構一位書信情人尼古拉（Николай），十足玩弄了索妮亞的情感。至於艾達（Ада）這個名字，托爾斯塔婭也是經過精心設定的，她是故意採用字的諧音 ад，在俄語的字意上表示「地獄」，有邪惡的含意。書中描述艾達是個蛇蠍美人：「列夫（Лев）的妹妹，艾達，是個尖酸的女人，身材纖細，如蛇般的優雅」（c.85）。托爾斯塔婭精巧地運用「蛇」與「地獄」的組合，傳達了隱喻的意涵，也傳神地刻畫了艾達這個人物的角色。

另外，在小說裡，索妮亞的穿著也是一個重點，書中描述索妮亞的穿著粗俗，令人不敢恭維，但是，衣服上一個琺瑯製的鴿子別針；托爾斯塔婭就能讓小小的一個別針成為整篇小說中極重要的部分。索妮亞總是將別針別在外衣的衣襟上，從來不拿下來，衣服換了，她仍舊別上那鴿子，表示索妮亞對鴿子別針的重視。「鴿子別針」是個普通的東西，但它卻讓這段「感情」延續下來。

> 艾達一直計畫要把尼古拉殺了，太煩人了。可是收到了鴿子，她打了個冷顫，把這殺人的事

> 推遲了，另等時機。在那封送鴿子的信，索妮亞誓言把生命交給尼古拉，如有必要，還要追隨他，直到天涯海角。（c.90）

最後，在列寧格勒圍城的大飢荒時期，索妮亞為了拯救她唯一的「愛人」尼古拉，決心拿了自己戰前所遺留下的唯一的一罐蕃茄汁（留下來為了生死關頭所使用），走了半個列寧格勒，來到奄奄一息的尼古拉的家，她將僅能救活一人的果汁餵了「尼古拉」（事實上這個人就是艾達）。讓「他」活了下來。小說的尾聲寫道：

> 在那個冰天雪地的冬天，她（艾達）浮腫的雙膝跪地，把整包信扔進火爐，燃起片刻熊熊的圈光。信，起初可能燒得很慢，四角接著很快變黑，最後捲起一柱隆隆火光，暖和了她曲扭、冰凍的手指……那隻白鴿子，她一定沒燒了。鴿子，畢竟是燒不掉的。（c.92）

托爾斯塔婭在該書中一直都沒有交待：索尼亞最後到底有沒有發現艾達所虛構的這場惡作劇，有沒有發覺原來自己的書信情人竟是艾達。這樣的鋪陳，托爾斯塔婭顯然有意留給讀者許多想像空間。

小說最後的一句竟能將一個可笑、庸俗的鴿子別針，轉變成一個富有同情心、感傷的東西；一個充滿溫暖，永遠難以磨滅的紀念。「燒不掉的鴿子別針」代表著某種隱喻的意涵，轉換成整篇小說的精神力，富有象徵主義所謂的「詩意的暗示性」（poetic suggestiveness）（Gascilo ed.，1993：59－83），傳達了托爾斯塔婭所要表現的同情與道德。

　　另外，在托爾斯塔婭小說中的敘述者也是值得人們進一步探討的話題。在這兩篇小說裡，敘述者分裂成多種不同的聲音，穿插在沒有連慣性的文本中，除了增加小說的詩意性外，更保持委婉的客觀中立，以便透過不同的人物或不同時代的氛圍呈現他們原來的面貌。例如：在《親愛的舒拉》裡，整部小說於謝幕之前，這個被人遺忘的老女人——舒拉——死了，她放置在其公共公寓房間裡的東西都被丟到大街上，托爾斯塔婭在書中運用各個不同陳述者的對話拼湊出當時的情境；

> 「誰？……她死了。」

> 你說什麼……等一等……為什麼？我剛……我剛從她那兒回來。你不是開玩笑吧？……

> 從地窖走道出來，白色的熱氣衝著眼睛襲來。等等……垃圾可能還沒收走，對不？塵世的生命，呈螺狀迴旋，盡頭在街角一攤柏油上，在垃圾桶裡。你想是在哪裡？在雲層裡，可能嗎？啊，在那兒，生命的螺旋——彈簧從腐朽的沙發彈跳出來。他們把什麼都扔在這裡。甜姐兒舒拉在橢圓相框的照片——玻璃破了，眼睛給刮掉了。老女人的爛東西——襪子……編著四季花果的帽子。櫻桃醬你要不要？不要？為什麼不要？有個破了嘴的水壺。絨相簿不見了，那不稀奇，絨布可以擦鞋子。你們都笨死了，我才不哭，我為什麼要哭？在大太陽下，垃圾冒出水氣，溶成一攤黑色的香蕉水。一堆信壓

擠在泥漿下。「親愛的舒拉，妳什麼時候才答
應？」「親愛的舒拉，請開口說出那個字吧。」
有一封信，沒那麼濕，隨風捲起，在塵沙滿樹
的白楊木下，不知該停在哪裡。（Толстая，
2006b：153－154）

在上述的文本裡，至少包括了隱身在文本後的我、
故事的主要敘述者、不相干的第三者、伊凡·尼古拉
耶維奇等多人不連貫的陳述與說話聲音，打破了傳統
文本中採取獨白的方式——超越單一敘述者的陳述方
式，創造出模糊的詩意效果。又例如小說《索妮亞》
的開始（見本節前面的引文：有那麼一個人，她活過
——她死了，……），一段記憶的敘述至少分裂成四
種聲音，增加了單調故事的多樣性，多層角度，豐富
了本篇作品的藝術性。

# 三、結論

二十世紀末，隨著蘇聯的解體，過去所建立的烏
托邦的神話意識就徹底被打破了，整個俄羅斯社會以
及文化界呈現出強烈的懷疑主義。在文學界，後現代
主義的解構風潮也成為新時代的特色，包括托爾斯塔
婭的新一代俄羅斯作家，都或多或少表現出一些共同
的特徵：提倡邊緣性，分裂界線，混淆傳統領域的區
別記號，並極力消解傳統體制的中心主義。他們懷疑
基本的道德原則和固定性，因而在創作上會採取偏向
臨時性的、情境適應式的浮動標準，而非像過去追尋
一種永恆不變的真理或穩定的秩序。至於文字表達的

形式，他們會喜好諷刺的口吻、傾向自我反省與爭論性的價值觀念。總而言之，後現代主義提供了這些作家一個新的解放路線和期待。

在這樣的創作風潮下，托爾斯塔婭的作品選擇了一群被上帝遺棄，處於社會邊緣的小人物，透過對他們性格與內心的刻畫，描繪出後現代社會的生活景象。儘管他們不是國家機器上重要的「螺絲釘」，但每個人都是自我的「一部歷史」。透過文學的描繪，文學作家便可將這些邊緣人的歷史結合在一起，讓人們更可清楚地看到、領會到每個歷史時期的社會脈絡、生活氛圍與文化思考。這種文學的風格與發展情境，使得在長期被泛政治化、受盡掣肘的流變中，得以另闢蹊徑，得到解脫，重獲其生命力。

在文學作品的評價上，流亡美國的蘇聯作家、而且是諾貝爾文學獎得主布洛茨基（Иосиф А. Бродский，1940－1996）就極為推崇托爾斯塔婭的寫作風格。他肯定托爾斯塔婭對俄語所抱持的狂熱與迷戀，同時也認為，只有在這種熱情的驅動下，托爾斯塔婭的作品方能透過複雜的表達技巧及文字的靈活運用，超脫一般小說的單調題材與情節。文字在她的筆下拆解成新的符號，好像魔術師的道具，能夠在奇妙的組合之後賦予了新的意義。無可置疑的，在如此複雜的技巧襯托下，托爾斯塔婭的作品呈現出魔幻般的異想世界。

# 本章參考文獻

**中文：**

1. 亞・博利舍夫、奧・瓦西里耶娃。陸肇明摘譯。
   〈二十世紀俄羅斯後現代派文學概觀〉。《俄羅
   斯文藝》，3（2003）：23－38。
2. 陳新宇。〈當代俄羅斯文壇女性作家三劍客〉。
   《譯林》，4（Jun. 2006）：201－204。

**英文：**

3. Gascilo, Helena, ed. *Fruits of Her Plume.*
   *Armonk*: M.E. Sharpe, 1993.
4. Goscilo, Helena. *Women Writers In Russian*
   *Literature*. Connecticut: Greenwood Press, 1994.
5. Roll, Serafima, ed. *Contextualizing Transition:*
   *Interviews with Contemporary Russian*
   *Writers and Critics*. New York: Peter Lang,
   1998.

**俄文：**

6. Гощило, Е. *Взрывоопасный мир Татьяны*
   *Толстой.* Екатеринбург: Изд-во Уральского
   университета, 2000.
7. Толстая , Татьяна. "Соня". *Женский день*.
   Москва: Эксмо, 2006.
8. ＿＿＿＿＿＿＿＿. "Милая Шура". *Женский*
   *день*. Москва: Эксмо, 2006.

# 第七章
## 瑪莉尼娜的女性偵探小說

　　二十世紀九〇年代，隨著俄羅斯政府積極推動民主改革與市場經濟，俄國的社會和文壇開始有了極大的轉變；蘇聯解體後，本來預期在文壇上會出現一股以年輕一代俄國男作家所引領潮流，推進新一輪的文藝復興，然而，出乎意料的，這股改革思潮卻湧現了大批的女性作家，佔領了通俗文學的市場，其中包括：犯罪偵探小說、神秘奇幻小說、言情小說、報導文學……等等，這是當初始料未及的現象。

　　女作家亞歷山德拉・瑪莉尼娜（Александра Маринина，1957 －）所創作的一系列犯罪偵探小說就在這股浪潮下脫穎而出。她筆下的主要角色安娜斯塔西亞・卡緬斯卡婭（Анастасия Каменская）是一位罪犯偵察員，她具有獨立的人格，理性清晰的頭腦，完全不像傳統的俄羅斯女人，她不僅不依賴男人，甚至在性格與專業上更勝於同儕的男性，十足表現出俄羅斯女性主義的作風。

　　本章將探討俄羅斯女性偵探小說崛起的社會背景，並以瑪莉尼娜的犯罪偵探小說為例，探討其小說中女性主義的特徵。

　　二十世紀九〇年代之後，向來跟傳統中國一樣講求文以載道，並肩負沉重使命感的俄羅斯文壇出現了極大的變化。隨著蘇聯帝國的瓦解，出版檢查制度退場，再加上全球化浪潮及西方消費文化的入侵，在俄羅斯文壇的市場上湧現了大批的大眾文學（массовая литература），[1]其中包括：犯罪偵探小說、言情小說、科幻小說…等等。雖然這些文學作品吸收了外來文化的要素，但是基本上都結合了俄羅斯民眾的本土審美情趣，也可以說是全球文化在地化的具體展現。

　　這些過去曾被認為是低俗的文學作品，在現代媒體的炒作、包裝、宣傳下，逐漸攻佔了整個出版市場。這些作品的形式多樣，想像豐富，且多以系列方式出版，例如艾克斯摩（Эксмо）出版公司的偵探小說黑貓（*Чёрная кошка*）系列，吸引了上千萬的讀者群，也為該公司創造了極大的利潤。這種現象在一般的資本主義社會早已習以為常，然而，對以社會使命感、民族良心、追求絕對善的俄羅斯文學，甚至對整個俄羅斯文化而言，這種現象讓一般人感到錯愕。這是否意味著俄羅斯傳統文化已受到西方資本主義消費文化的衝擊，正在轉型中，而素來以嚴肅文學為主導的傳統主流勢力也逐漸冷卻。現代俄國作家索羅金更明確

---

[1] 大眾文學是一個語義豐富的術語，對它的界定五花八門，也有人稱它為流行文學（популярная литература）、庸俗文學（тривиальная литература）、副文學（паралитература）、街巷文學（бульварная литература）、粗俗文學（упрощённая литература）等。

地表示：「對文學家而言，出現了可怕的情勢。在他們面前停著這具屍體，已經開始腐爛，從那裡散發出陣陣惡臭，可是拿它怎麼辦──全都束手無策」。[2]

在這樣的背景下，這些後起的作家以新穎的寫作方式及傳播方式，在當今俄羅斯五彩繽紛的流行文化舞台上佔據了一席之地，其中包括了一批女性作家。而這些女作家大膽挑戰向來屬於男性作家領域的偵探小說，結果竟然也造成了轟動。這些女作家書寫的偵探小說一出版就登上了暢銷書排行榜，例如：亞歷山德拉·瑪莉尼娜（Александра Маринина）、東佐娃（Дарья Донцова，1952－）、波利亞科娃（Татьяна Полякова，1959－）、烏斯金諾娃（Татьяна В. Устинова，1968－）、達什柯娃（Полина Дашкова，1960－）等。她們每年都推出好幾部小說，發行量以千萬本計算，讓文壇大為驚訝，而文學批評家不得不承認她們的作品並非只有消遣的功能，它也代表著重要文化現象，甚至可以說代表著當代俄國社會的文化心理。

本章擬從大眾文學在俄羅斯崛起的因素切入，並以瑪莉尼娜的女性偵探小說為例，探討女性偵探小說在俄羅斯成為流行文化的社會心理；另外，本章也將分析瑪莉尼娜的偵探小說中俄羅斯女性主義的特徵。

---

[2] 轉引自劉亞丁〈「轟動性」──俄羅斯文學的新標準──俄羅斯新潮文學蠡測〉，《俄羅斯文壇》，3（2002）：33 一文中引用弗·索羅金 1997 年在《人物》雜誌第四期所發表之文章。

# 一、高雅文學 vs.大眾文學

從整體的發展來看，俄國偵探小說的流行與近十五年來大眾文學在俄羅斯的崛起有著密切的關係。這當中的關鍵因素應該是文學出版不再由國家補貼和決定，而是由市場的需求來決定。蘇聯時代由意識型態決定文學出版方向的潮流已完全消失，取而代之的是由讀者的需求來左右出版。在後工業時代，書籍如同電影、電視或近代的電腦遊戲，已成為文化上的一種商品。市場上出現各種文體的大眾文學作品，以滿足社會大眾的生活需求，如浪漫愛情小說、偵探小說、打擊恐怖主義的「藍波」勇士小說、科幻小說等等。最早期的大眾文學作品都是由翻譯者引進西方的作品，但由於字譯的作品在文字的表達上常常不符合俄國人的表達方式和閱讀模式；但市場既然有需求，很快地，出版商就會設法由俄國的本土作家來取代。

面對這樣的發展形勢，有一位從譯者出身，而後來成為作家的阿庫寧（Борис Акунин，1956－），在 2002 年 5 月 15 日接受《論證與事實》報紙（Аиф）訪問時表示：亞歷山德拉·瑪莉尼娜開創了本土文學的繁榮。事實上，偵探小說的確成為後蘇時代第一種大眾文學流行的體裁，也是自瑪莉尼娜的創作之後，開啟了俄國偵探小說的繁榮。隨後，在俄國文壇上紛紛湧入了大批的女性偵探小說作家，因應這種形勢，艾克斯摩出版社發行了「以女人眼睛觀看的偵探小說」（детектив глазами женщины）系列，在市場活絡之下，其它的出版社也跟進。相對於偵探小說的女性作

家，俄國男性作家也出版了「藍波勇士系列」
（Обухова，2004：<online>）。大眾文學的崛起令許
多知識份子開始擔憂，擔心文學一旦通俗化是否會導
致文化素質的降低。

毫無疑問，在任何一個國家或任何一個時代，知
識份子與文學批評家對大眾文化的崛起抱持著不同的
態度，歷來的爭論也很多；顯然，通俗流行文化的崛
起必定會對菁英文化或高雅的藝術價值構成威脅。這
種顧慮尤其在俄羅斯文學更為明顯，主要是在發展史
上俄羅斯文學經歷了古典主義、浪漫主義、寫實主義、
現代主義等有著明顯菁英意識的時代與潮流，再加上
蘇聯時代強加在文學的意識型態──「社會主義寫實
主義」；也因此，大眾文化與大眾文學在俄羅斯文學
的發展，基本上完全不像西方有自己的發展脈絡。平
心而論，在這方面，俄羅斯的文化體系可以說是一片
空白。過去就算有一些零星的作品，它們也是受到菁
英文化的排擠與打壓，甚至被衛道人士稱為「偽文化」
（ложная культура）。因此，俄羅斯文壇上的「瑪莉
尼娜熱」，其衝擊可以說並非只限於作品本身，它還
透露出更多的後蘇聯時代社會心理與文化現象的重大
改變，這個部分將在之後的章節中更進一步探討。

中國大陸的學者王寧認為，菁英文化和文學有很
長的一段歷史時期，從未受到大眾文學如此嚴峻的挑
戰，而此時又碰上整個世界都經歷著後現代主義浪潮
的衝擊，文化和文學藝術就變得越來越帶有商業化的
色彩（王寧，2003：118）。這種現象在全世界各個國
家發酵，透過傳媒和電腦網路的現代化科技，通俗文

學作品也已成為全球資本化世界的一種「商品」、一種可以經營行銷的消費品。讀者群在大眾媒介的引導下，習慣於接受現成、易食的「菜單」；而「菜單」的生產過程──從創作、印刷、包裝到出版──越來越系統化。作品的行銷方式也企業化，讀者也能夠不費力氣就可以買到速食化類型的讀物（鄭明娳，1993：24－25）。顯然地，文學出版在工商社會，很難擺脫「企業化經營」及「大眾化消費」的命運，文學出版商以追求經濟效益為目的，必然制約作者的寫作方向，使作家在不知不覺中被引導取寵大眾讀者的口味，而脫離文學創作的本意。

　　高雅文學與通俗文學之間的爭論其來已久，支持高雅文學的人注重文學的嚴肅性和純粹性，注重創作者的獨創、虛構、想像及思想。另外，高雅文學的作品追求完整的藝術結構，包含著作品中隱藏作者的世界觀，甚或意圖呈現「永恆」的「真理」；所以，主張高雅嚴肅作品的文學家在本身的意識型態上往往認定自己的作品具有不被時效所淘汰的不朽價值（鄭明娳，1993：43）。

　　然而，當代的通俗文學有著不同的表述方向，包含了以下的一些特色：（1）它富有鮮明的娛樂性；（2）具有明確的題材分支，如偵探小說、科幻小說、言情小說等；（3）它是一些意義單一的文學作品，它們在劇情佈局上藉由一些讀者熟悉的傳統情節模式，反映普遍構成社會各個團體讀者的利益、趣味和期盼；（4）和讀者的親近性。它的內容、思考方式、表達方式，作者呈現的人生觀也必須與大眾讀者相接近；（5）注

重文學包裝；（6）具有時效性，缺乏歷久彌新的價值，
自然容易被時代所淘汰；（7）程式化，它永遠是公式
化的陳腔濫調，永遠有現成的模式，使讀者的閱讀感
情始終沉溺於經驗的回味之中，如才子佳人模式、善
惡二元對立模式、英雄與惡魔的激烈對抗。

　　然而，無論其追求的價值為何，商業價值或神聖
價值，隨著社會的發展及文明的進化，這兩類文學在
後現代社會裡的界面已漸漸瓦解，很難用純粹性的眼
光去界定文學作品的類型。對研究文學的人而言，經
典文學研究長期在狹窄的文學領域無法邁出新的步
伐，因此，有一些人把目光轉向一向被排斥在經典文
學之外的通俗文學，試圖對經典文學的權威性和主導
性進行解構。更有許多學者將通俗文學或大眾文學納
入文化學與社會學的研究，企圖另闢一條文學研究的
途徑。

　　俄國文學理論家洛特曼（Юрий М. Лотман，1922
－1993）對大眾文學進行了詳細的描述。他不認為大
眾文學只是狹義地泛指那些沒有被納入到特定時代的
官方文學評價體系，因而也不應該是那些被當時占主
導地位的文學理論所忽視的作品，而應該是將其視為
一個社會學的概念去考量。它所涉及的內容，與其說
是某個文本的結構，不如說它所指涉的是構成一定文
化的社會功能……。在這樣的認知下，面對同一部作
品，從一種觀點來看可能被認定為大眾文學，而從另
外一種觀點來看，可能被排除在大眾文學之外
（Лотман，1997：817）。若從文學閱讀的面向去觀察，
高雅文學與大眾文學之間的分野，就是現代主義的菁

英意識與後現代主義的平民意識之間的分歧。現代主
義的閱讀是把文本視為一個封閉的自足客體，其意義
產生於「作者－文本」和「文本－讀者」的雙重關係
之中；而後現代主義的閱讀則全然不顧作者，更注重
讀者對文本的閱讀和接受過程，意義的產生在更大的
程度上賴於讀者的建構，這也就是當代文學理論提出
「作者已死」的論調。

因此，在後現代主義的文化語境下，經典文學的
研究也回應式地企圖突破自我的封閉性，納入更寬廣
的內涵、例如近年來女性文學的崛起就是明顯的因應
現象。許多優秀女作家的傑出作品得以進入經典行列，
這種發展對經典的構成也起了更新的作用。後殖民理
論致力於消解中心和邊緣的二元對立結構，使得女性
作家與第三世界作家的優秀作品能夠得到肯定，這也
大大拓展了經典文學的研究領域。同樣地，如果能將
大眾文學置於廣闊的文化語境下來探討，對整體的文
學發展才具有正面意義。如同台灣師範大學中文系鄭
明娳教授所言：

> 在世紀末的後現代情境中，實用正文和虛構正
> 文已經互相滲透，這表示了「品味大眾」的喜
> 新厭舊正加速進行，世俗文化和看似自我封錮
> 的上層文化無可避免地交換著它們的血液，文
> 化多元化的實際狀況，有時是無數割據的孤堡，
> 但更大的可能是在相互較勁的同時，又不斷進
> 行自覺或不自覺的「雜交」，通俗文化和純文
> 學的模糊化，往往在一個社會面臨某種政治或
> 經濟的結構性震撼的時刻發生，象徵著從分屬

不同文化階級的不特定大眾正重建其文化秩
序。（鄭明俐，1993：43）

因此，無論經典文學或是大眾文學應走出西方中
心的狹隘模式，將它們融入到更廣泛的、更多元的世
界文化中，文學本身才不至於走向衰退。

## 二、亞歷山德拉‧瑪莉尼娜偵探小說崛起的
社會心理

俄國的偵探小說素來在俄國的傳統文學與蘇聯文
學的創作中是沒有地位的。偵探小說在英國、美國的
文學發展上具有自己的一套傳承，但是在俄國它並沒
有這樣的傳承。有人將十九世紀杜斯妥也夫斯基的《罪
與罰》與《卡拉馬助夫兄弟》歸類為犯罪小說，然而，
與大眾文學的偵探小說相較下，顯得過於嚴肅，而缺
乏現實性的通俗劇情，更何況它們又太具文學性、太
過於宗教哲學性。早期撰寫犯罪偵探小說的作家有阿
赫夏魯莫夫（Николай Д. Ахшарумов，1819－1893）、
施克良列夫斯基（Александр А. Шкляревский，1837
－1883）等，早已被人遺忘。

俄國犯罪偵探小說曾在十九世紀末二十世紀初出
現過第一次熱潮。由於當時革命造成社會的動亂，加
上一九〇五年沙皇政府面對革命情勢不得已廢止了出
版業的檢查制度，使一些人得以引進西方的偵探小說
系列，如福爾摩斯（Sherlock Holmes）、平克頓（Nat
Pinkerton）、尼克‧卡特（Nick Carter）等西方偵探小
說，它們也都受到了俄國讀者的歡迎。然而，俄國知

識份子界並不歡迎這類作品。作為俄國詩人，也是文學批評家的楚科夫斯基就公開指出：像《福爾摩斯》這類非純文學作品的創作動機並非為了藝術，而多半是為了金錢的利益。他感嘆這些城市小資產階級的「野蠻品味」對知識份子所主導的、純淨的文化價值無非是一種挑戰（Nepomnyashchy，2005：162）。楚科夫斯基更進一步認為這類大眾文學對知識份子統領的文化界是一種威脅，偵探小說會讓人逃避現實，代表著危害社會價值的毒素。也因此，這股浪潮還沒有等到蘇維埃革命成功，在 1908 年後就已經開始退燒。

　　俄國犯罪偵探小說的第二次熱潮出現在 1921 年左右蘇聯的新經濟政策時期；當時為了促進與西方交流，在半開放的環境下，有些俄國作家，如西化派的小說家倫茨（Лев Н. Лунц，1901－1924）建議俄羅斯的偵探小說作家模仿西方偵探大師柯南道爾（Conan Doyle）等人的思考模式和設計技巧，來撰寫俄國偵探小說的劇情。然而，到了 1923 年布爾什維克黨的元老布哈林（Николай И. Бухарин，1888－1938）卻指出這類西方的娛樂作品對革命運動會有不良的影響，它們將分散工人對革命運動的注意力和熱忱，就會同托洛茨基提出必須創作「紅色平克頓」（red Pinkerton）的口號。為了響應這個號召，俄國作家莎吉娘（Мариэтта С. Шагинян，1888－1982），巧妙地結合了共黨意識型態與偵探小說，出版了《麥斯蒙德》（*Месс-менд*）。雖然在當時也曾頗為暢銷，但是文學家多半批評它為一個失敗的作品；不管怎麼說，在俄羅斯的主流文化傳統下，這種政治掛帥的偵探小說，在蘇聯時代依然被認為是一種次級文學作品的類別。

　　基本上，在史達林時期的專制統治下，一切具有
煽動人心、激發傳統文化價值、有違社會主義精神的
書籍全面都被禁止出版。根據政府的文化政策，所有
文學作品的創作和傳播媒體皆由國家控制，更不存在
所謂的出版市場。所以，大眾文學的各種題材，不是
被歸為兒童文學之列，如偵探小說、科幻小說、以及
歷史小說，就是被貼上資產階級文學形式的標籤，如
言情小說等等（Под ред. Чернец，2004：4）。很顯然
地，偵探小說中資本主義的場景、社會背景和犯罪情
節，在在都與社會主義的寫實主義烏托邦式的理想大
相逕庭；它們必然遭到全面的禁止，因而，偵探小說
在俄國文學的發展史上，這段時期也成了一大斷層。

　　然而，市場就像一隻無形的魔手，或隱或現地影
響著社會；史達林死後，偵探小說在俄國重新復甦，
此時的知名偵探小說作家有亞當莫夫（Аркадий Г.
Адамов，1920－1991）、西蒙諾夫（Юпиан С. Семёнов，
1931－1993）等人，他們大都在 1950 年代開始大量書
寫偵探小說。譬如，歐瓦洛夫（Лев С. Овалов，1905
－1997）的偵探小說《少校普羅寧的故事》（*Рассказы
майора Пронина*）在 1959 年出版；瓦涅爾兄弟
（Аркадий А. Вайнер，1931－2005 и Георгий А.
Вайнер，1938－2009）的偵探小說在 1960 年受到大眾
的歡迎；列昂諾夫（Николай И. Леонов，1933－1999）
在 1970 年出版他的第一部偵探小說。

　　這些偵探小說的作家模仿西方的偵探小說，以發
行系列作品的方式出版，例如歐瓦洛夫的「少校普羅
寧系列」、亞當莫夫的「維大力·洛謝夫（Виталий

Лосев）系列」、列昂諾夫的「上校古樂夫（Полковник
Гулов）系列」等。再這些作品當中，蘇聯時代最著名
的偵探小說應屬西蒙諾夫的雙面間諜馬克西姆・伊薩
耶夫（Максим Исаев）的故事，後來又拍成連續劇，
署名《春天的十七個瞬間》（*Семнадцать
мгновений весны*）；另外，瓦涅爾兄弟的作品《仁
慈年代》（*Эра милосердия*）也被改編為電影《不
可改變的聚會地點》（*Место встречи изменить
нельзя*），這些作品的內容曝露了蘇聯在戰後時代醜
陋的一面。而同時在這段時間，許多外國偵探小說的
翻譯作品又得以重新發行，同樣地本土推理小說也暴
增。到了戈巴契夫的改革開放時期，偵探小說的讀者
更是不斷的快速增長。

　　1990 年代蘇聯解體，檢查制度也隨之瓦解以後，
俄國偵探小說得以全面朝著商業性的途徑快速發展。
以最受歡迎的男性偵探小說作家杜涔科（Виктор Н.
Доценко，1946－）為例，他主要描寫一位從阿富汗戰
役退伍的軍人戈瓦科夫（Савелий Говорков）隻身與
俄國黑手黨對抗的英勇故事，這種小說的打鬥劇情有
點像「俄羅斯的藍波」。而女性偵探作家瑪莉尼娜則
以描寫充滿懸疑的謀殺案有名；她的寫作風格有點像
英國女性偵探小說作家阿嘉莎・克莉絲蒂（Agatha
Christie），被公認為英美「推理小說女王」。除了瑪
莉尼娜，俄羅斯又加入了許多女性作家參與撰寫偵探
小說；俄國偵探小說加入了女性作家的寫作群，在當
時的確也令有些人驚訝，因為傳統上偵探小說一直是
以男性作家為主導的，女性作家鮮少碰觸這塊領域。
然而，在後蘇時代的俄羅斯卻顯現著戲劇性的發展。

　　亞歷山德拉・瑪莉尼娜的偵探小說在俄羅斯能夠
激起熱潮完全是傳奇性的，因為如果從純文學的角度
來看，這樣的作品只能說非常普通。無論從作品的結
構、情節的鋪陳、文字的表達或作品的內涵，都非常
的通俗。然而，令人出乎想像的，從 1992 年到 2007
年止，她共發行了 35 本長短篇小說，不僅創作速度驚
人，發行量更是驚人，累積銷售三千萬本以上。2002
年，在法國巴黎甚至以她的作品為主題，召開了題為
「作為當代俄羅斯心態反映的瑪莉尼娜的創作」研討
會。平心而論，瑪莉尼娜的傳奇可以說是拜時代與社
會轉型之賜，另外更是傳播與出版商的包裝、創意經
營與商業行銷，使得她的名聲在俄羅斯如日中天，宛
如一夜之間「麻雀變鳳凰」。

　　瑪莉尼娜的真實姓名是瑪琳娜・阿列克謝耶娃
（Марина А. Алексеева），1957 年出生於列寧格勒，
父親是警官，母親是知名的法學專家。1979 年她自莫
斯科大學法律系畢業，獲得法學副博士學位，論文的
題目為《暴力犯罪的罪犯以及對其再犯的預防》，此
外，還陸續著有多部研究犯罪的著作。她也曾長期在
內務部的所屬機構工作，退伍時的軍銜為中校，所擔
任的是高等民警學校出版中心總編輯。她出生於警界
家庭，從小耳濡目染，學的專業又是法律，在多年的
工作中接觸過大小的刑事案件，掌握了大量的材料並
進行過深入的研究與分析；這些專業知識與經驗都在
創作上提供了極大的優勢，也讓人覺得她的作品比較
能貼近現實。

　　瑪莉尼娜的偵探小說在市場上的成功，並不能以純藝術的觀點來衡量，其背後蘊含著更多的社會現象與心理因素，或許從社會學或文化的角度去看，更容易瞭解讀者接受的心理背景。她的一系列小說皆以在警局服務的女探員安娜斯塔西亞·卡緬斯卡婭（Анастасия Каменская）為主角，基本上可以看作是自己形象的投射。

　　瑪莉尼娜的外貌平凡，不愛打扮，喜歡穿休閒鞋，工作時離不開香菸與咖啡，所有女人該做的家事她都懶得去做，包括整理家務與煮飯，連切蛋糕都弄得亂七八糟，徹底擺脫俄國傳統女人的形象；然而，她具有非常清晰的分析與推理能力。通常她都坐在辦公室負責案件的分析工作，她打擊罪惡的武器是智力而非武力。她作品中的女主角卡緬斯卡婭無疑是瑪莉尼娜最大的成就；她成功塑造了俄國現代婦女具有工作和事業魅力的形象，一個能夠與男人在事業上一較高下的新女性，同時也不喪失個人生活原則的女人。

　　我們如果再仔細分析「卡緬斯卡婭」系列小說為何能夠如此暢銷，除了蘇聯解體，經濟困頓造成社會浮動與不安全感，一般人心的苦悶之外，出版業的商品化經營、舉辦新書發表會、上電視與各種媒體接受訪問、設計吸引讀者的網頁等等，這些都是瑪莉尼娜的作品得以成功行銷的策略因素。當然，像艾克斯摩這類私人性質的出版公司，能夠擺脫政治考量，放手顧及廣大讀者群的喜好，讓市場推波助瀾，蔚為風潮。另外，當代女性偵探小說，與蘇聯時代強調偵探的剛性本質和敵我分明的刻板認知不同，如此相對照的好

奇性認知，不僅能夠吸引女性讀者群，更能吸引男性讀者群。

從作家、出版商、讀者群三方面的關係來看，瑪莉尼娜的現象是後蘇聯文學性質變化的徵兆。與過去的時代不同，作者將大程度仰賴於出版業市場的機制，而出版商只願意找讀者感興趣的作品。如此一來，由讀者決定作者的寫作方向，也因此將導致文學失去了精神性或純淨的文化性，而向物質化靠攏；然而，從另一個角度去看，也促使出版業多樣化，讀者群開始分層化。

其實，瑪莉尼娜小說吸引讀者的原因很複雜，但是有幾個明顯的特徵是男性偵探小說所沒有的。其中之一就是作品不僅僅只有偵探劇情的部分，而且情節更貼近於現實的日常生活，雖然小說中充斥著日常生活的瑣事，無形中更教導人如何在現今的俄國社會中讓生活過得更好，套用作者的話說，就是「用消遣的方法來教導（воспитание посредством развлечения）」（Иванова，2002：<online>）。其二，她的作品大多是消遣性的讀物，不太講深奧的道理，只有膚淺地披著教化的外衣，沒有伏筆、也沒有艱澀難懂的隱喻或象徵；這樣一來，讀者在閱讀時無須深入思索，可以讓人們忘掉紛擾的世事和生活的煩惱，暫時休息一下。簡單來說，瑪莉尼娜所寫這類大眾文學的劇情，符合了後蘇時代的民眾心理，大家可以從過去的高道德標準與文學的意識型態中解放出來。其三，程式而通俗化的故事，情節比較有連貫性，書中所描寫的人、事、物都是讀者所熟悉的人物和環境。其四，以同一個主

角人物為中心，讓她不斷地在劇情中重複出現，就像植入式洗腦一樣，讓人誤以為她就是身邊的人物，增加真實性的效果。其五，主角卡緬斯卡婭的形象塑造並非是一個超凡的聖人、也不是高不可攀的英雄，她是一個相貌平凡的普通中年女警官，雖然有很多過人之處，也有一大堆的缺點，使她的形象貼近於世俗。作者透過小說劇情讓讀者參與了女主角（可以說是作者自己）的私人生活，她所面對的各種困頓的生活環境、矛盾的人際關係等等一一擺在讀者面前，和讀者坦承相見，使讀者感到親切。其六，通俗的語言，讓人易懂。其七，簡單的教化性，為俗世社會的道德問題尋找答案。在俄國現今的社會裡或者可以說在後現代化的功利社會裡，處處都是暴力、謊言、不公平、競爭、賣仁求利的社會既有現象，人們如何遵守誠懇、人格、忠誠、禮貌等人性價值的必要道德規範？女主角卡緬斯卡婭帶領讀者，不斷地思索和尋找這些新社會問題的答案。如果說俄國經典文學反應了深層的哲學問題，瑪莉尼娜的女主角對一般的讀者大眾而言，她成為了新社會的新道德典範（выполняет роль ценностного ориентира）（Трофимова，2002：<online>）。

最後，瑪莉尼娜的作品受歡迎的另一個原因就是內容富有現代感。劇情生活的場域符合現實，為了女性讀者，也加入了浪漫的情節；為了迎合時尚，對暴力與性的描寫也都比較適度，不迴避也不過度強調。總括來說，瑪莉尼娜的偵探系列作品充分表現了大眾文學的特色，成為當今俄羅斯文學的「新寵」。

# 三、瑪莉尼娜偵探小說中俄國女性主義的特點

　　瑪莉尼娜與她所創造的女主角卡緬絲卡婭能為當代俄國女性讀者接受的另一個根本原因也在於：她突破了俄國傳統以父權制度為導向的社會觀，將女性從蘇聯時代強調「勞動母親」形象的桎梏中帶領出來，走向以「職業取向」和「專業能力」為導向的現代女性，擺脫一切以男性扈從為依歸的傳統俄羅斯社會（Савкина，2005：<online>）。然而，我們還是不能將卡緬絲卡婭的形象與作為比擬成西方的女性主義者，我們只能將她視為俄國新女性的一種類型，與西方的女性主義者相較，還是具有相當多不同的內涵。為甚麼？

　　首先，從身體的符碼來看，卡緬絲卡婭充分成為自我身體的主宰者，完全不需依照男性主導的社會觀點來裝扮自己，擺脫了傳統「社會性別」的枷鎖。在一系列的小說中，讀者可以很清楚的發現，卡緬絲卡婭完全無視於男人的審美觀點。

> 她壓根就不習慣於男人對她表現出濃厚的興趣。的確，一個正常的男人，又怎麼會對一個看不出性別的女人，對她身上不成體統的絨線衫、牛仔褲、休旅鞋、淡淡的眉毛與睫毛、蒼白的面容、無血色的嘴唇感興趣呢？男人對她的興趣，她並不在意，因為她不需要男人的這種關注。（Маринина，2006e：67）

她所展現的是另一種知性美：自由的思想、言談與舉止。在作者的營造下，女性讀者開始懷疑只有外表美麗的女子才能吸引男性或嫁得好丈夫。然而，卡緬絲卡婭並非毫無姿色的「歐巴桑」，在出任務時她還是會配合工作的需要而化妝，但並不是為了某個男人而化妝，擺脫「女為悅己者容」的封建觀念。

在《機緣巧合》（Стечение обстоятельств）這篇小說裡，卡緬絲卡婭在一次任務中被當作一個誘餌來引誘殺手，她打扮後，瞬間從一個不起眼的女人變身成了美女。這種灰姑娘式的童話情節在世界各國都會吸引許許多多女性讀者的興趣，除了浪漫的遐想外，更成為讀者自身的投射。

在智力方面，卡緬絲卡婭不亞於男性偵查員，冷靜與清晰的分析能力，讓許多案件最後都能水落石出。完全不同於蘇聯時代的偵探小說中，女性永遠只能擔任男性助手的描寫，徹底打破了二元論中男性代表「理智」，女性代表「感情」的迷思。

在小說的劇情中，瑪莉尼娜不斷地強調卡緬絲卡婭的獨立性格，她平時可以與週遭的人發展正常的社交關係，但她也強烈要求個人獨處的空間。

> 人們都喜歡與親人，甚至與不怎麼親近的人交流、討論一下自己的問題，分享自己的憂愁與希望，傾聽他們的建議。但她——娜斯佳·卡緬絲卡婭——的性格卻與別人不同。
>
> 近來她常常有這麼一個想法，就是她誰都不需要。……雖然說工作上也需要同事，但之所以

需要他們，也僅僅是為了一塊兒做事，捨此無
他。既不需要拯救靈魂的交談，也不需要讚謗，
更不需要訴苦。（Маринина，2006e：59）

在家庭關係上，瑪莉尼娜並不特別強調，但是仍
然可以看出夫妻之間在性別關係方面的特徵；她將家
庭的性別關係從縱向主軸（上下扈從觀係）轉為橫向
關係（工作的夥伴關係）的模式。丈夫對卡緬絲卡婭
而言是一個親密的愛人，而不是主人（господин）；
他是一個朋友、對話者和伙伴（Трофимова，2002：
<online>）。她所愛的人（或選擇的人）必須了解她，
雙方相互尊重，總會把工作放在第一順位。卡緬絲卡
婭的劇情角色可以說把俄國女性長期以來與男性之間
的緊張關係解放了出來。傳統的俄羅斯女人，尤其是
已婚婦女，哪裡能夠擁有屬於自己個人的身體與心靈
空間、可以依照自己的心願做家務、隨自己的意願與
丈夫相處（包括性方面的需求）、並可以專注於自己
的工作。瑪莉尼娜利用了小說劇情引導著俄羅斯的新
時代婦女解放了！

西方女性主義的偵探小說多半會在故事中指出：
女性在「男性家長制度」扈從下的社會是如何地受到
種種威脅，常常以凶殺案劇情中的凶手與女性犧牲者
的迫害關係，來暗示現實社會男女地位的不平等。而
瑪莉尼娜的小說劇情常藉女主角揪出兇手來證明女人
其實有能力反抗男性的壓迫，例如《沉默的羔羊》（*The
Silence of the Lambs*）中的 Claire Starlings。其次，
瑪莉尼娜在小說中也會暗示女性在現實社會中常會受
到種種傷害，而且拿槍作為殺人武器的也總是男人。

然而，與西方女性主義偵探小說不同之處在於，瑪莉尼娜小說中的謀殺者也並非全是男性，而真正的壞蛋多半是失去人性或受到生存環境的影響，犯行事實上與性別無關。例如《在別人的土地上遊戲》（*Игра на чужом поле*）劇情中的元兇是一個殘障的老太婆，她是一位鋼琴老師，她只教有天份的學生，而且不向他們收費。然而，這位看似善心的老太婆卻會因為需要用錢而與一個電影製片人合謀犯下罪行。在瑪莉尼娜的小說中，犯罪的動機經常是複雜的，許多問題直接影射了前蘇聯的統治對俄國人民造成的壞影響，並反映了後蘇時代政治與經濟體系遭致的破壞與犯罪問題，某種程度也可以說傳承了俄國文學傳統以來的社會性。

在性別議題上，瑪莉尼娜一系列的偵探小說與西方女性的偵探小說還是有相當的差異；其不同之處在於它不會特別強調同儕之間男女性別的對立，而其它許多女性主義的偵探小說，劇情中常會特別強調這一點，特別會描述女偵探如何不斷努力去獲得男性同儕的認同（Nepomnyashchy，2005：173）。在這個主題上，卡緬絲卡婭除了靠自己的努力，也可以說她在這方面比較幸運；她跟周遭的男性親友與同儕的關係都很好，甚至比她與女性友人的關係更好，這其中包括她的繼父、沒有血緣關係的哥哥亞歷山大（Александр），丈夫阿列克·契思賈科夫（Олег Чистяков），另外還有上司戈捷耶夫（Виктор Алексеевич Гордеев），男性同事卡洛特柯夫（Юра Коротков）、杜湾科（Миша Доценко）等都跟她相處得很好，而且總是適時地給予相互援助。一般人都會

認為卡緬絲卡婭太幸運了，週遭隨時都有男性的庇護，
然而，讀者們也可以從一系列的小說中發現瑪莉尼娜
在建構自我意識上的努力，是另一種屬於女性的聲音
──「我要長大」，我要走出一直受男性保護的領域。

　　瑪莉尼娜在關於「小孩子─娜斯佳」（Настя-
ребёнок）這個主題中曾具體描述女性在一生成長過程
中追尋自我意識的連續性。這是在卡緬絲卡婭還未長
大時，她的繼父就對她說，「本質上妳就是個小孩子」
（Маринина，2006d：91），而繼父經常稱她為「小
孩娜斯佳」。接著在《安魂曲》（Реквием）這篇小
說裡，娜斯佳自己就開始深思著如何讓自己在工作上
感覺像個一年級生。除了自己的自我勉勵，卡緬絲卡
婭也提及她兩位同事的提醒：「卡洛勃克（Колобок）
常常跟我說，該變成一個大女孩了，而且伊凡（Иван）
今天又跟我說了一次。」（Маринина，2005a：307）。
這個時期的卡緬絲卡婭，也就是小孩時其的娜斯佳，
欣然接受了男性親友將她視為小孩子的態度。但是，
之後這種「受保護」的認知卻漸漸地在她的自我意識
中崩解。

　　瑪莉尼娜在《未上鎖的門》（Незапертая
дверь）這本書中提到，卡緬絲卡婭曾這樣想著：

> 我已經四十一歲了，為什麼我還像年幼的小女
> 孩一樣害怕一切？害怕長官們，害怕父母，甚
> 至連路上的人也讓我害怕。害怕在我周圍有誰
> 會欺凌我、侮辱我，對我蠻橫無理？到底該有
> 多少人多少事情可以讓我害怕？（Маринина，
> 2006b：85）

的確，週遭的男性教導者（包括她的繼父、長官等）為她建立了這種保護領域，以至於「小孩子娜斯佳」可以隨性地成為「卡緬絲卡婭女探員」或者「這樣的女人」。但是，當這個保護傘被拿開之後，她可能還是會在潛意識中感受父權社會下的迫害，而缺乏安全感。

瑪莉尼娜接著在《男人的遊戲》（*Мужские игры*）與《我死於昨日》（*Я умер вчера*）的小說裡有這樣的描述：當娜斯佳與這些人開始有緊張關係時，這種結構就開始崩解；娜斯佳不再是社會性別中一般規則的例外，她也像一般女人一樣害怕，害怕這些既有的保護離她而去。例如在《我死於昨日》小說中，娜斯佳與先生阿列克關係一度變為冷淡，她非常坦白地和讀者分享她的恐懼，擔心自己是不是不適合結婚，擔心丈夫離他而去。另外在《第七個犧牲者》（*Седьмая жертва*）裡，瑪莉尼娜作為女性觀察者更為敏感地審視父權制度的潛在影響力；當卡緬絲卡婭發現她也是父權制度下的受害者角色時，貫穿了整本小說都可以感受到她所體驗的恐懼與驚嚇。瑪莉尼娜雖然如同其他女性主義偵探小說作家一樣，批評俄國社會刻版的父權制，但是她在心理層面上對現有的規範又表現出某種程度的妥協。

女性要想完全離開有關女人的本質和命運顯然有相當的困難，但是透過自我的努力應該可以從「負面轉成正面，而用正面色彩的關係來代替負面色彩的問題」（Маринина，2003：200）。也就是說，在接受一切現實之餘，說服自己相信所做的一切決定與抉擇是

獨特而有責任的。由此來看，瑪莉尼娜並沒有真正解
決女性主義者的問題，她也沒有提出答案，似乎只是
將性別問題先鎖了起來（Савкина，2005：<online>），
讓自我繞過問題尋求另一種解放。

## 四、結論

瑪莉尼娜所激起的女性偵探小說的熱潮可以說歸
功於時代與社會環境的變遷。這種新俄羅斯通俗化的
女性偵探小說代表了當代俄羅斯社會新思潮的一面鏡
子，反映了大部分女性讀者的心理、思想與行為取向。
顯然地，這種大眾文學的情節、角色、形式與意義主
要是借用了日常生活的元素，掌握了多數人的思維、
願望與幻想，並用通俗的語言與形式來接近讀者，解
放了大眾的閱讀慾望。另外，出版事業也借用傳媒來
了解讀者的反應，以及作品受歡迎的程度，以便調整
作者的寫作方向，進而透過市場訊息建立讀者、出版
商、作者三者之間的緊密連結。

從另一個角度來看，瑪莉尼娜的女性偵探小說代
表的是當代後現代社會的麥當勞速食文化；人們會帶
著嚐試的心理，滿足好奇心與某些社會心理方面的訴
求。然而，從另一個角度來觀察，由於沒有提供更深
層的內涵，這些作品能夠非常快速地登上文壇，但發
燒過後，熱情減退後，它們往往也將迅速地退出文壇，
由別的消費文化、流行文化、文學體裁所取代。

# 本章參考文獻

中文：

1.　王寧。《全球化與文化研究》。台北：揚智文化，2003。
2.　鄭明娳。《通俗文學》。台北：揚智文化，1993。
3.　孫超。〈俄羅斯大眾文學評議〉。《求是學刊》，34.5（2007）：117－124。
4.　劉亞丁。〈「轟動性」──俄羅斯文學的新標準──俄羅斯新潮文學蠡測〉。《俄羅斯文壇》，3（2002）：33－35。

英文：

5.　Nepomnyashchy, Catherine Kristofovich. "Markets, Mirrors, and Mayhem: Aleksandra Marilina and the Rise of the New Russian of Detektiv." *Consuming Russia: popular culture, sex, and society since Gorbachev.* Ed.Barker, Adele Marie. Durham: Duke University Press, 2005.

俄文：

6.　Лотман, Ю. *О русской литературе.* Санкт-Петербург: «Искусство—СПБ», 1997.
7.　Маринина, А. *Игра на чужом поле.* Москва: Эксмо, 2002.

8. _____. *Закон трёх отрицаний*. Москва: Эксмо, 2003.

9. _____. *Реквием*. Москва: Эксмо, 2005a.

10. _____. *Стечение обстоятельств*. Москва: Эксмо, 2005b.

11. _____. *Мужские игры*. Москва: Эксмо, 2006a.

12. _____. *Незапертая дверь*. Москва: Эксмо, 2006b.

13. _____. *Седьмая жёртва*. Москва: Эксмо, 2006c.

14. _____. *Украденный сон*. Москва: Эксмо, 2006d.

15. _____. *Я умер вчера*. Москва: Эксмо, 2006e.

16. Чернец, Л. ред. *Введение в литературоведение*. Москва: Высшая школа，2004.

網絡資料：

17. Иванова, Наталья. "Почему Россия выбрала Путина: Александра Маринина в контексте современной не только литературной ситуации." *Знамя*. 2（2002）：198－206. http://magazines.russ.ru/znamia/2002/2/iv.html （2008.05.05）

18. Обухова, Ольга. "От перевода к оригиналу （к вопросу о массовой литературе）" *Academic Electronic. Journal in Slavic Studies University of Toronto.* 10（2004）. http://www.utoronto.ca/tsq/10/obukhova10.shtml （2008.05.05）

19. Савкина, Ирина. "История Аси Каменской, которая хотела, да не смогла... （национальные особенности русского феминизма в детективах А. Марининой）." *Гендерные исследования.* 13 （2005）：183－156. http://gender-ehu.org/files/File/Savkina.pdf （2008.05.05）

20. Трофимова, Е. "Феномен детективных романов Александры Марининой в культуре современной России." *Творчество Александры Марининой как отражение современной российской ментальности.* Сборник статей. Под ред. Е. И. Трофимовой. М.: ИНИОН РАН, 2002：19－35. *Женский дискурс в литературном процессе России конца 20 века.* http://www.a-z.ru/women_cd1/html/trofimova_c.htm （2008.05.05）

# 第八章

# 聆觀世人的心聲與風塵：
# 阿列克希耶維琪的口述紀實文學

傳統以來，口頭和書寫的敘事各有其視角與特性的差異。在一個真實世界的歷史中，書寫和口述分別從大敘事與小敘事的途徑對事件的探索各佔有其重要的地位。

口述紀實文學是 20 世紀後半葉登上世界文壇的一種新的文學體裁。其文體特性在於作者對事實的表述不同於傳統的方式：作者放棄了講述的主體身份及其對事件的主要話語權。口述紀實文學的作者把本身為敘事者身份轉換成受話人（聽眾），將話語權交給受話人，但作者仍在對話的過程中維持了自己作為最後文本的主導地位，由作者選擇事件本身的主要相關者，以及對事件的描述邏輯。

一般而言，作者所選擇的他／她們雖然是不被社會重視的「小人物」，但卻是相關事件的直接觀察者或感受者。作者選擇由他/她們擔任主要的敘事者，任其眾生喧嘩，進而開放了「作者／敘事者／讀者」對故事或事件的對話空間，也擴大了對事件的觀察視角和視野，以此完成文學著作的文本建構，也讓敘事更接近於真相。

　　本章就是從口述紀實文學的話語表達切入，呈現其特色，並選擇 2015 年諾貝爾文學獎得主白俄羅斯的女作家斯薇特蘭娜‧阿列克希耶維琪（Svetlana A. Alexievich，Светлана А. Алексиевич，1948－）的三部關於戰爭事件的作品：《戰爭的面孔不是女性的》（*The Unwomanly Face of War*，*У войны не женское лицо*，1985）、《最後的證人》（*The Last Witnesses: the Book of Unchildlike Stories*，*Последние свидетели*，1985，2004）、以及《鋅皮娃娃兵》（*The Boys of Zinc*，*Цинковые мальчики*，1991），作為主要的論述內容，進一步運用作者的創作特色，呈現出超出傳統上男性對戰爭的話語權，探尋女性視角下的戰爭面孔。

　　毫無疑義，口述或書寫都是運用共識的符號系統（語言或文字），以呈現客觀現象、歷史事件及主觀的情感和認知，所以，口述和書寫皆能產生出文學的作品。但是，在普遍的觀念裡，文學總是書寫出來的，口述最多只能扮演輔助的功能或角色；或者存在著刻板的印象，認為文字書寫的話語優於口述的表達。事實上，口述表達的形態在最早的歷史中佔有非常重要的地位，中國的孔子說：「吾述而不作」，其《論語》就是典型的例子，另外如希臘詩人荷馬（Homer）（約前 9 世紀－前 8 世紀）的史詩《伊利亞特》（*Iliad*）和《奧德賽》（*Odyssey*）、印度釋迦摩尼佛在世的說法、耶穌的《聖經》……等，也都是口述型態的重要經典作品。

　　概括來說，口述著作在中國的歷史上呈現出以下幾個值得注意的價值：（1）口述是一種非常重要的文獻紀錄並具有社會記憶的功能，無法完全為文字所取代；例如：各國民族的民歌、傳說故事或宗教中經文的闡釋與傳承，這些途徑創造了最原始的口述著作。（2）口述可以讓所有的事件相關者暢所欲言，比文字具有「百家爭鳴」的特性，透過這種方式可以建構出一個敘事、理解、詮釋、辯論的多元空間。（3）口述在觀點或認知的表述上具有表演性、圓滑性、現場性、交流性、感召力和共鳴性，可以為「雄辯」提供一個臨場的平台形式。這一種形式也同時提供了西方知識體系在「邏輯」與「辯術」之間形成密不可分的連接。[1]

---

[1] 彭兆榮，〈口述傳統與文學敘事〉，貴州大學學報，第 28 卷，第 4 期，2010：7，頁 100－107。

　　然而，在人類文明的進程中，隨著印刷術的發明與應用，強化了記憶符號化及意思固定化的功能，文字在表述方式上成為優於語言表述的一種特權符號。漸漸地，在人類文明演進的歷史敘述也將能夠運用文字表述的民族視為「高級」、「進化」、「文明」的民族；而把沒有運用文字表述的民族看成是「低級」、「原始」、「蒙昧」、「野蠻」的民族。換句話說，文字書寫已不再只是一種簡單符號和表述方式，它已成為區別一個民族、族群、性別等高低優劣的途徑。吾人稱這種運用文字表述以記錄人類行為及整體社會現象的生活方式和生存型態為「書寫文化」。

　　如果再進一步探索，吾人也會發現「書寫文化」的背後更包含了影響他人認知、思想和行為的話語權，尤其在當代民族/國家的全球性表述語境下，若與傳媒做有效的結合後，往往使得民族／國家的影響力超越了傳統的邊界範疇而具有全球性的價值，使之成為一個典型現代社會的「想像共同體」[2]（imagined communities）；它便是民族主義生成的主要來源。更甚之，書寫文化在現代語境下，大大助長了「民族」／「國家」政治權力的實現。另外，文字的話語權帶

---

[2] 安德森在其著作《想像的共同體：民族主義的起源與散布》（imagined communities）書中，勾勒出民族國家形成的條件：1.假定前提為：民族屬性（nation-ness）是我們這個時代的政治生活中最有普遍合法性的價值；2.先決的條件為：在製造出這一個歷史價值的原初性行為中，文字起了無法取代的作用；3.它的社會價值被廣泛接受的理由之一為：當文字的書寫與敘事功能一方面滿足了寫作上的特殊需求，同時它又具備現代傳媒技術使用上的廣泛特性，文字便參與了「想像共同體」的神話製造和傳播。Benedict Anderson 著，吳叡人譯，《想像的共同體：民族主義的起源與散布》，台北：時報出版，1999。

有明顯的階級劃分色彩，亦即不同的階級決定了表述
方式的差別。當文字書寫成為官方和傳媒的權力象徵
或資本符號時，傳統的口述方式也就降為次級的從屬
地位。

　　然而，隨著電子時代的來臨，人類的關係網絡多
元複雜且變化快速，在環境的衝擊下，歷史事件及社
會現象呈現出界面擴張性、結構浮動性、意義模糊性
及多元性。凡此種種促成了上世紀末後現代社會、後
殖民主義、後結構主義、女性主義等的興起以及在學
術領域多角度的反思。因而，對於歷史的多元敘述有
了更多的討論，致使學術界重新思索「口述」與「書
寫」的表述方式。引用馬克斯的觀點，科技（生產方
式）決定體制（社會經濟結構、政治結構）；電子科
技的廣泛運用及全球化的效應促使「口述」的表述方
式比「書寫」的表述方式更能迎合當代歷史事件及社
會現象的快速變遷。

　　本論文擬從口述紀實文學的話語表達特色切入，
並選擇白俄羅斯女作家斯薇特蘭娜‧阿列克希耶維琪
（Svetlana A. Alexievich，Светлана А. Алексиевич，
1948--）的三部戰爭作品：《戰爭的面孔不是女性的》
（*The Unwomanly Face of War*，*У войны не женское
лицо*，1985）、《最後的證人》（*The Last Witnesses:
the Book of Unchildlike Stories*，*Последние свидетели*，
1985，2004）、以及《鋅皮娃娃兵》（*The Boys of Zinc*，
*Цинковые мальчики*，1991），作為論述的內容，進一
步運用作者的創作特色，呈現出女性視角下的戰爭面
孔。

# 一、口述紀實文學的特性

　　口述紀實文學是二十世紀出現於世界文壇的一種文學體裁。若將其與其他文學體裁相比，它最突顯的特點在於作者放棄了敘述的話語權力，將自己置身於受話者和記錄者的地位，讓讀者能有多角度的思考與認知空間。更具體一點來說，它的文體特性不同於傳統的方式；作者放棄了講述的主體身份及其對事件主觀認知的話語權，把自己轉換成受話人（聽眾），但又在對話的過程中維持了自己作為最後文本的主導地位。作者選擇了事件本身的主要相關者為敘事的主角，一般而言，他／她們雖然都是不被社會重視的「小人物」，作者卻由他／她們擔任主要的敘事者，任其眾生喧嘩，進而開啟了作者／敘事者／讀者三者之間對故事或事件的對話空間，以建構其著作的文本內容。

　　口述紀實文學約出現在二十世紀 60 年代中期，它與電子技術的日益發達有密切的關係，錄音電子器材的廣泛運用更提供了口述紀實文學便利的途徑來進行創作。1970 年美國作家勞倫斯·桑德斯（Lawrence Sanders，1920－1998）出版了《安德生錄音帶》（*The Anderson Tapes*），是典型口述紀實的文學著作；另外，斯特茲·特克爾（Studs Terkel，1912－2008）的《區街－美國都市采風錄》（*Division Street: America*，1967）也屬於同一類的作品，該作品採訪了 70 位不同性別、年齡、職業的市民，集結其口述紀實而完成；後來在 1974 年，他又出版《美國人談美國》（*Working: People Talk about What They Do All Day and How They Feel*

*about What They Do*）；接著於 1983 年，在 300 人的
錄音採訪基礎上，整理出 100 人的口述故事，集結成
《美國尋夢》（*American Dreams: Lost and Found*）一
書，而這部作品也成了口述紀實文學的代表作品。

　　至於其他各國的口述紀實文學作品，主要有 1982
年諾貝爾文學獎得主，哥倫比亞作家加夫列爾・賈西
亞・馬奎斯（Gabriel Jose dela Concordia Garcia
Marques，1970）早期的作品──《一個船難水手的故
事》（*The Story of a Shipwrecked Sailor*，1970）；該作
品記述一位海軍士兵不慎落海求生的過程，當中詳細
描述他在海上漂流 10 天後終於登陸獲救的真實故事。
另外還有德國女作家瑪克西・萬德爾的《早安，美女》，
以及中國著名作家馮驥才的《一百個人的十年》，該
作品講述文革時期各受難者的真實故事。

　　儘管口述紀實文學的文體尚未發展成熟，但是它
確實具備了一些傳統文學所不及的特性，以下將做出
進一步的說明。

## （一）作者在文本中的存在與缺席

　　口述紀實文學最突出的特點在於作者在文本中所
扮演的角色。作者讓出了講述的發言權，退而作為中
立者，將自己隱身於文本之後，但是又巧妙地在文本
的結構中保有作者的地位。

　　蘇格拉底（Socrates，西元前 469－西元前 399）
曾經將敘事作品中的人物話語分成「摹仿」和「講述」
兩種方式。「摹仿」就是直接展示人物話語，「講述」
則是作者用自己的言語來轉述他人的話語。1973 年，

英國評論家佩奇（Norman Page，1935－）在《英國小說中的話語》（*Speech in the English Novel*）一書中，將小說中人物話語的表達方式進行了更細緻的分類。其中「直接自由引語」（Free Direct Speech）就是直接記錄相關人物的話語，並且不加入引號也不插入引述句。口述紀實文學中的話語就是採取這種方式，幾乎全是引用相關人物的直接話語，而非作者話語，比較接近佩奇所說的「直接自由引語」。不管如何表述，小說中的「直接自由引語」終究還是作者代擬的，代表了作者的意圖；然而，口述紀實文學則是採取了真正受訪者的話語，最直接、且最不受敘述干預的話語；簡言之，作者已經將自己放置於敘事話語之外。

　　一般而言，文學的敘事通常都是由作者扮演著講述者的角色，無論是講述自己的所見所聞，或是運用虛構人物來講述事件，或是投入事件情境參與其中，甚或是將自己隱身於事件之後，講述者終歸都是作者。作者也因此可藉此建立穩固的話語霸權，引導讀者的認知和觀點。然而在口述紀實文學中，作者處於受話者（receiver，listener）的地位，換句話說，作者已經不再是唯一的作者，他同時也是講述者的第一聽眾；他不再直接對人、事、物作判斷或評論，也不再只顯示自己的價值觀。然而，作者並非放棄自己的地位，文本的總體構思終究還是掌握於作者本身；他雖然放棄講述者的地位，並不意味著他放棄了選擇與刪節的權力，因此，在口述紀實文學中，作者好像是缺席的，其實他始終在場，否則作品如何產出？

## （二）以小人物為主角，並採取多面向、多途徑的集結式結構

　　大多數的口述紀實文學作品概都以「小人物」作為主角，是以普羅大眾的世俗生活為主。作者基本上在面對所有人的是是非非時，只做實地的記錄，盡量讓事件的真相呈現出來，而不會隨意妄加判斷或褒貶；作者主要是將描述事件的話語權保留給事件的相關者，而把解讀權交給讀者。就在許多小人物的表述中，任其眾聲喧嘩；如此一來，在保留了完整的「第一手文獻」紀錄的特色下，事件常常表現出既矛盾又統一，既傳統又現代的面貌。顯然，口述紀實文學的特色就是從眾多小人物的言說中，往往超越了傳統的表述，讓作者和讀者看到了事件的真實性，或是展示了當代的標本與足跡。

　　然而，不管怎麼說，小人物畢竟比較缺乏專業和知識，難免「人微言輕」，因此，常會出現失衡的現象，需由作者來調和。一般而言，大部分的口述紀實文學都不約而同地採用了獨特的結構形式——整合多元觀點的集結式結構，亦即整理多數人的訪問稿內容而完成。相對來看，若將一篇篇的個人訪問從整部作品中抽離出來，就會顯得意思單薄，不具有代表性與說服力。但是，一旦將它們融入整體，組織起來，每個單篇作品也會超越原有的局限，從整體中獲得新的生命，成為一個有機的完整結構；這也就是口述紀實文學奧妙的地方。當然，為了使結構不分散，每部作品一定會環繞一個中心的話題發展，結構上就會呈現

出一種圖像——既向中心集中又如輻射般的往外放射。

## （三）話語方式是採取個體的直接對應方式

　　一般的文學敘事，受話者即是讀者，是一個不確定的群體。因此，可以確定的是一種個體（講述者）對群體（讀者）的單向對應話語。而口述紀實文學的講述者是受訪者，受訪人先是以被採訪者的身份出現，某種程度上扮演著作者的角色，其次才是受話者（讀者及作者）對事件的認知，而這個事件的認知也是直接從受訪者的表述而來，透過了作者的整理，也就形成了受訪者與讀者之間的直接對應關係。如此一來，在受訪者、作者與讀者之間就形成了一種直接而明確的個體對應關係，也因此產生了只有在這種對應關係中才存在的話語；這種話語的特色是真實、坦率、鮮活。

　　由於受到複雜社會關係和其他種種因素的限制，人在現實生活中的話語常常會加以偽裝，甚至於個人的自傳作品常常也是經過美化，也不能盡信，往往最後呈現出來的是別人的他傳。因此，只有面對不在一個生存空間，無利害關係的陌生人時，才可能講真實話。口述紀實文學中的採訪者與受訪者都是素不相識的陌生人，一般也不太會繼續交往，彼此之間比較沒有什麼直接的利害關係；因此，其間的個體對應話語成了最能坦露心扉、最真實的話語。

　　在瞭解了口述紀實文學的特性之後，接下來本文將以白俄羅斯女作家斯薇特蘭娜‧阿列克希耶維琪的

戰爭口述紀實文學作品為例，來探討作者的創作特色
及其作品的價值。

## 二、阿列克希耶維琪的創作特色

斯薇特蘭納‧阿列克希耶維琪於 1948 年出生在烏
克蘭斯坦利斯拉夫城（Станислав）。父親為白俄羅斯
人，母親為烏克蘭人；後來舉家遷往白俄羅斯。她畢
業於國立白俄羅斯大學新聞系，前後在報社與雜誌社
工作。自 2000 年起曾先後移居義大利、法國、德國等
地。她的主要文學作品有五部：《戰爭的面孔不是女
性的》（*The Unwomanly Face of War, У войны не
женское лицо*，1985）、《最後的證人》（*The Last
Witnesses: the Book of Unchildlike Stories, Последние
свидетели*，1985，2004）、《鋅皮娃之兵》（*The Boys
of Zinc, Цинковые мальчики*，1991）、《被死神迷住的
人》（*Enchanted with Death, Зачарованные смертью*，
1993，1994）、《車諾比的祈禱》（*Voices from Chernobyl:
The Oral History of a Nuclear Disaster, Чернобыльская
молитва*，1990，1997）。

阿列克希耶維琪在文壇初露頭角的作品是《戰爭
的面孔不是女性的》。這部作品在 1984 年 2 月被刊載
於蘇聯時代重要文學刊物《十月》（Октябрь，October），
主要內容陳述 500 個蘇聯女兵參與衛國戰爭的血淚故
事。作品問世後，評論界與讀者一致讚譽有加，認為
該書作者從另一種新的角度展現了這場偉大而艱苦的
戰爭。大家都難以置信，一位名不見經傳的白俄羅斯

女作家，一位沒有參加過戰爭的女性，竟然能寫出男性作家無法感受到的層面。她用女性獨特的心靈觸動揭示了戰爭的真實面，超越了一般對戰爭的刻板印象，陳述了戰爭本質的殘酷。

　　阿列克希耶維琪用了 4 年的時間，跑了 200 多個城鎮與農村，用錄音機採訪了數百名參與這場衛國戰爭的婦女，記錄了她們的談話。根據作者的敘述，戰爭中的蘇聯婦女和男人一樣，冒著槍林彈雨，衝鋒陷陣，爬冰臥雪，有時還需要背負比自己重一倍的傷員。戰爭結束後，許多婦女由於歷經戰爭的洗禮，改變了自己作為女性的天性，個性變得嚴峻與殘酷（高莽，2000：40）。

　　在這本書中，最令人驚異的就是首次由女人們直接陳述了男人無法描述的戰爭，進行著受訪者與讀者之間的直接對應話語。以下就是一段由女性角色出發而描述的一場我們所不知道的戰爭。

> 男人喜歡談功勳、前線的佈局、行動與軍事長官等事物；而女人敘述了戰爭的另一種面貌：第一次殺人的恐怖，或者戰鬥後走在躺滿死屍的田野上，這些屍體像豆子一樣撒落滿地。他們都好年輕：有德國人和我們俄國士兵。[3]

---

[3] С.А. Алексиевич, *В поисках вечного человека*, http://alexievich.info/ （2012-10-09）
Мужчины говорили о подвигах, о движении фронтов и военачальниках, а женщины говорили о другом – как страшно первый раз убить…или идти после боя по полю, где лежат убитые. Они лежат рассыпанные, как картошка. Все молодые, и жалко всех – и немцев, и своих русских солдат.

阿列克希耶維琪也是從女性的視角進一步寫道：

> 戰爭結束後，女人面臨一場戰鬥，她們將戰時的記錄與傷殘證明藏了起來，因為必須再學會微笑，穿上高跟鞋、嫁人……而男人則忘了自己的戰友，背叛了他們，他們從戰友處偷走了勝利，而不是分享……。[4]

這本書出版後，阿列克希耶維琪於 1986 年與其另一部著作《最後的證人》獲頒列寧青年獎章。

　《最後的證人》基本上也是從另一層次的視角描述對戰爭的感受；它是透過 7 歲到 12 歲孩子的眼睛觀察成人的戰爭和戰爭給家庭與人們造成的不幸。這部作品和《戰爭的面孔不是女性的》一樣，它不是訪談錄，也不是證言集，而是集合了 100 個人回憶發生在他們童年時代的那場戰爭。主角不是政治家、不是士兵、不是哲學家，而是兒童。在書中匯集了孩子們的聲音；他／她們在童稚純真的年齡如何面對親人的死亡和生存的鬥爭；在親眼目睹戰爭的殘酷與非理性時，又是如何的感受。書中也描述了大規模的戰爭場面，當中許多人表示，從目睹法西斯分子殘忍大屠殺的那一刻起，他們就已經不再是孩子了。他們拋棄了孩子的童真，不自覺地學會了殺人。

---

[4] Там же.
После войны у женщин была еще одна война. Они прятали свои военные книжки, свои справки о ранениях – потому что надо было снова научиться улыбаться, ходить на высоких каблуках и выходить замуж. А мужчины забыли о своих боевых подругах, предали их. Украли у них Победу. Не разделили.

……戰爭很長時間以來，一直有一個相同的夢
折磨著我，我經常夢見那麼被我打死的德國
人…他一直跟著我不放，一直跟著我幾十年，
不久前他才消失。當我目睹了在他們機關槍掃
射下，我的爺爺和奶奶中彈而死；他們用槍托
猛擊我媽媽的頭部，她黑色的頭髮變成了紅色，
眼看著她死去時，我打死了這個德國人。因為
我搶先用了槍，他的槍掉在地上。不，我從來
就不曾是個孩子。我不記得自己是個孩子……。
5

　作者另一部關於戰爭的紀實作品——《鋅皮娃之
兵》，不再是描述蘇聯人民衛國戰爭的偉大作品，反
而是敘述從 1979 年 12 月蘇聯入侵阿富汗起到 1989
年 2 月撤軍歷經 10 年的戰爭故事；這部作品的表述
大異於之前的作品，保衛國家的士兵反而成為殺人者，
變成破壞別人家園的罪犯。本作品將在下節詳加討論。

---

5 С.А. Алексиевич, *Последние свидетели*,
http://lib.ru/NEWPROZA/ALEKSIEWICH/swideteli.txt （2012-
10-15）
После войны меня долго мучил один и тот же сон... Сон о
первом убитом немце... Которого я сам убил, ... Один и тот же
сон... Он преследовал меня десятки лет. И только недавно
исчез... Когда я убил этого немца... Я уже видел, как
застрелили моего деда на улице, а бабушку у нашего колодца...
На моих глазах маму били прикладом по голове... Когда она
умирала, волосы у нее были красные, а не черные... Но когда я
стрелял в этого немца, я не успел об этом подумать. Он был
раненый... Но он не успевает первым выстрелить, успеваю я...
И, видимо, попал, потому что пистолет у него выпал из рук...
Нет, ребенком я не был. Не помню себя ребенком.

　　除了上述三部戰爭題材的口述紀實文學作品外，
阿列克希耶維琪的另外兩部作品表述的是人類所面對
的災難：《被死亡迷住的人》寫的是政治災難；《車
諾比的祈禱》寫的是生態的災難。

　　《車諾比的祈禱》的寫作風格仍然承襲了戰爭主
題的寫作方式，透過眾人口述錄音資料整理而成。作
品中沒有主要的情節故事，也沒有特別鮮明的人物性
格，而是紀錄了一群普通人物的悲痛。這部作品主要
是以 1986 年 4 月 26 日車諾比核電廠發生嚴重爆炸的
核洩漏事故為背景，呈現各階層人物對巨大災難的感
受；該事故造成了蘇聯人生命與財產的巨大損失，並
震驚了全世界。車諾比核電廠雖然位處烏克蘭境內，
可是由於氣流、風向、地形等因素，受害最嚴重的地
區反而是相毗鄰的白俄羅斯；此次災難所造成的災害
實在難以估計。於是，阿列克希耶維琪在得知此種悲
慘的情境下，再次投入蒐集傷亡文獻的創作，著手書
寫另一部口述紀實文學作品。與過去不同的特點，在
於此次的主題由戰爭轉向了人與科技發展、人與自然
關係的哲學思考。

　　歷經了三年的時間，阿列克希耶維琪走訪了經歷
過那場災禍不同階層與職業的人。這部作品深刻描述
了人在遭逢命運的劇變時，生命與生活所發生的變化，
以及如何在轉折中因應。對於事件的受害者而言，事
故發生的前後可以說是分隔於兩個世界；對他／她們
來說，時間橫跨了過去、現在以及未來，命運更是一
個未知數。作者為自己的作品加上了一個副標題——
未來的紀事；它就是隱喻著事件並沒有結束，而是仍

在持續地進行著，也在告知世人，災害後遺症的不可預測。

　　這部作品除了報導了核災變，同時也描述它對環境及對人的生命所產生的致命打擊外，更在眾人的採訪中暴露了蘇聯政治、科技、社會、意識型態、官僚體系等方面存在的嚴重問題。車諾比核災純粹是人禍，人民是無辜的，而有罪的是顢頇無能的政府。這個事故同時也引發了各種觀點的衝突，加劇了許多人對蘇聯政權信念的崩解。這部作品在歐洲極受重視，1998年德國授予這部著作「最佳政治書」的獎項，也使得作者在國際文壇的聲譽日益高漲。

　　整體而言，在主題方面，阿列克希耶維琪的紀實文學突破了傳統的戰爭文學視角。與擅長描寫戰爭題材的男性作家西蒙諾夫（К.М. Симонов，1915－1979）、邦達列夫（Ю.В. Бондарев，1924－）、貝科夫（В.В. Быков，1924－2003）等人相較起來，她既沒有表現戰爭的悲壯宏大場面，也沒有刻意塑造英雄形象和歌頌衛國的英雄主人，更沒有以戰爭作為考驗人民是否忠誠的試金石。阿列克希耶維琪所關注的是對戰爭本身意義及生命價值的思考。作者力圖粉碎戰爭的神話，希望能喚起參戰民族的自我反省意識；透過對作品的認識，讀者更能深刻體會到，她是一位徹底反戰的作家。

　　就敘事的風格而言，阿列克希耶維琪的口述紀實文學是透過訪談資料的整理；其作品是由被採訪者的眾人聲音所構成的合唱曲。其中有詠嘆曲調，有宣敘曲調，也有清唱獨白。而作家既是沉默的聆聽者，也

是統籌調度眾聲的協調者。從眾人的記憶中拼貼出時
代的悲劇並喚起大眾對生命與人性尊嚴的重視。

# 三、《鋅皮娃娃兵》中的戰爭面孔

如同上節所述，阿列克希耶維琪的《鋅皮娃娃兵》
雖然也是一部描寫戰爭的作品，然而，卻不是蘇聯士
兵光榮保衛國家的戰爭紀錄，而是入侵別人國土的殺
人者，是戰爭的加害者。她在這一部作品中寫出了蘇
聯軍隊的內幕，上下官兵對這次戰爭的心態和他們在
阿富汗境內做出令人髮指的行徑。

這部作品是由數十位與入侵阿富汗有關人員的陳
述所組成的。蘇聯軍隊於 1979 年 12 月入侵阿富汗，
1989 年 2 月撤軍，戰爭歷時 10 年，時間比蘇聯衛國
戰爭多出一倍，死亡人數不下萬人，而且主要的士兵
是一群年僅 20 歲左右的青年，即稚嫩的娃娃兵。也就
是說他們將十年的青春葬送在一場莫名其妙的戰場廝
殺中。

《鋅皮娃娃兵》中除了描述參戰的士兵、軍官、
政治領導員外，還有等待兒子或丈夫歸來的母親與妻
子等人含著血淚的回憶。作品中幾乎沒有作者任何的
表述，但是透過戰爭中的人對其潛在思維與意識的表
述，讓人有更深一層的感受。從這部作品開始，阿列
克希耶維琪對於生命有更高更深的看法，也讓她的作
品有了新的發展方向：她企圖更深入地探討人類生命
的意義，揭露人間的悲劇與人內心的觸動。她宣稱自
己是以女性的視角在探討戰爭中人的情感歷程，而非

戰爭本身。她毫不遮掩、也不諉飾訪談者的錄音紀錄，
試著針對事件探索一種真實。然而，除了真實外，不
管怎麼說，人們都可以感受到作者的反戰意態。很清
楚地，阿列克希耶維琪反對殺人，反對戰爭（無論何
種戰爭）；她企圖告訴大家戰爭就是殺人，軍人就是
殺人的工具。她指出：「戰爭是一種將人帶進他的情
感邊緣的極端場景，作家就是在創造或再創造這種特
殊環境下的人的情感世界」（陳新宇，2009：203）。

　　在《鋅皮娃娃兵》的作品裡，阿列克希耶維琪對
阿富汗戰爭進行了深刻的反思，還原了士兵在戰場上
的真實面目，例如一位普通士兵回憶在戰場上殘忍地
殺死阿富汗孩子的瘋狂心理與回國後的矛盾反思：

> 對於打仗的人來說，死亡已沒有什麼祕密了。
> 只要隨隨便便扣一下板機就能殺人。我們接受
> 的教育是：誰第一個開槍，誰就能活下來。戰
> 爭的法則就是如此。指揮官說：「你們在這裡
> 要學會兩件事，一是走得快，二是射得準。至
> 於思考嘛，由我來承擔。」讓我們往那裡射擊，
> 我們就往那裡射。我就學會了聽從命令射擊。
> 射擊時，一個人也不可憐。擊斃嬰兒也行。因
> 為那裡的男女老少都和我們作戰：部隊經過一
> 個村子，走在前面的汽車馬達不響了，司機下
> 了車，掀開車蓋……一個 10 來歲的毛孩子，一
> 刀子刺入他的背後……正刺在心臟上。士兵撲
> 倒在發動機上……那個孩子被子彈打成了篩
> 子……如果此時此刻下了命令，這座村子就會
> 變成一片焦土。每個人都想活下去，沒有考慮
> 的時間。我們只有 18－20 歲啊！我已經看慣了

別人死，可是害怕自己死。我親眼看見一個人
在一秒鐘內變得無影無蹤，彷彿此人根本不曾
存在過。[6]

我們被叫作「阿富汗人」，居然成了外國人。
這是一種標紀，一種記號。我們與眾不同，我
們是另一種人，那種人？我不知道我是什麼人：
是英雄還是千夫所指的混蛋？我也許是個罪
犯？已經有人在議論，說是犯了一個政治錯誤。
今天還在悄悄地議論，明天聲音就會高些。可
是我把血流在那邊了……我本人的血……還有
別人的血……給我們頒發了勳章，但我們不配
帶……不，我們需要的是英雄人物。可是我記
得我們是怎樣破壞、殺人、修建、分發禮品。

---

[6] С.А. Алексиевич, *Цинковые мальчики*,
http://lib.ru/NEWPROZA/ALEKSIEWICH/aleksiewich.txt（2012-
10-20）
Для людей на войне в смерти нет тайны. Убивать -- это просто
нажимать на спусковой крючок. Нас учили: остается живым
тот, кто выстрелит первым. Таков закон войны. "Тут вы
должны уметь две вещи -- быстро ходить и метко стрелять.
Думать буду я", -- говорил командир. Мы стреляли, куда нам
прикажут. Я был приучен стрелять, куда мне прикажут.
Стрелял, не жалел никого. Мог убить ребенка. Ведь с нами там
воевали все: мужчины, женщины, старики, дети. Идет колонна
через кишлак. В первой машине глохнет мотор. Водитель
вылазит из кабины, поднимает капот... Пацан, лет десяти, ему
ножом -- в спину... Там, где сердце. Солдат лег на двигатель...
Из мальчишки решето сделали... Дай в тот миг нам команду -
превратили бы кишлак в пыль. Стерли. Каждый старался
выжить. Думать было некогда. Нам же по восемнадцать-
двадцать лет. К чужой смерти я привык, а собственной боялся.
Видел, как от человека в одну секунду ничего не остается,
словно его совсем не было.

這些現象同時並存，至今我也無法把它們分開。
我害怕回憶這些事，我躲避回憶，逃離而去。
7

您千萬不要寫我們在阿富汗的兄弟情誼。這種
情誼是不存在的。我不相信這種情誼。打仗時
我們能夠抱成團，因為是恐懼。我們同樣上當
受騙，我們同樣想活命，同樣想回家。在這裡
我們能夠聯合起來是因為我們一無所有。我們
關心的只有一個問題：撫恤金、住房、藥品、
義肢、成套的傢俱……這些問題解決。……那
時我馬上就會明白：我在這個俱樂部裡已無事
可做，青年人不要接近我們，不能理解我們。
表面上我們像是和偉大衛國戰爭的參加者一
樣，享有同等待遇，但他們是保衛了祖國，而
我們呢？我們，像是扮演了德國鬼子的角
色……有個小伙子就是這樣對我說的。我們恨
透了他們。當我們在那裡吃半生不熟的飯，在
那邊把命交給地雷時，他們在這裡聽音樂，和
姑娘們跳舞，看各種書。在那裡，誰沒有和我
生死與共，沒有一起耳聞目睹一切，沒有實地

---

7 Там же. Нас зовут "афганцами". Чужое имя. Как знак. Метка.
Мы не такие, как все. Другие. Какие? Я не знаю, кто я: герой
или дурак, на которого надо пальцем показывать? А может,
преступник? Уже говорят, что это была политическая ошибка.
Сегодня тихо говорят, завтра будут громче. А я там кровь
оставил... Свою... И чужую... Нам давали ордена, которые мы
не носим... Нет, там нужны герои. А я помню, как мы
разрушали, убивали и тут же строили, раздавали подарки. Все
это существовало так рядом, что разделить до сих пор не могу.
Боюсь этих воспоминаний... Прячусь от них... Отмахиваюсь...

的體驗與感受……那麼，那個人對我來說，就
分文不值。[8]

除此之外，作品中亦有許多母親敘述接到兒子死
訊或屍體的傷痛，例如有一位母親每天到墓地去探望
在戰爭中死去的兒子，一直持續了四年，內心的痛楚
無法平復。

> ……我急急忙忙地向墓地奔去，如同趕赴約會。
> 我彷彿在那兒能見到自己的兒子。頭幾天我就
> 在那兒過夜，一點也不害怕。我現在非常理解
> 鳥兒為什麼要遷飛，草兒為什麼要搖曳。春天
> 一到，我就等待花朵從地裡探出頭來看我。我
> 種了一些雪花蓮……為得是儘早得到兒子的問
> 候……問候是從地下向我傳來的……是從他那
> 兒傳來的……

---

[8] Там же. Не пишите только о нашем афганском братстве. Его нет. Я в него не верю. На войне всех объединял страх: нас одинаково обманули, мы одинаково хотели жить и одинаково хотели домой. Здесь нас объединяет то, что у нас ничего нет, а блага в нашей стране раздают по блату и привилегиям. За кровь. У нас одна проблема: пенсии, квартиры, хорошие лекарства, протезы, мебельные гарнитуры... Решим их, и наши клубы распадутся. Сразу станет ясно, что мне в этом клубе больше делать нечего. Молодежь к нам не потянулась. Ей мы непонятны. Вроде приравнены к участникам Великой Отечественной войны, но те Родину защищали, а мы? Мы были в роли немцев -- как мне один парень сказал. Думаю так... Так... Так они на нас смотрят... А мы на них злы. Они тут музыку слушали, с девушками танцевали, книжки читали, пока мы там кашу сырую ели и подрывались на минах. Кто там со мной не был, не видел, не пережил, не испытал -- тот мне никто.

我在他那兒一直坐到傍晚，坐到深夜。有時候我會大喊大叫，可是卻聽不見自己的聲音，甚至把鳥兒都驚飛了。烏鴉像一陣颶風掠過。它們在我的頭頂上盤旋，拍打翅膀，這時我才會清醒過來……我不再大叫了……一連四年，我天天到這兒來，有時早晨，有時傍晚。當我患了血管梗塞症，躺在醫院病床不許下床時，我有 11 天沒去看他。等我能起來，能悄悄地走到盥洗室時……我覺得我也可以走到兒子那兒去了。如果摔倒了，就撲倒在他的小墳頭上……我穿著病服跑了出來……

在這之前，我做了個夢。瓦列拉出現了。

「媽媽，明天妳別到墓地來，不要來了。」

可是我來了，悄悄地，就像現在悄悄地跑來了。彷彿他不在那兒，我的心覺得他不在那兒。[9]

---

[9] Там же. -- На кладбище летишь, как на встречу... Первые дни ночевала там... И не пугалась... Я теперь полет птиц очень понимаю, и как трава колышется. Весной жду, когда цветок ко мне из земли вырвется. Подснежники посадила... Чтобы скорее дождаться привета от сына... Они оттуда ко мне поднимаются... От него... Сижу у него до вечера. До ночи. Иногда как закричу, и сама не услышу, пока птицы не поднимутся. Шквал вороний. Кружат, хлопают надо мной, я и опомнюсь. Перестану кричать. Все четыре года каждый день прихожу. Или утром, или вечером. Одиннадцать дней не была, когда с микроинфарктом лежала, не разрешали вставать. А встала, тихонько до туалета дошла... Значит, и до сына добегу, а упаду, так на его могилку. В больничном халате убежала... Перед этим сон видела. Появляется Валера: -- Мамочка, не приходи завтра на кладбище. Не надо. рибежала: тихо, ну вот так тихо, словно его там нет. Вот чувствую сердцем -- его там нет.

該作品描述了來自各個階層類似這樣哀慟的敘述。然而，這種真實呈現在讀者眼前的事實與感受，卻換來兩極化的批評。有人感激涕零，感謝終於有人說出真相；但是，同時也招致許多嚴厲的批評，有些人認為作者在污衊蘇聯軍隊所做出的貢獻；甚至有人上告法院，認為這是對付出貢獻的人的毀謗。作者也將這些批評，忠實地反映在作品的最後。例如，摘自打給作者的電話說到，

> 好吧，我們不是英雄，可是我們現在反而成為殺人的兇手。殺婦女、殺兒童、殺牲畜。再過30年，說不定我會親口告訴自己的兒子：「兒子啊，一切並不像書中寫得那麼英雄豪邁，也有過汙泥濁水。」我會親口告訴他，但是要過30年以後⋯⋯現在這還是血淋淋的傷口，剛剛開始癒合，結了一層薄疤。請不要撕破它！痛⋯⋯痛得很⋯⋯[10]

> 您怎麼能這麼做呢！您怎麼敢往我們孩子的墳上潑髒水，他們自始至終完成了自己對祖國應盡的責任。您希望將他們忘掉⋯⋯全國各地創辦了幾百處紀念館、紀念堂。我也把兒子的軍大衣送去了，還有他學生時代的作業本。他們可以做榜樣。您說的那些可怕的真實對我們有什麼用？我不願意知道那些！您想靠我們兒子

---

[10] Там же. Ладно... Мы -- не герои... Мать честная! Может, через тридцать лет я сам сыну скажу: "Сын, не все было так героически, как во книжках написано, была и грязь". Я сам скажу... Но через тридцать лет... А сейчас это живая рана, только-только начала заживать, затягиваться плёнкой...

的鮮血撈取榮譽。他們是英雄！英雄！應當寫出關於他們優美的書來，而不是把他們當成砲灰。[11]

我一邊讀一邊哭。但是我不會重讀這本書了。為了自我保護的基本感情。我們是否應當認識自己是這樣的人呢？對此我沒有把握。太可怕了。心中是一片空白。你不相信人了。你怕見人了。[12]

　　阿列克希耶薇琪的戰爭紀實文學是受訪者與作家合作的成果。表面上看來，是作家在受訪者面前傾聽並錄音，然後將這些口述的錄音資料轉成動人的文字。而實際上，作者在過程中並非單純的聽眾，她除了打開了敘述者的沉痛記憶，也必需將所有的痛苦先吞下，然後再吐出來，細細咀嚼；這也論證了口述紀實文學是透過受訪者與作者直接的個體對應話語而完成的作品，平心而論，這對於受訪者與作者皆非易事。受訪者需要被喚起他們沉重的回憶，共同回顧那段殘酷的歲月，顯然在承受第二次的傷害。通常，他們開始講述的時候，語調還很平靜，講到快結束時，他們已經不是在說，而是在嘶喊，然後失魂落魄的呆坐著；那一刻，作者覺得自己是個罪人。許多自阿富汗回來的

---

[11] Там же. -- Как вы могли! Как смели облить грязью могилы наших мальчиков. Они до конца выполнили свой долг перед Родиной. Вы хотите, чтобы их забыли... По всей стране созданы сотни школьных музеев, уголков. Я тоже отнесла в школу шинель сына, его ученические тетрадки. Они -- герои! Герои!! О них красивые книги надо писать, а не делать из них пушечное мясо.

[12] Там же.

受訪士兵對作者的詢問懷有敵意，因為他們不願打開傷痛的記憶。有的退伍士兵掉頭就走，有的不願意說，有的又回頭再找到作者，進行表述。·

　　作者在這本書的後記也放上了自己的日記，當中談到：她是「透過人說話的聲音來聆聽世界的」，這是作者觀察世界的一種方法。開始時，她覺得前兩部戰爭作品的「講話體」（作者自稱）會成為之後寫作的障礙；然而，作者的耽心似乎成了多餘之物，她不願作品中無時無刻都只是在重複自己，表述自己的觀點。她認為，將娃娃兵們從日常生活、學校、音樂、舞蹈等地強拉出來，將之投入地獄，投入污穢之中，可能會改變他們的價值觀，因為他們本來以為自己參加的是偉大的衛國戰爭。但是，有一天他們終究會了解，自己投入的是另一場戰爭，是一種不具正當性的殺擄；「我本想當英雄，如今我不知道自己變成了什麼人」，作者深信，總有一天，人性會覺醒的。

　　顯然，口述戰爭紀實文學讓人以多角度的途徑，不僅讓事件的親身經歷者，也讓作者和讀者，同時看到了接近事件真實的面向；其作品帶給人們的震撼和感動，不亞於傳統的書寫文學經典，它們必然會在歷史的記憶中留下多元、混亂、喧嘩但是真實的足跡。

## 四、歷史的共同記憶

　　另外，《二手時代》（Время секонд хэнд）是阿列克希耶薇琪晚近的作品，談的是蘇聯瓦解前後期間，各加盟共和國的人民面對時代鉅變下的生活寫照。蘇

聯解體前後，許多曾經生活在蘇聯時代七十多年的人習慣地認為，馬、列實驗室的最大成就是創造出獨特進化類型的人種——「蘇維埃人種」（Homo Sovieticus）——這個詞雖然充滿了負面的涵義，諷刺當年的共產主義政權，但他們仍然某程度相信蘇聯體制將創造一個嶄新的、更進步的新蘇維埃人。然而，不管如何，到了 1991 年的年終，這個夢想終究徹底幻滅了。

蘇聯解體後，人們極力想避免去談它，過了二十多年後，人們才慢慢從創傷中走出來，在新秩序建構之前，人們反而開始回憶那段屬於彼此的共同歲月。針對這種情感的失落及殘餘，阿列克希耶薇琪有著深入的觀察及細緻的描述，她這樣寫道：

> 共產主義有很瘋狂的計劃——改造亞當「舊」人。而這件事實現了……，也許是唯一的，但還是做到了。70 多年以來，馬克思－列寧實驗室製造出獨特的人種——蘇維埃人（homo soviticus）。有些人認為這是悲劇性的人物，有些人稱他為蘇維埃公民（совок）。我知道這個人，我和他很識，我在他身旁，並肩在一起活了多年，他就是我。這是我認識的人、朋友、父母。

> 若干年以來，我走遍了前蘇聯，因為蘇維埃人不只是俄國人，他們也是白俄羅斯人、土庫曼人、烏克蘭人、哥薩克人……等。現在我們雖然住在不同的國家，說著不同的語言，但是我們不會和其他的人弄混，你立即就能認出

他們！我們所有的人都是從共產主義走過來的
人，與其他世界的人相像，但又不相似：我們
有自己的字典，自己對善與惡、悲哀與苦難的
認知，我們對死亡有著特別的態度。

在我現在所抄錄的小說裡，那些「射擊」、
「槍決」、「整肅」、「驅離」等等字眼都已
漸漸被拿掉；另外在蘇聯時期的用語，如「逮
捕」、「十年無權通信」、「移民」也都消失
了。個人的生命價值多少？如果我們還記得不
久前才死了好幾百萬人。我們充滿了恨與偏見。
所有的人都從「古拉格」（集中營）和可怕的
戰爭走來。集體化、清算富農、人民大遷徙……
留給人民的記憶也在不斷的流走。[13]

事實上，阿列克希耶薇琪本人可能也存有部分的
「蘇聯人」所殘留的意識或情感。她也承認自己在「寫
《二手時代》的時候，還是能感受到史達林不只是無
所不在，甚至曾經是生活的價值座標。……我們告別
了蘇聯時代，告別了那個屬於我們的生活。我試圖忠
實地聆聽這部社會主義戲劇每個參與者的聲音……」。
接著，她又回頭去探索人們對那一段歷史的殘留感情，
「歷史其實正在走回頭路，人類的生活沒有創新……
多數人仍然活在『用過』的語言和概念，停留在自己
仍是強國的幻覺裡……」。受到這種「蘇維埃人」殘

---

[13] С.А. Алексиевич, *Время секонд хэнд*,
https://avidreaders.ru/download/vremya-sekond-hend.html?f=pdf
（2023-05-24）

留的優越感，這些人對於外來的挑戰，油然發出了對抗的意識，阿列克希耶薇琪又寫到：「……莫斯科的街頭，到處都可聽到有人在辱罵美國總統歐巴馬，全國人的腦袋裡還住著一個普丁，相信此時的俄羅斯正被敵國包圍」，似乎還殘留著面臨戰爭的念想。

　　從人類文明的進化路程來看，人類行為一再犯下重複性的錯誤。然而，如果透過文學作品的紀錄與反省，一方面能夠讓人們深刻認知到人類具有的殘酷本質，同時也可以讓人們從歷史的真相與經驗中學習與成長。人類的文明史不就是在這種「錯誤——反省」的學習中成長嗎？

# 本章參考文獻

中文：

1. Anderson, Benedict 著，吳叡人譯。《想像的共同體：民族主義的起源與散布》。台北：時報出版，1999。
2. 斯‧阿列克西耶維奇著，烏蘭汗、田大畏譯。《鋅皮娃娃兵》。北京：昆倫出版社，1999。
3. 林崗。〈論口述語書寫〉。《中山大學學報》，第 48 卷，第 216 期，2008：6。
4. 孫春。〈口述實錄文學的文體特性〉。《鄭州大學學報》，第 33 卷，第 3 期，2000：5。
5. 孫春旻。〈口述實錄：話語權的挑戰〉。《理論探索‧當代文壇》，2010：2。
6. 高莽。〈阿列克西耶維奇和她的紀實文學〉。《俄語學習》，2000：1，2。
7. 陳全黎。〈文學口述史：理論與實踐〉。《雲南社會科學》，2009：6。
8. 陳新宇。〈斯‧阿列克西耶維奇和她的戰爭紀實文學〉。《外國作家介紹》，2009：2。
9. 彭兆榮。〈口述傳統與文學敘事〉。《貴州大學學報》，第 28 卷，第 4 期，2010：7。

網絡資料：

1. Алексиевич, С.А. *В поисках вечного человек.* http://alexievich.info/（2012-10-09）

2.　　_____. *У войны не женское лицо.*
http://lib.ru/NEWPROZA/ALEKSIEWICH/zhensk.
txt（2012-10-15）

3.　　_____.*Последние свидетели.*
http://lib.ru/NEWPROZA/ALEKSIEWICH/swidete
li.txt（2012-10-15）

4.　　_____. *Цинковые мальчики.*
http://lib.ru/NEWPROZA/ALEKSIEWICH/aleksie
wich.txt（2012-10-20）

5.　　_____. *Время секонд хэнд.*
https://avidreaders.ru/download/vremya-sekond-
hend.html?f=pdf（2023-05-24）

# 第九章

# 總結：女性自我意識的追尋

　　中央研究院院士、也是國際知名歷史哲學大師余英時在其著作《歷史與思想》中指出：任何歷史事件發生的背後都有其相應的思想，當思想改變了，歷史也將發生變動，譬如，西方民主化的事件明顯是受到「天賦人權」的思想變革所催動。然而，再從實證的途徑來看，很多的思想變革往往也是受到歷史事件的能量累積。思想產生變動，往往也是因為對既有歷史情境的反動，而促動思想的變革，最後再從思潮帶動風潮，改變歷史的發展方向。人們看到了民主革命事件，自然想到其背後的思想——「天賦人權」，卻忽略了天賦人權的思想是因為反動神權和君權的統治事件而產生。換句話說，在整個大歷史的洪流中，思想與歷史是相互影響的，彼此相互醞釀變革的動能。

　　不管是思想改變歷史，或是歷史推動思想的改變，從更深層來看，其基本的動能都來自於人追求生存與發展的自利本能。任何壓制這個本能的事件或體制都會形成對其反動的思想和力量，是否真正造成新的歷史事件，其關鍵就在壓制力量與反動能量的對比；這也造就了鎮壓與革命的歷史事件。然而，終究是思維決定行為、行為也改變思維；當追求生存秩序的動能超過擴大自利的考量時，思維的變革將被既有體制所

255

壓制，相對而言，如果既有體制的壓制超過了生存的
容忍底線時，既有思想體系便會鬆動，進而帶動革命
的行動。

　　人類在性別的問題上具體體現了這個歷史演進的
事實：人類在對天生性別產生扭曲或錯誤的認知時，
形成了社會性別。社會性別的認知主導了人類社會達
數千年之久，甚至在各種文化中普遍存在著「厭女情
結」。社會性別箝制了男女的自我認知，這不僅僅是
男人對女人的社會身份認定，在生存與生活的互動關
係中，女人也失去了自我的性別認知，也因為生活的
扈從而遵循了男人賦予女人的定位；如此的彼此身份
認知，社會性別就逐漸結構化，進而固定化。隨著文
明的進化，基於經濟生產的需要以及教育的普及化，
女性勞動力被解放了；女性也在長期不平等對待甚或
壓制下覺醒，並追求自我性別的重新認知，在社會和
生活場域的網絡中，力圖建構女性的主體身份和地位。

　　俄羅斯社會是一個歷史文化悠久的社會，傳統性
別觀及性別結構根深蒂固，女性知識份子作為追求自
我和主體建構的先驅，首先必須從思想解放，因而女
性主義的文學作品也就成為其重要的性別解放途徑。

# 一、性別應該是共生的存在

　　天地萬物本來就是陰陽共生共存的，這在道家的
思想、西方的辯證哲學，甚至於當代的遺傳學，都已
得到了證實；所以，在天生的「生理性別」上，男女
應該只有生存機能之別、角色之分，本無優劣或上下

階級之定位。我們在第四章中引用了烏麗茨卡雅的小說論述了「男中有女」和「女中有男」的共生現象。在小說的故事中，她常常描述著這種男女基因的共生現象：男性角色經常有著女性陰柔、軟弱、瑣碎的一面，而女性角色則有著男性剛毅、堅強的一面。她所要強調的是每個男人都有著「女性潛傾」的特性，而女人則有著「男性潛傾」的特質；也就是說，男人身上有著女性基因或女性賀爾蒙，而女人身上也有著男性基因或男性賀爾蒙。烏麗茨卡雅在她的作品中對於兩性的定位及行為似乎認定傳統的社會性別是對天生本質性別的錯置，其劇情幾乎顛覆了傳統的性別觀。

然而，在人類文明的進化史上，由於求生存和利益滿足的需求，形成了關係網絡，也逐漸形成了具體化、秩序化的社會。於是，在生存功能和利益價值擴大的考量上，因社會的秩序需求而造就了人為的「社會性別」。長期以來，這個社會性別完全跳脫了生理性別的自然準則，基於社會生存和秩序的需求，女性在迎合社會性別的身份定位和角色扮演的體制生存下，失去了天生的自我意識；在自我意識的流失狀態下，女性也失去了自我主體的本能身份。

也因此，歷史越悠久的社會，這種社會性別的思想固著性就越深化，其性別意識的壓制力也越強大，不僅是男性對女性角色的認知，連女性對自我角色的認知，都受根深蒂固的社會性別意識所箝制。當這種不平等的壓力意識經年累月的積累之後，女性所遭遇的悲劇長期以來時而發生。近代在科技及現代化的推進，人的生活領域產生了巨大的變遷，自利的價值內

涵也隨之脫離了以勞動力的量為主要價值，而大幅度決定於勞動力的質，亦即決定於知識與市場關係的加值。男女在社會經濟結構上的角色配置與價值所得也產生了大幅度的改變，其關鍵要素也就不再決定於性別的角色。舊的社會性別逐漸被解構，理應要回歸自然的、本能的生理性別，讓男人有男人的自然性別，女人回歸女人自我的天生性別。然而，在社會性別的意識下，女人自我的性別意識並不會自然回歸；社會性別是人為的秩序建構，體制慣性與利益階級的保守意識不會自然退去，人為秩序的改變還是需要人為的努力。

## 二、確立自我建構主體才能超越「社會性別」

　　早期的女性主義和女權運動確實是對性別平等的覺醒，然而它們大部分的思維或理論主要都是對男性中心思想或父權主義的反動。向男性爭奪平等的女權，其實還是沒有掙脫男性中心的思維；只有追尋自我，建構女性的主體，與男性共享人的價值，才是真正擁有女性的自我尊嚴和主體價值。在這樣的自我追尋過程中，俄羅斯的女作家力圖透過文學創作的表述，通過小說劇情的鋪陳，呈現女性自我意識的追尋，探索自我主體的建構，在新社會的共生網絡中重新對女性的文化角色做身份定位，而不是以反男性來確立自我建構主體。

　　在傳統俄羅斯社會文化和宗教信仰的交互影響下，「男尊女卑」的性別階級觀不僅深深嵌入在社會網絡中，也刻烙在一般女人的腦中，女人的性別解放不僅要突破社會性別的網絡身份，更需要女人從生理性別的刻版觀念中破繭而出。那麼，女性的性別自我解放將是主體建構的首要工作。關於女性自我的追尋和主體建構，自傳體的劇情敘事是經常被採取的書寫體材；這種文體的書寫往往融合了主體、自我和作者的多重身份。借此，作家可以透過自我的認知、他者與劇情的鋪陳，在彼此相互觀照下，探索自我的主體。

　　我們在書中選擇了十九世紀到二十世紀期間七位頗具盛名的俄羅斯女文學作家，針對她們的作品進行深入的分析，以探索她們如何在時代變遷的環境中從傳統文化及政治專制的社會性別中自我解放，並建構自我的主體意識。本書所探討的七位俄羅斯女作家包括葉芙戈尼雅・金斯伯格（Евгения С. Гинзбург）；維多利亞・托克列娃（Виктория С. Токарева）；柳德蜜拉・烏麗茨卡雅（Людмила Е. Улицкая）；柳德蜜拉・彼得魯捨夫斯卡婭（Людмила С. Петрушевская）；塔琪雅娜・托爾斯塔婭（Татьяна Н. Толстая）；亞歷山德拉・瑪莉尼娜（Александра Маринина）；斯薇特蘭娜・阿列克希耶維琪（Светлана А. Алексиевич）。

# 三、時代變遷中俄羅斯女作家的主體建構

　　面對史達林的嚴厲統治，政府為了清除政治異議者和文化知識分子，營造了恐怖的監獄風雲，也因此

259

產出了一系列由政治受害者根據經驗所寫成的回憶錄。這當中有無數的女性不是喪失所愛就是自己被捕、監禁或流放。史達林去世之後的解凍時期，許多女作家寫下了她們的苦難，控訴史達林的野蠻專制對她們自身、親人或朋友的迫害。另外，在蘇聯的擴張主義下，戰爭是其重要的工具，而戰爭的殘酷及產生的社會動員是如何造成人民的悲慘命運，作為知識份子的文學女作家也為人民發出了哀鳴，並做出了反戰的怒吼。

## （一）葉芙戈尼雅·金斯伯格的傷痕文學

傷痕文學作家金斯伯格，就如同諾貝爾文學獎作家索忍尼辛的集中營文學一樣，以俄國傳統的反抗式自傳體小說進行寫作，控訴當年蘇聯政府如何對人權肆意的侵犯。當她們被非法審判，被丟入監獄和集中營的時候，這些女作家以自身的處境，控訴當權階級的罪行；在這種遭遇中，她們更能反身思考自我的存在價值，並重新評價社會與國家的歷史。

蘇聯解體後，俄羅斯出版界重新發行了這些作品，拼湊蘇聯時代這段傷痕歷史的記憶，成為文壇上一種特殊時代的標誌——傷痕文學的女性自傳體小說。金斯伯格的長篇小說《險峻的路程》，就是傷痕文學的女性自傳體小說：女集中營回憶錄。

在回憶錄中，金斯伯格以異於男性異議作家的創作手法，她並不是以政治犯的群體感受來反映自身的牢獄經驗，而是更著重在個人對整個事件的觀察與感

受，同時也表達對男性社會意志的反省與抗拒。小說中深刻描述了時間、空間與個人的內在關係、女性身體、母親與孩子間的親子關係、兒童之家等主題，藉著這些包括生活與感情的面向呈現當時女集中營的生活圖像。美國性別研究的學者海特（Barbara Heldt）在談論金斯伯格的作品時，說道：「金斯伯格在描寫難堪的殘忍時，也可以找到人的心靈：這是她主要的目標。在她不斷地與其他受害者聯繫和對話時，不僅賜予他人生命，更給予自己求生的勇氣。」

走過必留下痕跡，權力再大也無法完全抹去專制暴行造成人民的傷痕，這就是傷痕文學對歷史所能做出的貢獻。歷史是人類的共同記憶，它會以何種姿態呈現呢？傳統以來，歷史被認為是權力的舞台，往往反映出權力者的私心與慾望。任何想要操控的力量，常常都會利用意識形態編織事實或意圖塗抹真相，不管設計如何精細，最後終究會落入一定的困境；而金斯伯格這一類的作品就是它們最大的挑戰。

權力的話語是許多時期的歷史與文化所特有的，在俄羅斯帝國與之後的蘇聯共產帝國的語境裡，為了政治目的而奪取人民的話語權力，一向在多層次的歷史情境中無所不在；文學作品就是在政治支配力之下為歷史爭取微弱的話語權。從俄羅斯以外的其他加盟民族，到異議分子，到婦女的世界，都是以「他者」的次文化呈現，被有意識地視而不見，或者乾脆鎮壓、監禁、勞改與放逐。從這個角度來看，金斯伯格在反抗式自傳體的回憶錄中建立了雙重價值，一是反對史

達林對個人自由與人權的任意踐踏，記錄被遺忘的歷史傷痕，另一則是建構有異於俄國傳統反抗式書寫的女性模式；這部自傳體回憶錄必會在歷史的記憶中留下足跡，這是女作家探索主體建構和自我解放的艱辛足跡。

## （二）維多利亞・托克列娃打破社會理想的寫實文學

俄羅斯女性文學的發展可以說是一路艱辛；它們雖然力圖打破傳統社會文化的枷鎖，表現自我的獨立創作風格，但女作家們由於與當時的政治文化不能融合，女性文學始終無法在俄國社會取得正常的發展。隨後，蘇聯政權建立後，在政治意識形態的支配下，整個社會文化的特質在於從根本上消滅個體的獨特性，當然也包括女性的自我實現也必須剷除。蘇聯文學比傳統俄羅斯文學還要嚴厲地打擊個人的自我，高舉著理想主義的激情。

儘管如此，強調表達自我觀點的文學還是一直在「地下」暗潮洶湧地進行著。有一批新生代的文學創作者，放棄傳統，轉而用一種更平實、更超然的態度來面對生活和文學。他們所關注的對象不再是英雄，而是普通的人，描述著社會寫實的生活景象；也不再關注文學的教育功能，而更願意藉由文學來展現政治現實的壓抑、命運的無常和存在的荒誕。這股新的文學浪潮特別強調尋求新穎的藝術表現形式，「女性散文」也就趁著這股文學浪潮出現，並急速的發展。托克列娃的作品也就在這段時期的文化氣氛中脫穎而出。

　　托克列娃針對小人物敘事的創作成了女性文學的一項特色。她描寫各式各樣的小人物，主題涵蓋許多平實的「日常生活」，但又隱含著生活哲學，劇情描寫了一般人生活中的酸甜苦辣。在她的小說中，劇情人物經常是在現實生活中受到挫折與折磨的一群，進而洗鍊出自我的醒悟和情感。托克列娃特別關心女性一生命運的體驗；從小學生寫到年老的女人，描寫她們在尋求自我實現的現代生活與人生道路上所碰到的各種境遇、命運、心情、人際關係與價值觀。在托克列娃的筆下，人生總是處在人性善惡、悲喜命運的中間地帶徘徊。

　　其次，小說中的人物總處在生活中「追尋」與「等待」；等來的也許是一場夢，然而，這也許就是人生，一種期許中的幸福。這種幸福那怕是短暫的，也提供了值得活下去的理由。因為有追尋就有希望，有希望才能活下去，活下去就有等待的幸福。因此，儘管劇情中沒有都是令人滿意的結局，托克列娃還是喜歡在作品的結尾給人一種樂觀的態度，在絕望中仍可看見一綫光明。另外，在她的作品中總流露出一絲女性的寬容與慈愛，一種人文的關懷，這也是女性自我本質的善良面向。在托克列娃的作品裡，隱隱約約有這樣的聲音迴盪著：「生活是美好的，儘管它匆匆易逝，儘管它有時乏味、殘酷，儘管……」，終究還是要收拾心情，努力活下去。

　　從托克列娃的作品裡，我們可以看到這位女性作家的成長過程，從單純故事情節的描寫，到主、客觀

環境與心理的分析，到加入政治、社會、文化與價值
觀改變的時代脈動與思考，其作品的深度與廣度不斷
的擴大，呈現一位女作家在俄國社會中追求自我實現
的艱辛道路。

### （三）柳德蜜拉・烏麗茨卡雅創造超越性別的自我意識：聖母哲學

　　烏麗茨卡雅的書寫風格超越男女性別的印象，表
現出女性自我的本質意識；毫無疑義，女作家與男作
家在生活體驗上確實不同，同時也由此延伸其生命觀
點的差異，因而在劇情的鋪陳和表述上也會有許多不
同的視角與模式。但是，這種差異只是生活視角的不
同途徑：男作家習慣於仰視國家或社會的理想，而女
作家則著重於平實的生活情節，彼此的差異只是視角
的不同，並不是生活本質上的優劣等級。相較於男作
家的寫作視角，女作家對日常生活的點點滴滴、人際
之間的關係、人的心裡變化，有時更能細微地體察而
直接深入到生活的真實面。

　　烏麗茨卡雅的兩篇早期作品，《索涅奇卡》、《美
狄亞與她的孩子們》，跳脫對社會或國家的大人物或
英雄的崇拜，反而以兩個平凡的女性作為劇情的中心，
娓娓道出發生在她們周圍的家庭紀事、男女間愛恨情
仇的點點滴滴、時代的變遷與這些相關人物的命運變
化。烏麗茨卡雅以平實的故事拉近了作者與讀者之間
在生活與感情上認知的距離，使得雙方容易產生共鳴。
烏麗茨卡雅的作品敘事從微小的個人生命，擴展到古
往今來的歷史事件與包容萬物的宇宙大地；透過她的

小說敘事，也使得這些歷史和宇宙的呈現似乎就在讀者可觸及的世界中。

另外，烏麗茨卡雅與其他女性作家不同之處在於：她除了突顯與傳統不同的女性意識外，更提供了女性主義作家解決男權、女權的爭論問題。不論男人或女人，除了自然的器官構造不同外，男人或女人在成長的文化以及社會意識的養成下，或多或少都擁有另一性的特質；也就是說，男人身上擁有女性的基因和特質，女人身上也同時會有男人基因和特質，那麼，又何來性別的優劣以及所延伸出來的社會性別階級呢？我們不應去刻意劃分男女的性別不同，而應該將不同的男女個體放到作為一個「人」的價值去看；這時男女都會發現最重要的價值就是恆久不變的人道精神、理性價值與道德標準。這些不變的規律包容了宇宙萬事萬物，各民族與族群，它所散發出來的悲憫與關愛讓宇宙得以運行萬年。這種情懷就好像劇情中的女主角美狄亞以聖母哲學看待大地一樣，「她所站立的那個地方又似乎變成了宇宙、星球、白雲、羊群等萬物圍繞運轉的固定中心」。

毫無疑義地，烏麗茨卡雅運用了日常生活的小事物，讓人體會到廣大的宇宙奧秘與慈悲，這種胸懷可以說已經超越了狹隘的性別差異。她在這方面的努力實在值得人們讚賞，相信在日後的創作更能找回女性自我實現的本質與價值，發揮女性所長，展現自己特有的風格。

## （四）柳德蜜拉‧彼得魯捨夫斯卡婭在文學作品中展現「性惡」美學

　　隨著西方後現代主義的興起，俄羅斯社會也深受該思潮的影響，毫無疑義，彼得魯捨夫斯卡婭就是俄國後現代學派的作家。她更是在後現代學派的創作中展露「惡」的美學最具代表性的作家；她以日常生活為題材，多半描寫女性的生存鬥爭史。彼得魯捨夫斯卡婭的寫作方式與俄國傳統創作大相逕庭；她的書寫途徑是從性惡的面向出發，其作品中充滿了罪惡、殘酷、荒誕與絕望。這種寫作模式的思維就有如儒家思想中孟子「性善說」與荀子「性惡說」的對照，目的都是追求社會的善，但卻從人性的不同視角和途徑來引導。或許是因為性善途徑的文學作品並不匱乏，或許也因為長期的性善教育對社會的引導功能不彰，彼得魯捨夫斯卡婭採取了另一個途徑，從惡的面向反省再引導社會走上善的淨化；這種方式就有如美國創國者、也是第三任總統傑佛遜（Thomas Jefferson）所說「民主體制的設計應該立基於人性本惡的假設」。

　　彼得魯捨夫斯卡婭的創作最大的特色就是對傳統舊典範的「解構」：解構傳統的男女形象；解構傳統的美與醜、善與惡概念；解構母愛；解構文學的指導性功能等等。本書的第五章特別在解構傳統典範女性與母親的形象上，論述彼得魯捨夫斯卡婭如何解構傳統的敘述者角色，以及如何展現其寫作的視角與遊戲規則。

　　彼得魯捨夫斯卡婭在作者與劇情主角之間的「遊戲特性」代表後現代學派文學的藝術特色，這一個特點在她作品裡所鋪陳的敘述者角色可以說發揮到淋漓盡致，也是她構築自己文本的一大特色；簡單的說，她「遊戲」著文學，又在文學中「遊戲」。

　　這種書寫的模式與傳統經典文學的書寫是明顯不同的；經典文學的敘述者經常就是代表作品的作者，以第三者道德權威的立場，主導讀者的喜、怒、哀、樂與價值判斷。在這種模式中，敘述者只是作者的代言人，形式上是處於作者與讀者間扮演中介者和輔助者，但實質的功能則試圖指導讀者在是非、善惡和美醜上的判斷，尤其在古典作家托爾斯泰的作品裡表現得更為明顯。然而，在彼得魯捨夫斯卡婭的作品裡，這種權威視角已徹底被顛覆、被轉移、進而被解構。她把作者隱藏起來，不具任何立場，而敘述者經常具有雙重性格，帶出兩個以上的說話聲音，也不具備任何權威性，而且在敘述的過程中經常令人感覺敘述者觀點在不同時空的不協調，甚至矛盾。這種敘事模式一方面令讀者懷疑其可信度，進而促使讀者也對事實現象做反省。

　　彼得魯捨夫斯卡婭通常不像一般作家的手法，她並不注重在描寫人物的性格，交代他們的背景、以及衝突情節的原因等等。在彼得魯捨夫斯卡婭的作品文本中，幾乎沒有一個人物有前史的交待，也不具有任何獨特的性格。她的作品中許多劇情人物只是一群圖騰形式的符號，只提供關於符號內容的表象，卻不做

事先交代，也不提供其形成的根據和條件。作品的事實描述是由各個插曲拼湊出來的，當中也看不出邏輯的連貫和組織；簡單的說，它所呈現的只在於「事情就是這樣發生了」。因而，作品的文學意義並不隨著事件的發生而產生，而是產生於作者或敘述者片段的話語；在劇中人物話語的失言、評論、獨白和插句的網絡中，由讀者探索著事件背後的意涵。而彼得魯捨夫斯卡婭就以作者的身份在這些話語網絡中遊戲，讓作品本身產生多種聲音，使得讀者與作品之間形成多種而非特定的對話，造就了作品無限的張力。其實，在當代民主體制中的多元社會必然呈現眾聲喧嘩，當中的每一種聲音可能都是假訊息，然而這些喧嘩的網絡中正隱藏著真相，必須由受眾去探索。

　　彼得魯捨夫斯卡婭崛起於二十世紀七〇年代的俄國文壇，可以說是一位敢於探討「性惡」美學的代表作家。她的作品充分展現了俄羅斯當代的懷疑主義精神，懷疑人性、懷疑信仰、懷疑文化、懷疑宗教、懷疑美、懷疑母性、懷疑一切。作品的主題集中了所有的罪惡：孤獨、自殺、凶殺、強姦、誘騙、拋棄、墮胎，幾乎將所有世間的惡，世間的悲劇濃縮於每篇小說裡，充滿了混亂、恐怖的末世景象，讓人讀起來甚有狐疑之感，也在狐疑中反省。

　　另外，彼得魯捨夫斯卡婭作為女性作家特別選擇了女性作為其寫作對象，描寫她們在日常生存的殘酷鬥爭下所呈現的人格扭曲、變形與黑暗面，徹底顛覆傳統女性典範的正面形象，讓人深感毛骨悚然，徹底

絕望。也因此，彼得魯捨夫斯卡婭也經常遭受許多不友善的批評，認為她的作品過於冷酷、殘忍，讓人萬念俱灰，無法激起一些積極的正向信念。然而，根據作者自己的陳述：「可怕與駭人的東西被展示得越完美和諧，那麼他們所能喚起的淨化作用就越大」；這也正是悲劇本身最重要的正面意義。也就是說，如果罪惡可以喚醒人類的反省，激化人的憐憫之心，那麼也會達到正面積極的意義。

　　彼得魯捨夫斯卡婭透過寫作，敢於作為人性本惡的警惕者，故意游走在「罪惡」與「悲劇」之間，以顛覆傳統典範規則的模式，在懷疑與不確定中建構了自己獨特的美學；正視「惡」，從生活領域中反省惡，探索惡背後所隱藏的善，進而成就其「惡的美學」；這並不是一般男性傳統作家敢於面對並有所作為的，但是彼得魯捨夫斯卡婭做到了。

## （五）塔琪雅娜·托爾斯塔婭用文字符號創造後現代主義的異想世界

　　後現代社會的特殊情境孕育了托爾斯塔婭特殊的描述風格，也造就了她的文學特質；文字在她的妙筆運作下，變成了具有生命力的符號連接，情境也隨之變化萬千。托爾斯塔婭以大膽的書寫技巧，配合多樣化的文學體材來豐富作品的情節；她大量運用比喻、隱喻、暗示、感嘆句和符號，透過這些元素的交錯，營造出情境的音樂、畫面和氣氛，呈現出魔幻般的異想世界。

　　二十世紀末，隨著蘇聯的解體，整個俄羅斯社會以及文化界呈現出強烈的懷疑主義。在文學界，後現代主義的解構風潮也成為新時代的特色，新一代的俄羅斯作家都或多或少表現出一些共同的特徵；那就是，他/她 們普遍提倡邊緣性，分裂界線，有意混淆傳統領域的區別記號，使得傳統體制的中心主義也隨之消解。後現代主義作家普遍懷疑基本的道德原則和固定性，在創作上會採取偏向臨時性的、情境適應式的浮動標準，而非像過去追尋一種永恆不變的真理或穩定的秩序。至於文字表達的形式，他們偏好使用諷刺的口吻、傾向自我反省與爭論性的價值觀念。總而言之，後現代主義提供了這些作家一個新的解放路線和期待。

　　在這樣的創作風潮下，托爾斯塔婭的作品選擇了一群被上帝遺棄，處於社會邊緣的小人物，透過對他們性格與內心的刻畫，描繪出後現代社會的生活景象。儘管他們不是國家機器上重要的「螺絲釘」，但每個人都是自我的「一部歷史」。透過文學的描繪，文學作家便可將這些邊緣人的歷史結合在一起，讓人們更可清楚地看到、領會到每個歷史時期的社會脈絡、生活氛圍與文化思考。這種文學的風格與發展情境，使得在長期被泛政治化、受盡掣肘的非主流寫作風格，得以另闢蹊徑，得到解脫，重獲其生命力。這種從小人物自我解放的描述也影射著女作家追尋自我的主體建構。

關於托爾斯塔婭的寫作風格，流亡美國的蘇聯作家、而且是諾貝爾文學獎得主布洛茨基（Иосиф А. Бродский）在文學評價上就極為推崇。他肯定托爾斯塔婭對俄語所抱持的狂熱與迷戀，同時也認為，只有在這種熱情的驅動下，托爾斯塔婭的作品方能透過複雜的表達技巧及文字的靈活運用，超脫一般小說的單調題材與情節。文字在她的筆下拆解成新的符號，好像魔術師的道具，能夠在奇妙的組合之後賦予了新的意義。無可置疑的，在如此複雜的技巧襯托下，托爾斯塔婭的作品呈現出魔幻般的異想世界。

## （六）亞歷山德拉·瑪莉尼娜在俄羅斯通俗文學中引領風騷

瑪莉尼娜所激起的女性偵探小說熱潮雖然說要歸功於時代與社會環境的變遷，其自我意識的覺醒和書寫風格可以說在當時的通俗小說領域中獨領風騷。瑪莉尼娜作品中的主要角色卡緬斯卡婭是一位罪犯偵察員。她具有獨立的人格，理性清晰的頭腦，完全不像傳統的俄羅斯女人；她不僅不依賴男人，甚至在性格與專業上更勝於同儕的男性，十足表現出俄羅斯女性主義的作風。

如果從另一個面向來看，這種新俄羅斯通俗化的女性偵探小說代表了當代俄羅斯社會新思潮的一面鏡子，反映了當時大部分女性讀者的心理、思想與行為取向。顯然地，這種大眾文學的情節、角色、形式與意義已經完全跳脫了傳統文學所具有的菁英色彩。這

種通俗小說主要是借用了日常生活的元素，交織著多
數人的思維，願望與幻想，並用通俗的語言與表達形
式來接近讀者，解放大眾的閱讀慾望。當然，出版事
業也是推動這股浪潮的主要力量，它們借用傳媒工具
來了解讀者的反應，和評估作品受到歡迎的程度，以
便調整作者的寫作方向，進而透過市場訊息建立讀者、
出版商、作者三者之間的緊密連結。

　　如果從反省的角度來看，瑪莉尼娜的女性偵探小
說代表的是當代後現代社會的麥當勞速食文化。在開
放的社會，人們的消費是會帶著嚐試的心理，滿足他
們的好奇心，以及迎合某些社會心理方面的訴求。

　　然而，從較深層的意義來觀察，由於沒有提供思
想的內涵，可能也沒有深邃的文化內涵，這些作品雖
然能夠非常快速地登上文壇，但發燒過後，熱情減退
後，它們往往也將迅速地退出文壇，由別的消費文化、
流行文化、文學體裁所取代。

## （七）斯薇特蘭娜‧阿列克希耶維琪在口述紀實文學中的自我與多元性的他者

　　傳統以來，口頭和書寫的敘事各有其視角與特性，
它們之間存在著一定的差異。如果做一個簡要的分辨
就是，在一個真實世界的歷史中，書寫和口述會分別
從大敘事與小敘事的途徑，對事件的探索和描述各佔
有其重要的地位。阿列克希耶維琪運用了口述紀實文
學巧妙地結合了這兩個主要的視角和敘事特性。

　　口述紀實文學是 20 世紀後半葉登上世界文壇的
一種新的文學體裁。其文體特性在於作者對事實的表
述不同於傳統的方式；在口述紀實文學，作者放棄了
講述的主體身份及其對事件的主要話語權。口述紀實
文學的作者把本身的定位從敘事者身份轉換成受話人
（聽眾），將話語權交給受話人，但作者仍在對話的
過程中維持了自己作為最後文本的主導地位，由作者
選擇事件本身的主要相關者，以及對事件的描述邏輯。

　　一般而言，作者所選擇的他／她們雖然是不被社
會重視的「小人物」，但都是相關事件的直接觀察者
或感受者。作者選擇由他／她們擔任主要的敘事者，從
事件本身不同的視角和不同人的不同感受，讓她們眾
聲喧嘩，進而開放了「作者／敘事者／讀者」對故事
或事件的對話空間，也擴大了對事實真相的觀察視角
和視野，以此完成文學著作的文本建構，也得以讓其
敘事更接近於客觀、完整的事實真相。

　　在三部關於戰爭事件的作品：《戰爭的面孔不是
女性的》、《最後的證人》以及《鋅皮娃娃兵》，阿
列克希耶維琪表現出其創作特色，論述內容超出了傳
統上男性對戰爭的話語權，探尋女性視角下的戰爭面
孔。這一些關於戰爭的眾聲喧嘩，使得阿列克希耶維
琪深深感受戰爭的殘酷與不正義，也確立自己作為一
個堅強反戰的文學作家。然而，逝者已矣，戰爭真的
會隨著蘇聯的瓦解而終止嗎？從其作品的敘事中，阿
列克希耶維琪應該是悲觀的。

　　在社會現實的發展上，蘇聯解體前，許多生活在蘇聯時代的人已經習慣地認為，馬、列實驗室的最大成就是創造出獨特進化類型的人種——「蘇維埃人種」。這個詞雖然充滿了負面的涵義，諷刺當年的共產主義政權，但他們在潛意識中仍然某程度相信蘇聯體制將會創造一個嶄新的、更進步的新蘇維埃人；不管如何，到了 1991 年的年終，這個夢想終究徹底幻滅了。人們雖然極力想避免去談它，但是過了二十多年後，人們雖然慢慢地從創傷中走出來，沒想到在新秩序建構之前的混沌、不明的社會狀態下，人們反而開始回憶過去那段屬於彼此的共同歲月。

　　針對這種情感的失落及殘餘，阿列克希耶薇琪在其作品中有著深入的觀察及細緻的描述；顯然，她本人可能也存有部分的那種「蘇聯人」所殘留的意識或情感。她也承認自己在寫《二手時代》的時候，還是能感受到史達林不只是無所不在，甚至曾經是生活的價值座標。她針對人們在那一段歷史的殘留感情也有所感地嘆道：「歷史其實正在走回頭路，人類的生活沒有創新……多數人仍然活在『用過』的語言和概念之中，停留在自己仍是強國的幻覺裡……」。

　　受到這種「蘇維埃人」殘留的優越感，這些人對於外來的挑戰，油然發出了對抗的意識，阿列克希耶薇琪又這樣寫實地描述著：「……莫斯科的街頭，到處都可以聽到有人在辱罵美國總統歐巴馬，看來，全國人的腦袋裡還住著一個普丁，相信此時的俄羅斯正被敵國包圍著」，如此普遍的臨戰意識似乎還殘留著面臨戰爭的念想；這種心理狀態，一直到今天，人們

還能夠許多俄羅斯人的言談中感受出來，他／她們總感覺美國的強大一直是俄羅斯的國家威脅。作為一個基於人道主義的反戰者，阿列克希耶薇琪對這種直覺式的集體意識，表現出她極度的擔心與關懷。

從人類文明的進化路程來看，人類行為一再犯下重複性的錯誤。然而，如果透過文學作品的紀錄與反省，一方面能夠讓人們深刻認知到人類具有的殘酷本質，同時也可以讓人們從歷史的真相與經驗中學習與成長。人類的文明史不就是在這種重複「錯──反省」的學習過程中成長嗎？人類除了透過文學作品從歷史的紀錄中檢拾記憶和反省之外，人們也期待能夠在上帝的救贖下，引領自我的救贖，創造一個和諧的世界。

## 四、結語

生活在一個極度工業化的資本主義社會，人們實在缺乏足夠的時間，也缺乏足夠的耐性，能夠真正好好地閱讀這些經典的文學作品或小說，尤其是書寫的文學著作；更不用說，有許多小說或菁英式作品需要讀者慢慢細嚼，深深品味，才能體會深層或背後的書寫動機和相關的文化思想。

平心而論，文字永遠都受語言的結構所限制，作家的表述能力再強，也很難用一堆文字的編碼組合而能夠完全表達其真正的思想和文化內涵。這不僅需要作者的書寫技巧和藝術表達能力，更需要讀者在研讀作品的文本時，發揮同理心的背景想像，以及用心領

會，才有可能對作者的心思窺其一二。本書至少在這方面替讀者做了相關的工作，對作品的文本進行研讀和分析，並盡力整理每個作家所要表述的意旨，包括理性與感性的內容、表面與深層的思惟，再呈現給讀者更為清晰的面貌。

另一方面，隨著當代影視科技的發達，許多文學作品或小說都能以更簡捷的方式，把主要的劇情呈現在觀眾面前；一個影視畫面常常可以取代一堆書寫的文字，呈現出更具體的景象和意象。如此一來，人們就能夠超脫出文本的讀者身份，一下子轉變成觀眾的角色，對於作者想表達的場景就不需要花費長時間的閱讀，而能一目了然。然而，科技可以在劇情的表述上做理性的處理，卻無法深入探索和體會出劇情背後的思想、文化和感性的價值。

有鑒於此，本書針對當代後現代主義與女性主義的思潮，特別選擇保守的俄羅斯社會中七位女作家的創作，對她們的作品做深入的研讀、分析與整理，探索每一位作家的書寫背景、動機以及所欲表達的精義，扼要但不失精義的呈現給本書的讀者；這是一般文本閱讀和影視科技都無法做到的。

經過系統性的分析和整合，本書做出了一個總結，那就是：「女性如果想要真正從社會性別中解放，那就必須先跳脫既有社會的性別意識與規範，探索自我的意識，才能夠在社會網絡中建構主體；而這個自我的追尋必須透過文化身份的重建，文化身份的重建又必須起於文學表述的自我意識。所以，本書中的女作家在這方面的努力是值得肯定與追隨的。

第九章
總結：女性自我意識的追尋

國家圖書館出版品預行編目（CIP）資料

當代俄羅斯女作家作品初探／劉心華 著－初版－
臺中市：天空數位圖書　2023.06
面：14.8*21 公分
ISBN：978-626-7161-66-1（平裝）
1.CST：俄國文學 2.CST：文學評論 3.CST：女作
家 4.CST：女性傳記
880.2　　　　　　　　　　　　　　　112008908

書　　　名：當代俄羅斯女作家作品初探
發 行 人：蔡輝振
出 版 者：天空數位圖書有限公司
作　　者：劉心華
美 工 設 計：設計組
版 面 編 輯：採編組
出 版 日 期：2023 年 06 月（初版）
銀 行 名 稱：合作金庫銀行南台中分行
銀 行 帳 戶：天空數位圖書有限公司
銀 行 帳 號：006－1070717811498
郵 政 帳 戶：天空數位圖書有限公司
劃 撥 帳 號：22670142
定　　價：新台幣 450 元整
電子書發明專利第　I　306564　號

服務項目：個人著作、學位論文、學報期刊等出版印刷及DVD製作
影片拍攝、網站建置與代管、系統資料庫設計、個人企業形象包裝與行銷
影音教學與技能檢定系統建置、多媒體設計、電子書製作及客製化等
TEL　：(04)22623893　　　　　MOB：0900602919
FAX　：(04)22623863
E-mail：familysky@familysky.com.tw
Https ://www.familysky.com.tw/
地　址：台中市南區忠明南路 787 號 30 樓國王大樓
No.787-30, Zhongming S. Rd., South District, Taichung City 402, Taiwan (R.O.C.)